教育部人文社会科学重点研究基地
南京大学中国新文学研究中心
Center for Research of Chinese New Literature of Nanjing University

教育部人文社会科学
重点研究基地
南京大学中国新文学
研究中心学术文库

主　编　丁　帆
执行主编　王彬彬
　　　　　张光芒

九十年代小说中的社会启蒙主题研究

袁文卓　著

南京大学出版社

编委会（按姓氏笔画排列）

丁　帆　　马俊山　　王爱松

王彬彬　　吕效平　　刘　俊

李兴阳　　李章斌　　吴　俊

沈卫威　　张光芒　　周安华

胡星亮　　倪婷婷　　董　晓

傅元峰　　[美]奚密　　[日]藤井省三

目　录

绪　论 …………………………………………………………… 001

第一章　九十年代小说中的社会制度启蒙主题 …………… 029
  第一节　对政治现代性的追求 ……………………………… 030
  第二节　对经济改革的多维透视 …………………………… 047
  第三节　对民主法治的艰难探索 …………………………… 060

第二章　九十年代小说中的社会伦理启蒙主题 …………… 081
  第一节　对社会平等的关注与聚焦 ………………………… 082
  第二节　对社会道德的追寻与反思 ………………………… 102
  第三节　自由书写与女权意识的觉醒 ……………………… 119

第三章　九十年代小说中的社会文化启蒙主题 …………… 133
  第一节　对民族历史文化的多元展示 ……………………… 133
  第二节　对社会宗教文化的理性追索 ……………………… 151
  第三节　对民间语言文化的叙事探索 ……………………… 163

第四章　九十年代小说中的生态启蒙主题 …………………… 184
第一节　对环境保护题材的关注与思考 …………………… 185
第二节　对自然恶化现象的书写与聚焦 …………………… 189
第三节　对人与自然和谐的呼吁与倡导 …………………… 194

第五章　九十年代小说中社会启蒙主题研究的特点、本质及启示 ……… 205
第一节　九十年代小说中社会启蒙主题研究的总体特点 …………… 206
第二节　九十年代小说中社会启蒙主题的本质指向 …………… 209
第三节　九十年代小说中的社会启蒙主题的启示意义 …………… 214

结　语 …………………………………………………………… 224

参考文献 ………………………………………………………… 228

后　记 …………………………………………………………… 246

绪 论

启蒙的相关研究与探讨,一直是国内外学界关注的重要命题。何为启蒙?它究竟具有怎样的内涵与外延？如果从字面意义上来考察,启蒙在英语中被译作 enlightenment,其中词根 light 意指"光""光线"或"光亮"。而它用作动词和形容词时,则分别指"使发光"或"明亮的"。由此可知在法语语义里,启蒙与"光明"以及"照耀"相关;而在汉语的语境之下,"启"通常意指打开、开启,而"蒙"则多作蒙昧之意,因此启蒙指的是开启智慧,或者让初学者获得知识的意思。可见,启蒙在中西语境中的意思大抵相近。以上是从语义学的角度出发对启蒙的内涵进行考察。而作为社会学意义层面的启蒙运动,则最早诞生于十八世纪的法国巴黎。这是继文艺复兴之后的一次反封建、反教会的思想解放运动。它随即成为一股席卷整个欧洲,乃至北美等殖民地区的知识浪潮。欧洲的知识分子成为这场运动的发起者以及中坚力量。尤其是在"孟德斯鸠和伏尔泰的榜样作用下,这批人形成了'文学界',并开始展示出一种全新的自信与战斗力。巴黎有咖啡馆和俱乐部的土壤,有期刊和书商,于是一代新人诞生了:启蒙主义者"[1]。包括伏尔泰、卢梭、孟德斯鸠、狄德罗等一大批知识分子在内的启蒙先驱,在批判感性的基础之上提出了"理性启蒙"的口号。而当时"启蒙运动中的知识分子都认为自己参与了一次伟大的运

---

[1] [英]劳埃德·斯宾塞:《启蒙运动》,盛韵译,生活·读书·新知三联书店2016年版,第46页。

动,代表了人类的最高志向和可能性"①。紧接着,启蒙哲学家康德应策尔纳的请求,在解释启蒙的定义时指出:"启蒙运动就是人类脱离自己所加于自己的不成熟状态……要有勇气运用你自己的理智!"②这种鼓励运用作为个体人的理智判断而不去依赖宗教行为规范的主张,显然与君权神授的宗教思想产生了某种激烈冲突。

如果说康德将人视为具有理性自主能力的个体,而非纯粹的机器,那么在霍克海默和阿多诺的研究视阈里,"启蒙辩证法"指的是"旨在征服自然和把理性从神话镣铐下解放出来的启蒙运动,由于其自身内在的逻辑而转到了它的反面"③。这里所谈及的"启蒙",泛指"那个将人类从恐惧、迷信中解放出来和确立其主权的最一般意义上的进步思想"④。这样一来,当考察历史发展的基本线索之时,霍克海默和阿多诺从一开始便利用了人与自然之间的冲突,并以此取代阶级冲突作为历史的原动力。事实上,霍克海默和阿多诺主要是从西方文明史继承演变的视角出发,来探讨所谓文化进步走向其对立面的各种趋势。为此,他们充分吸纳了黑格尔辩证法中关于事物发展包含否定以及自我否定的基本观点,并在此基础之上将其适用于对于启蒙的研究。

在霍克海默和阿多诺之后,米歇尔·福柯指出:"批判是在启蒙运动中成长起来的理性的手册,反过来,启蒙运动是批判的时代。"⑤可以看到,启蒙的研究实际上是一个不断吸纳反思,并且不断向前发展的探索历程。有论者曾将西方启蒙运动的发展归结为三个不同的阶段。在该论者看来:"第一阶段以卢梭为代表,由他首先提出了批判的思想。卢梭认为,科学越发达,艺术越发展,人性越堕落。理性价值在卢梭那儿得到了颠覆,这是启蒙的开端。第二阶段

---

① [英]劳埃德·斯宾塞:《启蒙运动》,盛韵译,生活·读书·新知三联书店2016年版,第1页。
② [德]伊曼努尔·康德:《历史理性批判文集》,何兆武译,天津人民出版社2014年版,第22页。
③ [德]霍克海默、阿多尔诺:《启蒙辩证法:哲学断片》,洪佩郁、蔺月峰译,重庆出版社1990年版,第3—4页。
④ 张成岗:《技术、理性与现代性批判》,《自然辩证法研究》2004年第8期。
⑤ [法]米歇尔·福柯:《什么是启蒙》,徐前进译,《政治思想史》2015年第1期。

的代表人物为康德,他进行的是纯粹的理性批判,将理性与自由统一在实践中。第三阶段以福柯为代表,他提取了本质自由的精神,把启蒙看作一种态度、一种气质、一种精神生活。"①事实上从卢梭到康德,再由康德到福柯。不难窥见,西方的启蒙路径实际上经历了一个从"批评思想的产生与对理性价值的质疑",到"将理性与自由统一于实践之中",再到"将启蒙视为一种态度、气质和精神"的嬗变过程。

以上是从西方的文化语境出发,去梳理启蒙的发展流变。回到启蒙研究的本土语境,即便中国的现代化要晚于西方,中国的启蒙运动也并非完全是受到西方影响之后的产物。换而言之,本土的启蒙研究有着其自身的民族文化传统。尽管它受到了西化的外因影响,但根本上"本土化启蒙"②仍然是其内因。换而言之,我们不应过分地迷恋,或者过分夸大西化对本土启蒙语境的影响,而应该在充分考察、辩证梳理启蒙在中国发展历程的基础之上,进一步厘清启蒙在中国语境之下的学术理路及其嬗变规律。

回溯启蒙在我国本土的发展演变史。实际上,早在明末清初便已经开始出现了启蒙的星火。而这一时期的启蒙思想,也曾零散地见诸当时一些杰出思想家,如黄宗羲等人的论著之中。当然,类似的启蒙思想也在明末清初的诸多思想家,如龚自珍、魏源以及梁启超等人相关的论著中频繁闪现。然而无论是从这些早期启蒙思想家所提出的具体启蒙思想而言,还是从这种启蒙思想所产生的传播效果来看,其实际波及的区域以及影响的范围均十分有限。如有论者所言:"中国近代思想因社会变动的迅速,以至于根本不能有足够的时间和条件来酝酿较成熟、较完整深刻的哲学政治的思想体系。"③进而言之,明末清初的零星启蒙思想,尚未达到足以形成启蒙浪潮的发展阶段。直至二十

---

① 邓晓芒:《中国当代启蒙的任务和对象》,《中国文化》2010 年第 1 期。
② 张光芒:《启蒙论》,上海三联书店 2002 年版,第 19—20 页。
③ 李泽厚:《中国近代思想史论》,生活·读书·新知三联书店 2008 年版,第 438 页。

世纪,在中国大地上大抵掀起了两次[①]规模较大并且影响深远的思想启蒙浪潮。分别是"五四"启蒙运动,以及八十年代初期兴起的新启蒙运动。

二十世纪的第一次思想启蒙运动,发生在"五四"时期。"五四"启蒙运动对后来中国社会、政治、经济乃至文化等多方面也产生过深远影响。当时以胡适、陈独秀等为代表的一批启蒙知识分子极力倡导西方的"民主"与"科学"[②]。并从政治、经济、文化等多个层面,掀起了一场卓有成效的思想解放浪潮——新文化运动。然而,当启蒙运动发展到了后期,由于"革命"压倒了"启蒙","五四"启蒙运动随之中断。一方面,"五四"启蒙对内面临着巨大的封建阻力,而这种封建传统思想势必要从文化意识等更深层面去削弱;另一方面,它对外面临着日军侵华,以及国内民族矛盾逐渐加深的复杂背景。概而言之,当时内忧外患的国内国际局势,未能从根本上为"启蒙"提供温润的土壤。

实际上,在"五四"启蒙运动之后的二十世纪三十年代,也曾兴起过一次短暂的思想启蒙浪潮。然则相较于"五四"启蒙,以及二十世纪八十年代初兴起的新启蒙而言,无论是其影响的深度还是所波及的范围都要小得多。回溯历史,在二十世纪三十年代的中国,国际、国内均面临着严峻的形势。具体来看,当时对外主要受制于日军侵华的严峻形势,而对内则是国共内战。1935年8月,在中国共产党呼吁停止内战一致对外的倡导下,以及"西安事变"和平解决的背景下,国共双方最终达成了共同抗日的协议。这一次,以陈伯达、艾思奇以及张申府等人为首,发起了一场有别于"五四"时期的"新启蒙"运动。然而最终的传播效果,以及实际的影响范围却十分有限。究其原因,与这次启蒙运动生硬地将马列主义的历史唯物主义视为启蒙的主要内容,并将其替代"五四"时期"民主"与"科学"的口号有关。然而二十世纪三十年代发起的这次新

---

① 有论者也曾将二十世纪三十年代由陈伯达、张申府、艾思奇等人兴起的启蒙运动,以及二十世纪九十年代由李慎之等人发起的启蒙运动,分别视为二十世纪中国的第二次以及第四次启蒙运动。但囿于其有限的影响,本论题将不做重点考察。

② [美]周策纵:《五四运动史》,陈永明等译,岳麓书社1999年版,第1页。

启蒙运动，也存在着一个明显的误区，那便是启蒙运动的发动者们生硬地将"五四"启蒙时期所倡导的"民主"与"科学"，一律归结为资产阶级属性。而将马列主义的历史唯物主义，用以替代之前的"民主"与"科学"。殊不知"民主"与"科学"实际上并无阶级之分。在当时内忧外患的情况下，二十世纪三十年代所提出的"新启蒙"运动最终以失败而告终，启蒙也被随之的救亡与革命所取代。

二十世纪另一次具有代表性的启蒙运动，发生在七十年代末八十年代初。伴随着"文革"的结束，思想领域掀起了新一轮的思想启蒙浪潮。而这一次的思想启蒙浪潮，也在某种程度上赓续了"五四"时期那种反封建以及反专制的启蒙传统。特别是这一时期思想文化界所提倡的重新"发现人"，以及"尊重人"的主张，也在某种程度上与新时期的客观发展需要、反封建的诉求相契合。因而被视为"五四"启蒙在新时期的回归。而在八十年代初兴起的这次新启蒙浪潮里，知识分子再一次站在了历史的潮头。他们不仅身肩历史赋予的使命，而且再次充当了社会启蒙的角色。这一时期的知识分子，普遍与公众保持着紧密联系。而他们也往往通过笔下的文学创作，扮演着社会守望者的角色，并且从客观上起到左右民众思想、引领社会进步的桥梁作用。此次新启蒙浪潮以南京大学青年教师胡福明《实践是检验真理的唯一标准》一文的发表为开端，直至八十年代末九十年代初宣告结束。

到了二十世纪九十年代，尤其是随着1992年邓小平同志"南方谈话"的发表，以及中国共产党第十四次全国代表大会的顺利召开，社会主义市场经济体制得以进一步确立，我国社会主义发展迈上了一段崭新的历史征程。同样，此时中国国内的价值与文化理念，也正处于一个复杂的转型期。这反映于中国当时的文化知识界——知识分子逐渐褪去了社会守望者的光环。尤其是九十年代"人文精神大讨论"以来，"启蒙作为人类文明发展的现代理念受到很大的质疑，受到解构主义的质疑，受到女权主义的质疑，受到生态环保主义的质疑等等"[①]。而

[①] 曹明珠：《启蒙的反思》，见哈佛燕京学社编《启蒙的反思》，江苏教育出版社2005年版，第13页。

这些质疑的声音，主要来自后现代以及后殖民等理论[1]。为此，有论者曾将反启蒙的观点归结为"'两新两后'即'新儒学''新左派''后现代'和'后殖民'"[2]。这种"两新两后"的论点，在某种程度上对当代的启蒙研究及其合法性造成了一定影响。然而正如有论者所言："虽然在西方语境中批判启蒙、宣告'启蒙终结'是一股重要的哲学思潮，但是在中国的语境中，这只是一种奢侈的前卫理论，不具有现实性。"[3]换而言之，这种将西方理论强行移植并且忽略启蒙本土语境的做法，使得反启蒙的观点和论调本身经不起严格的论证与推敲。

尽管"两新两后"的观点，不断地冲击着启蒙及其相关研究，但是这也并不能够说明反启蒙已经"压倒"了启蒙。时至今日，"'启蒙的未完成'情结，仍然是笼罩在坚持和捍卫启蒙的知识分子心中的阴影"[4]。有反对的声音，就必然会有启蒙的呐喊。学界先后有诸多学者对反启蒙的部分流派及其代表观点进行了猛烈批驳。譬如李慎之在《重新点燃启蒙的火炬》一文里指出："五四运动的精神是启蒙。五四运动在八十年前定下的个性解放的奋斗目标至今未达到。中国要实现现代化，启蒙是必不可少的，个性是必不可少的。当务之急就要把启蒙的火炬重新点燃起来。"[5]李慎之因在思想、政治等多个层面，对中国的现代化均做出了较为深刻的思考，从而被誉为二十世纪第四次思想启蒙运动的"领袖人物"。有论者曾指出："李慎之继承的是五四狂飙传统，他深感九

---

[1] 有论者曾将二十世纪九十年代发生在中国的反西方主义思潮总结为三个发展时期。首先是在九十年代初期，以何新自说自话的反西方言论为代表；其次是在九十年代中期，分别以张颐武、陈晓明的后殖民文化批判，甘阳、崔之元的制度创新说，以及盛洪的文明比较论等新理论为代表；再次则是1996年《中国可以说不》的出版曾引起轰动。这些反西方理论的倡导者，多为八十年代西化论的积极倡导者。参见赵林：《启蒙与重建——全球化与"国学热"张力下的中国文化》，人民出版社2015年版，第155页。

[2] 张光芒：《教育部哲学社会科学研究重大课题攻关项目"现代启蒙思潮与百年中国文学"介绍》，《中国现代文学论丛》2006年第1期。

[3] 彭文刚：《启蒙之后的"启蒙"——启蒙世界观的内在逻辑与当代反思》，中国社会科学出版社2015年版，第32页。

[4] 赵黎波：《新时期文学批评的启蒙话语研究》，中国社会科学出版社2008年版，第20页。

[5] 李慎之：《重新点燃启蒙的火炬》，《开放时代》1999年第6期。

十年代士林人格萎靡,失去批判激情……而王元化则深感八十年代学风浮躁,只问主义,不屑问题,故到了九十年代提出了'有思想的学术和有学术的思想',继承的是五四理性主义传统。"①事实上,为了延续启蒙的火种,李慎之试图重新唤起民众对启蒙批判的激情。而王元化继承的乃是滥觞于明末清初但兴盛于清代的朴学传统。这种学术传统,以重视对义理与考据的考究为主要特点。王元化试图以朴学传统,为启蒙注入深厚的学理基础。在王元化看来:"我是先思考激进主义,然后才对'五四'做再认识。所谓再认识,就是根据八十年来的经验教训,对'五四'进行理性的回顾。"②由此可见,王元化主要是从理性主义的视角出发,去反思启蒙以及启蒙的当代性问题。

当然,也有论者曾就李慎之和王元化的启蒙思想本身,进行了某种对比性评述。在该论者看来:"王元化对启蒙思想中的复杂性和紧张感有身临其境的体认,时而流露出理性的悲观;而李慎之对启蒙的理解是理性化的,充满了单纯的乐观。元化潜思,慎之热忱,道相同而路相异。这不仅是两位启蒙大师的分野,也是追随其后的启蒙知识分子们不同的努力方向。"③这种评析是否恰当姑且不论,但该论者从这两位中国当代启蒙先驱者的身上,也的确发掘出了某些共同的特质。那便是不同的学术路径:一条是狂飙传统,而另一条则是理性传统。这两种学术传统之间,也有着主情与主理的区别。这一点也在后来国内部分启蒙研究学者的论著,如张光芒的《启蒙论》中有过深入的探讨。

如果说李慎之、王元化等人,他们重新点燃了启蒙的火种,并且在二十世纪九十年代发出了思想界的启蒙呐喊。那么这根被引燃的火种,也进一步传递到了诸多学院派启蒙知识分子的手中。譬如李孝悌的《清末的下层启蒙运动:1901—1911》④、吴熙钊的《中国近代道德启蒙》⑤、马德普的《论启蒙及其在

---

① 许纪霖:《当代中国的启蒙与反启蒙》,社会科学文献出版社2011年版,第30页。
② 王元化:《五四精神和激进主义》,《百年潮》1995年第5期。
③ 许纪霖:《当代中国的启蒙与反启蒙》,社会科学文献出版社2011年版,第31页。
④ 李孝悌:《清末的下层启蒙运动:1901—1911》,河北教育出版社2001年版。
⑤ 吴熙钊:《中国近代道德启蒙》,吉林文史出版社1990年版。

中国现代化中的命运》①以及邹诗鹏的《再论唯物史观与启蒙》②,他们分别从社会学、历史学、伦理学以及马克思主义等学科出发,对启蒙及其相关问题进行了深入探讨。

而在文学学科视阈下,也有不少学者在文学批评以及编纂文学史的过程中,自觉采取了一种启蒙的学术姿态。譬如在《中国当代文学史新稿》(以下称《新稿》)一书的编写过程中,论者便是从启蒙立场出发对中国当代文学史进行整体梳理,并得出了令人信服的结论。贯穿《新稿》全篇的启蒙叙事姿态,也在某种程度上为读者打开了视野。此外,还有不少研究者以扎实的学理论据,充分印证了启蒙的合法性及其当下性。不仅如此,一大批作家更是利用自身的文学创作实践从多个层面回应了启蒙的实际诉求,并取得了一定的影响与实绩。然而还应看到,无论是学术界以评论者的启蒙姿态来重新认识启蒙的重要性,还是站在文学工作者的创作实践角度,去深入发掘作品的启蒙主题,都无不说明了启蒙的现实性,以及启蒙相关命题本身所具有的学理价值。

有学者谈到:"80年代高涨的新启蒙文学精神在上个世纪末的隐退并非这种精神自然发展的结果,它固然有着客观的原因,但在更本质上却是主动的缴械投诚,是对自身使命的背弃,是对当下文化与审美的失察。"③换而言之,批评家不仅应当重拾启蒙的大旗,而且还必须自觉担负起知识分子启蒙的职责与使命。正如有论者所言:"在当下,中国知识分子只有完成了自我启蒙,他们才有资格担任民众启蒙的社会角色。缺少了民众启蒙和自我启蒙双重承担的任何一种,要解决当前文化问题,都只能是徒劳和枉然的。"④这也从另一层面重新呼唤了"五四"启蒙精神的回归。除此之外,有论者不仅从启蒙的传统思想资源上,有力回击了新保守主义企图否定"五四"启蒙的主张,而且还从学理性

---

① 马德普:《论启蒙及其在中国现代化中的命运》,《中国社会科学》2014年第2期。
② 邹诗鹏:《再论唯物史观与启蒙》,《哲学研究》2011年第3期。
③ 张光芒:《道德嬗变与文化转型》,昆仑出版社2013年版,第164页。
④ 丁帆:《重回"五四"起跑线》,人民文学出版社2004年版,第5—6页。

的角度出发,有力地抵牾了"后现代主义对启蒙宏大叙事的颠覆与解构"[①]。如此一来,之前被用以攻击启蒙已经"式微"或者启蒙已经弱化的反启蒙论调便不攻自破。

当今时代呼吁启蒙、重提启蒙,而且仍然有一大批知识分子始终坚守并捍卫着启蒙的价值立场。进而言之,知识分子不仅要肩负起社会启蒙的使命。而且还得不断进行"自我启蒙"[②],否则可能会沦为反启蒙。除此之外,自二十世纪九十年代以降,我国的经济发展、社会民生以及民主法治等方面都取得了一定的成果与实绩。不仅如此,九十年代以来特殊的转型环境,也逐步打破了中国传统的城乡格局形态。市场经济化的运行,从客观上呼吁从市场经济的运作到相关政治体制的不断健全与完善。此外,从社会新型文化的引导到社会伦理道德的新型建构,都从多重视角呼吁社会启蒙。

具体到社会启蒙研究现状而言,国内目前已有部分学者从不同的视野和角度切入,他们对社会启蒙所涉及的部分内容进行了多维探讨。譬如资中筠在《启蒙与中国社会转型》[③]中,曾对启蒙与中国社会转型有过深入研究。而邓晓芒则在《中国当代的第三次启蒙》[④]等系列论文里,对中国当代启蒙进行了理性反思。陈来从"传统与现代"[⑤]的视角,对启蒙现代性进行了不懈追索。而杨春时则在《现代性与中国文学思潮》[⑥]中,对启蒙互动关系进行了深入的考察。以上研究者从不同视阈,对社会启蒙所涉及的相关命题进行多维探索。更为我们的进一步探讨提供了某种可鉴的研究范式。而本论题的研究对象,乃是九十年代小说中的社会启蒙主题。论题将紧紧围绕二十世纪九十年代这一时

---

① 康长福:《重新点燃启蒙的火炬——评〈启蒙论〉》,《苏州大学学报(哲学社会科学版)》2003年第2期。
② 倪婷婷:《"五四"启蒙主义话语的形态与思维特质》,《江苏社会科学》2004年第1期。
③ 资中筠:《启蒙与中国社会转型》,社会科学文献出版社2011年版。
④ 邓晓芒:《中国当代的第三次启蒙》,《粤海风》2013年第4期。
⑤ 陈来:《传统与现代:人文主义视界》,生活·读书·新知三联书店2009年版。
⑥ 杨春时:《现代性与中国文学思潮》,生活·读书·新知三联书店2009年版。

期,具有社会启蒙性质的小说文本进行深入探索。并以此为基础去深究这群作家作品背后关于人与人、人与社会,以及人与自然之间的互动关系。这种文学思潮与社会启蒙之间的互动关系,不仅涵盖了从社会制度启蒙到社会伦理启蒙,从社会文化启蒙到生态启蒙的一系列的社会启蒙命题,而且为进一步厘清九十年代启蒙文学思潮指明了方向。不仅如此,这种研究对于凝练九十年代社会启蒙主题的总体特点、本质启示以及当代意义提供了某种有力支撑。它力图使研究者站在百年启蒙文学史的学术视阈去重审中国当代文学,从而构建出具有启蒙文学特质且符合文学发展规律的当代启蒙文学史。最后,这种对九十年代小说中的社会启蒙主题的探讨,对于发掘被文学史遮蔽但具有启蒙姿态以及启蒙叙述立场的文学作品,也具有一定的启发意义和实际价值。

一、本论题的研究背景及缘起

如上所述,启蒙是一个常提常新并且不断发展着的学术命题。有论者曾指出:"尽管西方社会也有许多极右(大陆称'新左')学者站在后现代的立场上反启蒙,但对于一个没有真正经过完全性现代文明洗礼的国家和民族而言,启蒙仍然是弥足珍贵的人文思想武器,仍然是一个绕不开的话题。"[①]换而言之,启蒙体现在我们物质生产,乃至精神生活的方方面面。而且启蒙所涉及的诸多现实问题,也是我们当下面临并且亟待解决的新命题。特别是处于经济转型以及社会急遽发展的当代,我国的现代性建设仍然需要启蒙的精神引领。正如有论者所言:"'启蒙'是个很老的话题,但又是个很新的话题——它的任务远未完成,直到当前仍然关系到我们所面临的思想文化尤其是精神领域的一系列迫切问题……知识分子以不同方式蜕变着、败落着。文化的危机,教育的腐败,文学创造精神的萎缩,都掩盖在虚假繁荣的'热闹'之中……中国要现

---

① 丁帆:《八十年代:文学思潮中启蒙与反启蒙的再思考》,《当代作家评论》2010年第1期。

代化，就必须补上启蒙这一课。"①由此可知，启蒙的当下性以及急迫性，决定了它在某种程度上仍然是中国历史发展所亟须补并且应当引起足够重视的一课。

作为一种研究视角，相较个体启蒙而言，社会启蒙侧重于社会关系的层面。即更加重视对于人与人、人与社会以及人与自然之间关系层面的深入考察。当代呼吁启蒙并且反思启蒙，主要体现为这样几个方面："在价值领域中，同情、宽容、公平等一些具有普世性的价值观念，在当代生活中越来越发挥重要作用。由于近百年来的掠夺性开发，生态环保的问题愈来愈突显。同样在民主的领域中，民主实践出现了很多事与愿违的困境。"②上述提到的同情、宽容、公平、生态环保以及民主等，在经济持续发展以及人民生活水平不断发展的当今，俨然已经成为社会启蒙持续关注的焦点。这也是我们在当今时代重提启蒙，并在理性研究的基础之上，深究社会启蒙的内涵与外延时所应关注的重点。从某种程度而言，对社会制度、社会伦理、社会文化以及生态启蒙的考察，客观上要求我们不断打开视阈，以便进一步深究社会启蒙的内涵与外延。

正如有论者所述："一个世纪以来中国艰难曲折的现代化进程，终于从呼唤现代化、思想解放和人的主体性等思想领域转向了政治、经济、法律、科技等领域。这种从精神层面到现实操作层面的转化，使现代性基础开始逐渐走向全球经济'一体化'进程。"③而从"呼唤现代化"到"思想解放和人的主体性思想"，再由思想解放到"转向政治、经济、法律、科技等领域"，不仅可以厘清一条关于中国对现代性矢志不渝的探索路径，而且还可以从中窥见九十年代这一时期转型的整体脉络。而对启蒙现代性的追求，也早已内化成为对社会政治、社会经济，以及社会法治等社会启蒙多层面的实际诉求。

---

① 董健、王彬彬、张光芒：《略论启蒙及其与文学的关系》，《当代作家评论》2008年第5期。
② 曹明珠：《启蒙的反思》，见哈佛燕京学社编《启蒙的反思》，江苏教育出版社2005年版，第2—3页。
③ 董健、丁帆、王彬彬主编《中国当代文学史新稿》，北京师范大学出版社2011年版，第384页。

二、国内外研究现状

国内学界对启蒙的研究和关注由来已久,然而将社会启蒙主题置于九十年代文学发展的场域中去考察的文章却并不多。即便是国内有部分学者曾论及了该议题,也只是从某一方面对其进行梳理。而未曾出现从社会启蒙的整体视阈去考察的文章。通过对期刊和学位论文的检索情况来看,与"社会启蒙主题"相关的研究文章主要有以下这些。

夏林在《社会启蒙还是文化启蒙?——从启蒙的自主性看中国的现代化与启蒙》一文中指出:"中国的'五四'和新文化运动并不是真正的社会启蒙,而只是文化启蒙。新民主主义革命所进行的工作是社会基础与社会启蒙的双向建构。"[1]这篇文章论述的核心,在于强调社会启蒙在"五四"时期的未完成,而全方位的社会启蒙,只有在今天才有可能实现。论者在论文中所谈及的社会启蒙的涵盖范围也相当广泛。它囊括了从文化启蒙到政治启蒙等一系列问题,这对于厘清社会启蒙主题所涉及的命题,具有一定的启发意义。

紧接着,张继玺在《"浪漫年代"的社会启蒙》一文里强调:"二十世纪八十年代是中国思想领域极其活跃和开放的时期,民间知识分子利用官方开启的思想解放空间,自觉或不自觉地从事着启蒙思想和开启民智的工作。"[2]作者在论著中主要从全民阅读以及校园文化这两个层面,对二十世纪八十年代所出现的这两种启蒙主题子项进行了某种程度的延伸探讨。

李秋菊在《时调唱歌与清末之社会启蒙运动》一文中指出:"清末的社会启蒙运动通常是指庚子国变之后、辛亥革命之前在中华大地上由各阶层人士自发推动、清政府参与的以鼓民力、开民智、新民德为目的的自上而下的思想、文

---

[1] 夏林:《社会启蒙还是文化启蒙?——从启蒙的自主性看中国的现代化与启蒙》,《天津社会科学》2007年第3期。
[2] 张继玺:《"浪漫年代"的社会启蒙》,《河北师范大学学报》2009年第11期。

化和社会运动。"①由此可见,作者文中社会启蒙阶层的多元性,以及启蒙内容(涵盖思想、文化和社会等方方面面)的广泛性。

当然,学界还有从单个思想家的社会启蒙研究视角进行阐释的文章。譬如,焦润明曾在《论梁启超的社会启蒙思想》一文中指出:"'新民德''开民智''鼓民力'思想是梁启超社会启蒙思想中最核心的内容。"②由此可知,开启民智以及社会革新是以梁启超等为代表的中国启蒙先驱,他们在当时所倡导的除弊良方。即便是放在当代,"开启民智"以及"社会革新"等诸多实际的主张,也仍然是社会启蒙命题研究中的应有之义。

无独有偶,黄明娣、朱昌彻在《魏禧社会启蒙思想初探》一文中强调:"魏禧对封建专制主义的批判,及其针对社会现实所提出的种种改革的主张,初步显示了近代市民阶级启蒙思想的特征。"③不难窥见,论文中的社会启蒙主要指的是革新政治以便达到开启民智的目的,这显然属于社会制度启蒙层面的内容。

邓乐群曾撰文谈到:"黄宗羲的社会启蒙思想,以批判君主专制和追求民主政治为主要特征……他对君主专制制度的批判和对未来社会制度的设想,已开启了中国近代资产阶级民主改良主义之先河。"④由此可知,邓乐群在文中所谈及的社会启蒙,主要倾向于从某一时期思想家的改革以及政治主张等方面,所体现出的社会启蒙思想具体层面的考察。

黄新宪在《林白水的社会启蒙思想探略》中曾坦言:"林白水的社会启蒙思想具有贴近时代、贴近大众的鲜明的时代特色和显而易见的进步性,既有对旧社会的批判,也有对未来中国远景的设计。"⑤这里的社会启蒙思想,不仅强调了对社会的批判,更指出了对未来中国发展的远景规划。由此体现出林白水

---

① 李秋菊:《时调唱歌与清末之社会启蒙运动》,《南京师范大学学报》2017年第1期。
② 焦润明:《论梁启超的社会启蒙思想》,《社会科学辑刊》1994年第2期。
③ 黄明娣、朱昌彻:《魏禧社会启蒙思想初探》,《赣南师范学院学报》2001年第2期。
④ 邓乐群:《黄宗羲社会启蒙思想概论》,《南华大学学报》2001年第3期。
⑤ 黄新宪:《林白水的社会启蒙思想探略》,《河北师范大学学报》2006年第4期。

的启蒙思想在当时所具有的社会影响力。当然,研究者也可以从中窥见社会启蒙所具有的内涵与外延,并在此基础上凝练出社会启蒙的某些共同特质。

张穗华在《作为"事件"的启蒙与作为"文化"的启蒙》①一文中深刻思考了作为"事件"的启蒙的瞬间性,以及作为"文化"的启蒙的长期性。其研究在某种程度上,为考察当下的启蒙研究提供了某种学术路径。

李晗和韦路曾在《重构现代社会启蒙方案——第四届中国青年传播学者研讨会综述》②一文中从新闻传播学的视角出发,对社会启蒙进行了多维阐释。论者主要突显了社会启蒙议题的广泛囊括性,以及其本身所具有的开启民智的作用。特别是作者很敏锐地关注到了传媒工作者,这一知识分子群体身上所肩负的社会启蒙使命与职责。

无独有偶,学者查英曾在《试论晚清时期的传媒责任生态——报纸与社会启蒙关系的视角》一文中指出:"晚清报人已经认识到传媒的职能与所能承担的任务,因此,在客观上承担了启蒙社会思想,并集中于'开风气、开民智'的社会责任,其特点是立足于文人抱负责任,报人个体责任观念直接影响报刊的社会责任实践。"③由此可见,查英主要考察的是报刊作为纸质媒体在某一特定的社会历史发展时期里,尤其是在开启民智等方面所起到的重要作用。

紧接着,卢本扎西和喜饶尼玛在《论民国初〈藏文白话报〉对西藏的政治社会启蒙》一文里也谈到:"《藏文白话报》……在开启西藏地方官智民智,维护祖国统一,促进西藏社会发展方面也具有特殊意义。"④作者论文中谈及的社会启蒙,主要考察的是《藏文白话报》这一份藏文白话报纸在西藏的政治社会启蒙层面所发挥的突出作用。由此可见,以上三篇文章其实主要考察的是媒介(主

---

① 张穗华:《作为"事件"的启蒙与作为"文化"的启蒙》,《中国图书评论》2012年第7期。
② 李晗、韦路:《重构现代社会启蒙方案——第四届中国青年传播学者研讨会综述》,《当代传播》2012年第1期。
③ 查英:《试论晚清时期的传媒责任生态——报纸与社会启蒙关系的视角》,《淮阴师范学院学报》2012年第4期。
④ 卢本扎西、喜饶尼玛:《论民国初〈藏文白话报〉对西藏的政治社会启蒙》,《云南民族大学学报(哲学社会科学版)》2016年第3期。

要是报纸)在社会制度,譬如政治以及经济等层面所具有的重要影响。

此外,学界也有从不同的学科角度出发,譬如经济学及政治学的视阈,引入社会启蒙的研究视角进行探究的论著。比如张广利,黄成亮在《世界风险社会启蒙及反思与批判》一文中指出:"在经济全球化的背景下,应以世界风险为契机,通过社会理性的重建,为现代性赋予普遍正义。世界风险社会的启蒙功能实现需要建立在平等的对话、对各个国家现实的尊重、破除理性神话以及重建精神文化的基础之上才成为可能。"①尽管这篇文章的讨论,因涉及诸多经济学领域的问题,已经超出文学研究的基本范畴。然而,论者在该文中所体现出的社会启蒙思维方式,却对我们深入理解社会启蒙的内涵与外延,提供了某种别样的视阈与参照。

蒋传光在《推动法治的社会启蒙》一文中指出:"全面推进依法治国,建设社会主义法治国家……其中一个重要问题就是社会法治启蒙的问题。"②蒋文中谈到的社会法治启蒙,主要是将法治启蒙纳入社会启蒙的总统框架之中去考察。这对研究者去探索社会启蒙研究的内容和主题,具有着积极的指导意义。

此外,尉迟光斌在《道路自信的理论逻辑:作为人类社会启蒙的科学社会主义》一文里曾谈到:"只有科学社会主义对人类社会发展规律的正确认识才是真正的启蒙……个人的解放只有通过整个社会的解放才能真正实现,能够最终完成启蒙的使命。"③由此可见,人类社会启蒙在某种程度上构成了中国特色社会主义道路的理论逻辑和坚实基础。此外,杨莲霞在《清末官报的白话风格与社会启蒙——以〈北洋官报〉为中心的考察》④一文中,也主要从报刊在开

---

① 张广利、黄成亮:《世界风险社会启蒙及反思与批判》,《广西社会科学》2015年第10期。
② 蒋传光:《推动法治的社会启蒙》,《法制日报》2015年07月25日。
③ 尉迟光斌:《道路自信的理论逻辑:作为人类社会启蒙的科学社会主义》,《南华大学学报(社会科学版)》2016年第2期。
④ 杨莲霞:《清末官报的白话风格与社会启蒙——以〈北洋官报〉为中心的考察》,《安徽大学学报(哲学社会科学版)》2018年第1期。

启社会民智方面的重要作用进行了归纳与总结。

与"启蒙主题"相关的研究文章最早出现在二十世纪八十年代末。王德胜在《"五四"反封建启蒙文学主题的淡化及其流变》一文中指出:"不妨把'五四'文学传统看成是由反封建的启蒙文学传统和个性解放的文学传统构成的一个有机整体。"①由此可知,在王德胜文中的"启蒙主题",实际上指两种文学精神指向。即反封建的启蒙文学主题,以及个性解放的启蒙文学主题。

陈继会在《五四乡土小说的启蒙主题》一文中指出:"在二十世纪中国乡土小说丰富的文学主题中,改造农民灵魂始终是一个重要主题。"②可以看到,论者只是将启蒙套用在了自己对乡土小说主题的描述之中;但却并未真正触及启蒙的内涵与外延。

无独有偶,孟广林在《"变法"和"师夷"的两大启蒙主题及其历史地位——19世纪中叶中国近代早期启蒙思潮的滥觞(之二)》一文里指出:"19世纪中叶,以龚自珍、魏源、林则徐为代表的先进士人,提出'变法'和'师夷'两大中国近代早期启蒙的思想主题。实现了传统文化价值取向从纵向反省鉴旧,向纵向展望拓新再向横向鉴取求通的最初转移。"③此处主要概括了在十九世纪中叶,以龚自珍、魏源、林则徐为代表的一批启蒙知识分子在当时内忧外患的情况下提出的具有启蒙精神指向的具体措施。

谭桂林在《鲁迅小说启蒙主题新论》一文中,主要从启蒙性这一视角对鲁迅小说进行了整体的扫描与人文反思;谭文中的"鲁迅小说中的启蒙主题"④,主要是指在鲁迅小说作品中所体现出来的具有开启民智的特质。紧接着,张清华在《黑夜深处的火光:六七十年代地下诗歌的启蒙主题》一文里对"上世纪

---

① 王德胜:《"五四"反封建启蒙文学主题的淡化及其流变》,《吉林师范学院学报》1989年第2期。
② 陈继会:《五四乡土小说的启蒙主题》,《河南师范大学学报》1990年第2期。
③ 孟广林:《"变法"和"师夷"的两大启蒙主题及其历史地位——19世纪中叶中国近代早期启蒙思潮的滥觞(之二)》,《贵州师范大学学报》1992年第1期。
④ 谭桂林:《鲁迅小说启蒙主题新论》,《鲁迅研究月刊》1999年第1期。

六七十年代的地下诗歌中所具有的启蒙主题"①进行了具体阐释,而这里的"启蒙主题"也主要指在某一段时期内,文学创作中所彰显出的文学精神以及价值指向。

刘忠在《人的解放及其现代化——20世纪中国文学启蒙主题寻踪》一文中指出:"二十世纪中国文学的启蒙主题大体经历了三个发展阶段:晚清时期的政治化启蒙、人的解放与民族解放并重的五四启蒙、启蒙与反启蒙语境双重并置的新时期启蒙。"②这里的启蒙主题主要指某一段时期内,中国文学发展所面临的内外因的综合体。然而作者在文末针对新时期启蒙所提出的三点建设性意见,的确值得研究者去不断深挖与反思。

紧接着,庄桂成在《启蒙主题与中国现代文学的经典化》③一文中,对"启蒙主题"这一概念进行了界定。该文站在中国现代文学发生与发展的整体视角,通过启蒙主题切入论题,并得出了符合客观规律的论断。这也在某种程度上体现出了作者敏锐的学术眼光。

王勇在《中国戏剧:抗战洪流中的"五四"启蒙主题》④一文里,主要从"五四"启蒙这一当时的主体趋势出发,对抗战时期的中国戏剧进行研究和考察。赵震、刘进在《简析鲁迅小说启蒙主题的变化》一文中指出:"在鲁迅先生创作的小说中,启蒙是其重要的主题……从希望到绝望,是鲁迅态度的沉痛变化,由此折射出他对社会对文化的思考。"⑤此处的启蒙主题,主要用于对鲁迅在某一时期小说作品中主题趋向的一种概括。

无独有偶,李丽,古大勇在其《当悲剧成为传奇——论〈菉竹山房〉对五四

---

① 张清华:《黑夜深处的火光:六七十年代地下诗歌的启蒙主题》,《当代作家评论》2000年第3期。
② 刘忠:《人的解放及其现代化——20世纪中国文学启蒙主题寻踪》,《学习与探索》2002年第3期。
③ 庄桂成:《启蒙主题与中国现代文学的经典化》,《西南民族大学学报》2003年第8期。
④ 王勇:《中国戏剧:抗战洪流中的"五四"启蒙主题》,《戏剧文学》2006年第3期。
⑤ 赵震、刘进:《简析鲁迅小说启蒙主题的变化》,《重庆科技学院学报》2009年第8期。

启蒙主题的疏离与超越》[①]一文中,主要从"五四"启蒙中所体现的主导思想主题倾向的视角,对《菉竹山房》进行评析与深入剖析。高雪洁在《〈背影〉中的情感启蒙主题》一文中指出:"在《背影》中还有一个从审视自我的内向视角展开的情感和精神旅程。这种向内指的叙事是关于知识分子情感启蒙的空间。"[②]可见,作者主要是从作家作品入手,对朱自清名篇《背影》中所体现出来的情感叙述指向进行归纳,并站在启蒙的视角对其进行统摄和诠释。

通过对以上学界已有学术成果的梳理和综述,可以看出目前对"社会启蒙主题"相关的研究,主要呈现出以下几个方面的特点:

首先,学术界对"社会启蒙主题"这一概念,并没有一个清晰准确的概念和界定。而且混用、滥用以及套用的情况也较为普遍。相关的研究和讨论并未深入,尚未真正出现从社会启蒙这一概念本身进行深入探讨及总体研究的文章。尽管已有的研究成果或多或少触及社会启蒙的某些层面。但仍然未能从根本上搭建起关于社会启蒙研究的整体脉络框架。

其次,据已有关于社会启蒙主题研究的成果显示,学界多集中于对某一特定时期内历史人物社会启蒙思想的散点考察(如对黄宗羲、梁启超、林白水、魏禧等)。而且研究的焦点也主要集中于探讨他们在政治、经济、文化等方面的具体主张,以及这些主张对于推动当时社会的发展、民智的开启等层面所具有的重要作用。

再次,国内学界对社会启蒙主题的考察不仅限于文学学科,经济学、政治学、传播学、历史学等领域也涉及了对社会启蒙主题这一概念的运用。由此可见这一概念本身所具有的内涵与外延。这对研究者从整体上把握社会启蒙主题的结构框架而言,无疑具有一定的启发意义。

回到本文的拟定题目"九十年代小说中的社会启蒙主题研究",这便是对

---

① 李丽、古大勇:《当悲剧成为传奇——论〈菉竹山房〉对五四启蒙主题的疏离与超越》,《重庆科技学院学报》2011年第10期。
② 高雪洁:《〈背影〉中的情感启蒙主题》,《名作欣赏》2017年第6期。

九十年代小说创作中所显现或者所彰显的社会启蒙主题，及其作品中的美学指向的一种探究。因此，这里有必要将社会启蒙主题，置于九十年代文学发展的整体视阈中去考察。而通过检索可知，学界较早对该议题进行研究的论作主要有：

张清华在《从启蒙主义到存在主义——当代中国先锋文学思潮论》一文中指出："在当代中国文学变革过程中的一系列现象背后，存在着一个不断演变的先锋性文学思潮。它孕生于六七十年代，并在八十和九十年代经历了一个从启蒙主义到存在主义的演变过程。它在前期的艺术内涵与指向主要是现代性，后期则具有自我解构性。"[1]这篇文章涉及对"启蒙"以及"九十年代"的综合考察。而且论者的研究重点，主要集中于对先锋文学思潮的解读。这对研究者观照九十年代整体的文学场域具有较大的指导意义。

紧接着，王光东在《民间与启蒙——关于九十年代民间争鸣问题的思考》一文中谈到："在九十年代的文学研究和文学批评中，'民间'愈来愈引起人们的广泛关注……争鸣的焦点是在于提倡民间是否意味着放弃启蒙、放弃知识分子所应承担的社会责任，导致知识分子价值和主体地位的失落？"[2]作者的这种思考，对于我们更好地厘清民间与启蒙之间的联系与区别意义重大。事实上，提倡民间与倡导启蒙这两者并不违背。只是一定要辨别出真正的民间与"伪民间"之间的异同。并在此基础之上去梳理它们与启蒙之间所存在的内在学术理路。

李茂民在《20世纪中国文学的社会主义启蒙》一文中指出："二十世纪中国文学在社会主义启蒙过程中起到了至关重要的作用，其启蒙历程包括左翼文学、解放区文学、17年文学和'文革'文学四个发展阶段。"[3]该文中关于自由主

---

[1] 张清华：《从启蒙主义到存在主义——当代中国先锋文学思潮论》，《中国社会科学》1997年第6期。
[2] 王光东：《民间与启蒙——关于九十年代民间争鸣问题的思考》，《当代作家评论》2000年第5期。
[3] 李茂民：《20世纪中国文学的社会主义启蒙》，《东岳论丛》2002年第2期。

义启蒙与社会主义启蒙概念的界定和生成,以及作者的研究视阈与学术方法。对于研究者站在一个宏观的维度,去系统考察社会启蒙的内涵与外延具有一定意义。

刘旭在《九十年代文学启蒙主题的思考》[①]一文中,主要从对国民劣根性的批判,以及知识分子自审与自我放逐这两种视角,来对九十年代以来的文学创作进行总体思考,具有一定的创新性。

庄桂成在《启蒙主题与中国现代文学的经典化》一文中指出:"中国现代文学的主题可归纳为启蒙、救亡和革命……只有建立在人学意识基础上的启蒙文学,才有可能成为传之后世的经典之作。"[②]由此可见,作者主张只有基于人学基础之上的启蒙文学,才具有传世的经典意义以及传播价值。

张光芒在《论中国当代文学的"第三次转型"》一文中敏锐地指出:"世纪之交以来的新世纪文学正在经历继"文革"结束、九十年代初之后的'第三次转型'。"[③]这种对九十年代至新世纪文化与文学思潮新变的精确描绘,为研究者更好地厘清九十年代末至新世纪的文化与文学思潮的嬗变,提供了某种具有启蒙意义的借鉴与参考。

赵黎波在其博士论文《新时期文学批评的启蒙话语研究》一文里指出:"目前文学批评无法对文学的现状和走向作出自己的价值评判。这种'阐释的焦虑'……是因为新时期'启蒙共识'的破裂所致。"[④]可见,作者已然关注到了自新时期以来,文学批评领域类启蒙话语的生存机制及其发展流变。不仅如此,作者还进一步指出了启蒙话语存在的合法性。从学术史的发展而言,这种考察无疑具有较大的现实意义,也值得去进一步研究和深挖。

陈力君在《代言与立言:新时期文学启蒙话语的嬗变》一书中,在谈到九十

---

① 刘旭:《九十年代文学启蒙主题的思考》,《濮阳教育学院学报》2002年第4期。
② 庄桂成:《启蒙主题与中国现代文学的经典化》,《西南民族大学学报》2003年第8期。
③ 张光芒:《论中国当代文学的"第三次转型"》,《当代作家评论》2004年第5期。
④ 赵黎波:《新时期文学批评的启蒙话语研究》,复旦大学博士论文,2007年。

年代的启蒙时指出:"九十年代多元化社会环境加快了各种力量的分化……启蒙开始了更为具体的言说。人文精神大讨论,民间概念的提出,学术史和学术规范的倡导,都是知识分子在新的历史时期对启蒙的新阐释。"[1]陈力君的这段话,在很大程度上是对社会上现存的有关九十年代启蒙"式微",以及知识分子"退场"的有力回击。这对于研究者以一种启蒙批判的立场,去审视的90年代文学的生产机制具有指导意义。

张霖在《回到本土语境:20世纪90年代的文学转型》一文里指出:"研究者将九十年代文学转型纳入八十年代文学参照系中进行考察,就会清晰地看到九十年代文学转型的发生与中国现代文学间的紧密联系。"[2]尽管该文并未直接涉及九十年代的文学启蒙,但从本土的研究视角去综合考察八十与九十年代文学之间的联系和区别。这对研究者进一步厘清九十年代的转型语境大有裨益。

张治国、张鸿声在《启蒙的变异与坚执——20世纪90年代中国文学的一个侧面》一文中指出:"20世纪90年代的文学呈现出迥异于80年代的风格趋向,形成了多元、'无名'的新格局。其基本取向是消解主流与传统。"[3]作者在这里指出了九十年代文学的一些整体特点,首先是文学失去社会轰动效应,进入平静而寂寞的发展时期。这的确从另一个侧面向我们展示了上世纪九十年代文学的多元以及"无名"的新格局。而这一时期文学的基本取向乃是消解主流与传统,解构价值与意义,并且具有走向世俗化、商业化的基本特征。

王世诚在《断裂时代的肯定性写作——九十年代文学精神及其思考》(上)[4]一文中,对九十年代文学精神的整体考察,对我们厘清这一时期的文学

---

[1] 陈力君:《代言与立言:新时期文学启蒙话语的嬗变》,浙江大学出版社2007年版,第10页。
[2] 张霖:《回到本土语境:20世纪90年代的文化转型》,《中州学刊》2007年第1期。
[3] 张治国、张鸿声:《启蒙的变异与坚执——20世纪90年代中国文学的一个侧面》,《江汉论坛》2006年第6期。
[4] 王世诚:《断裂时代的肯定性写作——九十年代文学精神及其思考》(上),《扬子江评论》2008年第5期。

创作、文学批评乃至整体的文学思潮,提供了某种视阈与参考。

兰爱国在《到民间去——九十年代文学的主潮》一文中指出:"……九十年代的'到民间去'显然不再像八十年代那样既充满含混论调又是某群人的独特行为,九十年代的到民间去,正成为此期文学大量的实践,旗帜和口号没有了,创作实绩却兀然耸立。"①显然,作者已经关注到了九十年代民间写作的某些特点。然而以"民间"概况九十年代的文学创作主潮是否得当,还值得进一步商榷。

柏定国在《九十年代文学背景批评及时代确认》②一文中尽管并未论及九十年代的启蒙主体,但是他对九十年代文学总体风貌——"没有主潮"的概述却十分清晰,对我们厘清这一时期的文学风貌具有指导意义。金春平在《论新世纪以来中国文学启蒙话语的嬗变与转型》③一文中,为研究者勾勒出了一条有关新世纪以来中国文学启蒙话语的嬗变轨迹。

翟兴娥、季桂起在《新的历史变革中的文学转型——对 20 世纪 90 年代文学动向的一个回顾》一文中谈到:"受社会历史环境影响,新时期文学同政治文化关系密切,在发展过程中呈现出明显的'主潮性',具有单一性和封闭性特点。'新时期'以后,受商品经济大潮的冲击及全球化语境的影响,真正的'文学'开始。"④显然这篇文章主要是从九十年代的多元化这样一个明显区别于"八十年代文学"单一化的视角出发,对该时期文学的整体面貌所做出的总体概括。

谢新水、周雪梅在《论第三次启蒙的构想及其基本思路》一文中指出:"启蒙社会的思想大多会因为时代发展而沦为被批判的对象。张康之的《论伦理精神》提出了人的三重存在:物质存在、精神存在和道德存在,将道德存在应用

---

① 爱国:《到民间去——九十年代文学的主潮》,《文艺评论》1995 年第 5 期。
② 柏定国:《九十年代文学背景批评及时代确认》,《理论与创作》1997 年第 5 期。
③ 金春平:《论新世纪以来中国文学启蒙话语的嬗变与转型》,《东北大学学报》2010 年第 1 期。
④ 翟兴娥、季桂起:《新的历史变革中的文学转型——对 20 世纪 90 年代文学动向的一个回顾》,《德州学院学报》2004 年第 1 期。

于合作的社会并嵌入到服务型社会治理模式之中,弥补了第二次启蒙的'绝对缺陷'。"①论者在该文篇首便指出了"启蒙社会"的思想,大多会因为时代的发展而沦为被批判的对象。紧接着作者分别论述了"权利启蒙"以及"法的启蒙"中所存在的"绝对缺陷"。并且从人的"三重存在"的视角,强调了"道德"在第三次启蒙中的重要作用。这对我们当下的启蒙研究具有一定的启发与指导。通过对国内学界已有的研究成果综合分析和考察,可以归纳出以下几点:

首先,目前国内学界关于启蒙问题的研究,主要从"五四"启蒙以及新时期启蒙文学的视角出发,来梳理启蒙文学思潮的发展流变。而现有的研究成果,较多地关注某一特定历史时期,某些代表人物的启蒙思想,并且重点聚焦于他们在推动社会政治、经济、文化、外交等各个方面所提出的社会启蒙主张。然而这些早期启蒙主张,实际上只是一些碎片化的启蒙举措,并未从根本上搭建起一种关于社会启蒙叙事的整体框架以及完整谱系。

其次,国内学界尚没有对"社会启蒙主题"这一概念有过统一的界定。而据已有的研究成果显示。它们或是涉及社会文化启蒙,或是涉及社会法治启蒙、社会自由启蒙、社会平等启蒙等一些属于社会启蒙主题的子课题,并未出现从宏观视阈去探讨的文章,更没有将社会启蒙主题置于上世纪九十年代小说发展的整体视阈去考察的专著。因此,有关九十年代小说中的社会启蒙主题的研究,尚具有着较大的学术空间以及阐释维度。

最后,尽管目前学界已有部分学者对九十年代文学面貌有过整体概述。然而立足于九十年代的小说文本,从人与人、人与社会以及人与自然之间互动关系的视角,对该时期小说中社会启蒙主题进行探讨的文章相对较少。其实,就九十年代文学发展的整体脉络而言,社会启蒙主题与文学思潮之间无时无刻不发生着交融与互动。而它们彼此之间的互渗与纠缠,也在某种程度上辩证地推动着中国文学的发展与走向。因而,对九十年代文学作品中社会启蒙

---

① 谢新水、周雪梅:《论第三次启蒙的构想及其基本思路》,《学海》2017年第4期。

主题的整体考察与散点透视，便突显出了学术史本身的意义与价值。

三、研究的思路与方法

启蒙及其相关问题的研究是一个常提常新，并且不断发展着的学术命题。本论题所谓的"社会启蒙"，主要指在百余年以来的社会转型过程中，从社会制度到文化意识等层面对现代性的追求与建构。作为一种研究视角，相较个体启蒙而言，社会启蒙侧重于社会关系的层面，即更加重视对于人与人、人与社会以及人与自然之间关系层面的深入考察。相较感性启蒙而言，社会启蒙问题更加侧重于理性启蒙层面的探究。而介于八十年代与新世纪之交的九十年代文学，一直以来被贴上了"消费文学"以及"多元文学"的标签，尽管这种概括反映了九十年代文学主潮，由八十年代的"共名"转向"无名"的某种特点。尤其是在九十年代转型的文化语境之下，启蒙及其相关命题似乎遭遇了"新儒学""新左派""后现代"以及"后殖民"等思想理论的解构与挑战。然而，这种将西方理论强行移植并且忽略启蒙本土语境的做法，也使得反启蒙的观点和论调本身经不起严格的论证与推敲。而当我们再次重返九十年代的文学现场，尽管有部分作家及其作品受到了消费文化的腐蚀或商业文化的袭扰，但仍然有一批作家自始至终都未曾放弃过知识分子的启蒙立场。不仅如此，他们通过文学实践并从多个维度推动了社会启蒙文学的继续发展。立足于九十年代的小说文本，去系统地探讨社会启蒙与文学思潮的互动过程、运行逻辑及其演变规律，可以说是一个有着较大的学术空间，并且兼具理论意义与学术价值的新论题。通过对学界已有研究成果的归纳总结和梳理，拟研究论文的主体由绪论、正文和结论三个部分构成。绪论部分主要是对该论题的研究背景、研究现状、研究思路以及重难点进行充分的论证与思考，以便为论题研究的开展奠定学理基础。正文部分主要由以下五个章节组成。

第一章主要从人与社会之间互动关系的层面着手，对九十年代小说中涉及社会政治、社会经济以及民主法治启蒙主题的作品,进行了社会制度启蒙层面的理性追踪。这一时期,以周梅森、张平、陆天明、莫言以及王跃文等为代表的一批作家,他们分别从"政治性"与"人民性"等多个维度出发,对九十年代小说中的社会政治启蒙主题进行了深入探讨。与此同时,刘玉民、高晓声、肖克凡、贾平凹以及刘震云笔下的作品,则分别从"社会城市改革""社会农村改革",以及"社会民众观念转变"等维度展开,对九十年代的社会经济启蒙主题进行了细致描摹。此外,陈源斌、张平、余华、陈建功以及刘醒龙等作家,将自身的创作视野敏锐地投向了九十年代的社会民主法治启蒙主题,并从"公民依法维权""官员廉政勤政""司法体制漏洞"以及"个体法治意识"等层面,对社会民主法治涉及的诸多议题进行了理性思考。

第二章主要从人与人、以及人与社会之间互动关系的维度展开,对九十年代小说中涉及社会平等、社会道德以及社会自由等主题的小说作品,进行社会伦理启蒙层面的学理探讨。这一时期,以余华、阎连科、史铁生、鬼子以及苏童等为代表的作家,通过对"社会平等"的关注以及对"底层苦难"的书写,为我们开启了九十年代社会平等启蒙主题研究的多重向度。与此同时,以张炜、阎连科、余华、刘醒龙及贾平凹等为代表的作家,将视野聚焦于"人文精神失落"背景之下作家的个体/社会道德、理想信念,以及知识分子独立人格等叙述维度,并对九十年代的消费语境进行了某种程度的抵制。此外,以陈染、林白、徐小斌,以及王安忆、铁凝、迟子建等为代表的一批女性作家,则分别从"自由书写"与"理性反思"等叙事视角切入,为我们展现了九十年代小说中自由书写与女权主义倡导的新论域。

第三章主要从人与社会之间互动关系的角度出发,对九十年代小说中涉及社会民族历史、社会宗教理性以及社会民间语言主题的作品,进行了社会文化启蒙层面的深入研究。在这其中,以陈忠实、宗璞、王火、阿来以及王蒙为代表的一批作家,他们分别从"民族史""抗战史""个体史"等维度展开,对社会民族历史文化进行了理性书写。与此同时,以张承志、北村、石舒清以及史铁生为代表的一批作家,则从"哲合忍耶""神性书写""清洁精神"及"个体宗教"等多重叙述维度,向我们展示了九十年代作家对社会宗教理性的孜孜探索。此外,以韩少功、刘震云、张炜、余华以及格非为代表的小说家,他们热衷于从民间叙事语言的多元层面出发,为我们考察九十年代小说中的社会民间语言启蒙主题,提供了某种叙事实践与美学参照。

第四章主要从人与自然之间互动关系的视阈着手,对九十年代小说中的生态启蒙主题进行了历时性与共时性的人文反思。其中,以张炜的《怀念黑潭中的黑鱼》、郭雪波的《大漠魂》,以及石舒清《锄草的女人》《两棵树》为代表的一批作家作品,为我们展现出九十年代初期文学界对环保题材书写的关注与思考。而到了九十年代中期,以陈继明《在毛乌素沙漠南缘》、雪漠《狼祸》以及张抗抗《沙暴》为代表的一批作品,主要以自然书写为核心,他们对人类破坏自然给人类自身所带来的重大危害进行了深入反思。其中暗喻了人与自然的和谐共处的叙述指向。此外,以迟子建的《逝川》《亲亲土豆》《雾月牛栏》、铁凝的《孕妇和牛》、王新军的《农民》以及张炜的《九月寓言》为代表的一批作品,深刻阐释了九十年代末期人与自然和谐共生的叙述主旨。

第五章主要是对九十年代小说中社会启蒙主题的总体特点、本质指向以及启示意义的概括与总结。首先,九十年代小说中的社会启蒙主题,大抵呈现出开放多元性、融合交叉性以及丰富延展性的特点。而这几种特点之间又是一种相互影响并且相互作用的关系。其次,九十年代小说中社会启蒙主题的本质指向为社会批判性。这种批判性源自严肃作家所秉持的社会启蒙立场,以及知识分子对纯文学的固有坚守。最后,九十年代小说中社会启蒙主题的启示意义大抵可归纳为三点:立足于文学本体,独立做出符合文学史本来面目的判断;坚持启蒙批判的价值立场,探寻科学的理性精神;突破思维框架,探寻中国式的社会启蒙辩证法。

结论部分通过对九十年代小说中社会启蒙主题的整体考察以及散点研究,不仅为我们打捞起了一批在九十年代被遮蔽但却具有着启蒙立场以及社会启蒙姿态的文学作品(这种考察,也让我们能够更好地站在百年启蒙文学史的学术场域去重审中国当代文学),而且在此基础之上构建出具有启蒙文学特质且符合社会历史发展客观规律的当代社会启蒙文学史。从这种角度而言,对九十年代小说中的社会启蒙主题的探索和深究,便突显出了其本身的学术内涵以及理论价值。

拟采用的研究方法如下:

(一)文献资料法:主要通过收集本课题领域内与社会启蒙主题相关的研究成果,为本论文的写作提供前期的文献基础与材料支撑。而这其中不仅涉及了大量与启蒙研究相关的理论书籍,还涉及支撑本项研究的九十年代小说文本。

(二)对比研究法:通过对国内外已有的关于社会启蒙研究成果的综述,从中归纳出关于社会启蒙主题的某些共性/个性特质。并在综合考察与重点聚焦的基础之上,对本论题的整体研究框架不断修整,使论题主旨的阐发更加明晰。

(三)文本细读法:对涉及本论题的重要小说文本进行甄选并精读,力求从文学本体出发,对社会启蒙主题相关作品做一次整体打捞与美学探索。并在九十年代文学发展的整体视阈下,对相关作家作品其进行重评。

四、研究的重点、难点、突破点

(一)研究的重点:主要在于从社会启蒙主题的研究视角,对九十年代的小说进行全方位、多维度的解读和探究。并在解读的过程中,逐渐厘清九十年代小说中社会启蒙主题的内在线索与发展脉络。

(二)难点:就学界已有的研究成果而言,从社会启蒙主题这一视角去综合考察九十年代的小说创作的文章尚处于探索期,并且学界可供参考与借鉴的成果极为有限。拟研究的论题原创性较强,具有一定的难度与挑战。一方面,不仅要对九十年代的小说创作思潮有一个整体把握,而另一方面,还不能局限于之前文学史叙述的固有模式,必须以社会启蒙的批判标准和尺度,对该时期的文学作品进行甄选。

(三)突破点:本论题中的"社会启蒙",主要指在百年来的社会转型过程中,从社会制度到文化意识等层面对现代性的追求和建构。相对于个体启蒙而言,社会启蒙侧重于社会关系的层面,即更加重视对于社会与人、人与人以及人与自然之间关系的考察。相对于感性启蒙而言,社会启蒙问题更加侧重于理性启蒙的层面。系统探讨社会启蒙与文学思潮的互动过程、运行逻辑及其规律,可以说是一个有着许多未知领域的新的学术空间。

第一章　九十年代小说中的
社会制度启蒙主题

在阿多诺看来,社会是"超越各个主体而独立存在的客体,同时也是由不同主体形成的总体"[①]。由此可见,社会是由不同主体构成的一个集合体。而社会制度也是一个涉及社会学以及政治学等多学科的交叉概念。就社会制度这一概念本身而言,它实际上有广义与狭义之分。广义的社会制度,往往指的是一个国家的总体社会形态,比如资本主义制度、社会主义制度等。而与此相关形成的社会为资本主义社会或者社会主义社会。而狭义的社会制度,则主要考察的是一个社会的政治制度、经济制度以及法治制度等各种组成部分。有论者曾指出:"各种社会制度中最普遍的是'政治经济制度',一定的政治经济制度是一定的社会生活的骨子。"[②]由此可知,狭义的社会制度还可以指涉具体的办事程序以及行为模式。譬如薪酬制度、福利制度以及住房等制度等。进而言之,九十年代小说中的社会制度启蒙主题,探讨的是作家在这一时期的小说创作过程中,通过其创作对该时期政治、经济等方面主题的整体呈现。当然,这一时期的小说作品并非一种浮于表层式再现社会制度启蒙的各层面,而是充分深入社会制度的内核并深掘该时期的文化/历史资源。而这些作品不

---

① [日]细见和之:《阿多诺——非同一性哲学》,谢海静等译,河北教育出版社2002年版,第152页。

② [日]高桥清吾:《社会制度发展史》,潘念之译,大江书铺1933年版,第6页。

仅反映了九十年代社会启蒙小说发展的整体面貌,而且丰富并拓展了社会启蒙的内涵与外延。九十年代小说中社会制度启蒙主题所涉及的文学作品背后,充分突显了人与社会之间的互动关系。而这种互动关系,大抵体现为"对政治现代性追求""对经济改革的多维透视"和"走向民主法治化的艰难探索"这三个层面,且这几个层面之间可以实现互补与互通。

第一节 对政治现代性的追求

"政治"这一概念,最早出现在人类文明史上的"奴隶社会时期"[①]。而在中国的古代典籍《尚书》《周礼》以及《管子》中,也均有关于"政治"的早期阐述。在西方的语境里,"政治"(politics)一词最早源于希腊语的"polis""polity"以及"politeria"。通过对这一概念的梳理,有论者曾对"政治"的内涵及外延进行过深入探讨。在他们看来,"政治"指的是"在特定社会经济关系及其所表现的利益关系基础上,社会成员通过社会公共权力确认和保障其权利并实现其利益的一种社会关系"。[②] 这里所论及的社会关系,往往指的是对社会制度的考察。也有研究者就应当如何反思当代启蒙的问题,指出应从两个方面着手:"一是启蒙的基本价值,在当时条件下的合理性,和经过长期发展的考验,今天对这些合理性的普世性和历史含义的再认识;另一方面,由启蒙的世界观所带出的社会的政治制度,以及在这套制度安排下的生存信念,到底给我们的社会和未来带来什么样的后果。"[③]由此可见对启蒙基本价值的探索,及由启蒙的世界观所导出关于社会政治制度的深究。不难窥见,对现代性的追求早已内化为社会制度启蒙的叙事指向。具体到二十世纪九十年代而言,这一时期的小说创作出现了一定程度的繁荣局面,反映了作家对社会公众所关注现实问题的重

---

① 王浦劬等著:《政治学基础》(第二版),北京大学出版社2006年版,第3页。
② 王浦劬等著:《政治学基础》(第二版),北京大学出版社2006年版,第9页。
③ 曹明珠:《启蒙的反思》,见哈佛燕京学社编《启蒙的反思》,江苏教育出版社2005年版,第7页。

视与聚焦。而在这其中,周梅森的《人间正道》、张平的《抉择》、陆天明的《苍天在上》、柳建伟的《北方城郭》、王跃文的《国画》,以及李佩甫的《羊的门》等作家作品较有代表性。

在二十世纪九十年代的文化语境之下,上述作家以其敏锐的文学视野,充分体现他们对于政治的感知与现代性体验。而这些作家笔下的人物塑造,多聚焦于政治官员的人物形象刻画。这批官员或是主政一方,或是在某部门拥有着较大的权利。然而在改革开放的大背景之下,官场也同样被消费文化所侵蚀,腐败问题也随之层出不穷。为了公民利益或是出于对国家权利/人民立场的捍卫,其笔下的主人公往往突出并且强调了人民立场。这种叙事模式不只在周梅森的作品中存在,同样也频繁地见之于陆天明、张平、柳建伟,以及王跃文等人的小说之中。正如启蒙先哲洛克曾在其政治哲学论著中所言:"公民政府是由于两种权利而获得权力的,因为权力属于个人,他或她为了让它们有效地起作用,便把权利转让出来了。这两种权利分别是自然法和保护自我的权利,而它们本身又是来自两种责任,即保护他人和保护自我的责任。"①此处"保护他人"中的"他人",实际上指的是社会/国家组成最多数的人民。或许单就小说作品人物形象的刻画,以及故事主人公的人物呈现而言,作家们的艺术手法各有差异。然而,关于社会启蒙以及政治现代性的追求这一视角,却无疑是他们笔下小说作品呈现出的共同特点。也正是基于对小说开启民智这样一种社会启蒙责任感的驱使,周梅森、陆天明以及张平等作家笔下的叙事,显现出了某种超越政治小说之上的启蒙特质。

周梅森的长篇小说《人间正道》,最早发表于1996第6期的《当代》杂志。这部作品主要叙述了在改革开放的背景下,作为全省贫困地区的平川市在新任市委书记吴明雄的带领下克难履艰、众志成城,取得了一个又一个发展奇迹的故事。从小说内容的主旨阐发而言,该作充分体现了在新时期中国共产党

---

① [英]斯图亚特·布朗主编《英国哲学和启蒙时代》,高新民等译,中国人民大学出版社2009年版,第121页。

党员身上所具有的领导能力以及人格魅力。小说对新任市委书记吴明雄着墨颇多,作者特别善于通过典型环境塑造典型人物。这也充分体现了作者的叙述方法以及言说策略。如果依据叙事学家里蒙—凯南的观点,一部作品中的人物形象塑造,通常会涉及两种方法,分别是直接法与间接法。何为直接法? 主要指"通过采用直接向读者点明人物特点的形容词、抽象名词、喻词勾勒人物主要特征的叙述方法;所谓间接法,则是指未经叙述者阐明,需要读者仔细推测的人物塑造手法"。[①] 以此来观照《人间正道》中,对具体人物形象的塑造。周梅森在文中并未直接交代人物性格,而是将其置于具体的场景之中去立体展现。由此可知,作者在《人间正道》里对人物形象的刻画,主要采用的是一种间接塑造法。

回到小说文本的具体阐释之中,当故事主人公吴明雄在被任命为市委书记时,他在工作会上强调:"在以我为班长的这届市委领导班子里,谁都不得鄙视前人。要知道,谢学东书记也好,郭怀秋书记也好,都是认认真真干工作的好同志、好领导,为了平川,他们是尽了心、尽了力的,郭怀秋书记连命都赔上了。我不想听到任何人在我面前对他们说三道四,评头品足。坦率地说,你我现在都没这个资格。"[②]寥寥数语便将一位作风正派以及实事求是的领导形象刻画得生动传神,如此一来,也极大调动了受众的阅读兴趣。在叙事学家福斯特(E.M. Forster)看来:"如果小说艺术把人物外部行动作为叙述的主要对象,那么,就小说与读者的关系而言,这样的小说只能够满足读者粗浅层次上的好奇心,然而真正出色的作品,则必然是通过对人物内心世界的描摹,揭示虚构人物与现实人物之间的类比关系。"[③]换而言之,一部作品的成功与否,在很大程度上取决于小说中的人物形象塑造。尤其是作者在文本中,对小说故事主人公内心活动所开掘的广度与深度,这也成为我们进入小说中心叙述主旨的

---

① 申丹:《西方叙事学:经典与后经典》,北京大学出版社2010年版,第59页。
② 周梅森:《人间正道》,人民文学出版社1996年版,第115页。
③ 申丹:《西方叙事学:经典与后经典》,北京大学出版社2010年版,第56页。

一扇窗。

因此,如果以小说人物形象刻画为标尺,以此反观周梅森的文学创作。考察小说故事之中具体的人物形象塑造,周梅森在《人间正道》中通过情节的发展与故事的推进使得人物形象更加立体丰盈,也让其作品的政治性主题得以不断延伸和拓展。尤其是作者善于将人物放置于典型的场景之中,通过他们的一言一行充分开掘主人公的内心世界。如此叙述,也在某种程度上为小说中的人物主人公与作为读者的受众之间,搭建起了一座沟通与互动的桥梁。

为此,有论者曾指出:"作家塑造吴明雄这样一个新形势下的改革者的典型形象是有它的历史和现实的双重警示意义的……(吴明雄)不怕丢官、为民造福、深化改革、团结同志、敢作敢当。"[1]不难看出,作者尤为擅长从改革与经济发展的角度缓缓掘进,从而营造出一种逼近现场的写实感与真实感。对周梅森这部《人间正道》的总体考察,也为读者勾勒出了一幅反映中国当代改革与经济发展的现实图景。然而,作者对这幅画卷的摹刻,并非以一种全知全能的叙事视角来结构全篇。而是通过以点带面,由人物故事情节的发展缓慢揭开隐藏在叙事文本之后的小说主题。具体可以从以下几个方面进行分析解读:

首先,从主旨的叙述以及阐发的视角而言,该部作品对时代风貌的再现以及发展背景的描摹不仅符合某一时期的特定背景,而且充分满足了读者对作品的阅读期待。譬如在《人间正道》第十七章的开篇,文中写道:"经过两年艰苦卓绝的奋斗……清澈的大泽湖水源源不断地流过平川大地,流入平川古城,在彻底解决整个平川地区八县市农业灌溉用水问题的同时,也从根本上解决了一座中心城市历史性的干渴。"[2]不难窥见,这种叙事策略使得作者不仅能够站在历史发展的高度,以一种全知全能的叙述视角来俯瞰一切,而且还能够充

---

[1] 朱殿庆:《艰难跋涉中的恢宏画卷——评周梅森的〈人间正道〉》,《当代文坛》1997年第4期。
[2] 周梅森:《人间正道》,人民文学出版社1996年版,第366页。

分深入小说创作的具体环节之中,去全方位、多维度地展现人物形象。这种叙事使得小说故事情节的发展,乃至人物性格及形象的刻画都十分贴近作品中人物的特定身份及其叙述口吻,且毫无雕琢之感以及斧凿之痕。而通过小说这种题材类型,作者也将改革开放以来中国所取得的伟大成就,全景式地展现在了作品之中,可谓是一部行进中的当代改革发展史。这种叙事背后也暗喻着作者对政治启蒙的不懈追求,特别是在小说篇末,故事中的市委书记吴明雄即将卸任之时所说的那段话,更是直接亮明了作者所秉持的社会启蒙立场。文中吴明雄指出:"这几年工作中的成绩,同志们都顾全大局,真抓实干,一个个没日没夜地拼命……在搭下了如今这个大城市、现代化的基本框架后,下一步的路子应该怎么走。我的看法是,不要松劲,不要自满,不要认为我们是如何了不得!走出平川看世界,世界很大,很大。我们平川在发展,人家也在发展,我们没有多少理由可以自我满足。"[①]由此可见,以市委书记吴明雄为代表的一批共产党员,他们时刻将地区的经济发展以及当地的民生福祉视为工作重心。而在他们身上,也深刻诠释了全心全意为人民服务的宗旨。作者在看似平淡的叙述之中,增添人物并且营造故事冲突。并且在通过典型环境塑造典型人物形象的基础上,不断开掘小说的叙述主题,充分体现出了周梅森小说叙事所具有的艺术张力。

其次,对政治现代性的追求,也成为《人间正道》该部作品阐发的中心思想。作者对政治经济体制改革的书写令人印象深刻。譬如在文中,当昔日为当地经济发展做出了重大贡献的胜利煤矿,在新的历史发展时期面临着效益降低、竞争力削弱,甚至连工厂内的员工工资都开不出的窘境之时,胜利煤矿的党委书记曹心立,不得不通过借钱以帮助企业渡过难关。国有煤矿企业乃至整个国企的改革形势,日益变得严峻起来。因而《人间正道》通过对国企在实际发展之中所遇到的现实困难所进行的全景描摹,可谓对九十年代社会政

[①] 周梅森:《人间正道》,人民文学出版社1996年版,第441—442页。

治以及社会经济发展过程中出现的新情况或新问题的直观反映。不仅如此,我们在周梅森的作品里还分明读到了因地域经济发展不均衡所导致的诸多现实性问题。在这些暴露出来的问题中不仅涉及信息与市场等方面的疑难杂症,而且在人才与经营等方面也同样存在着诸多的矛盾纠葛。这些现实问题的出现,无疑困扰了中国当代可持续发展,并成了构建和谐社会所亟待解决的重要命题。

与周梅森的小说《人间正道》中,吴明雄临危受命(前任书记郭怀秋因公殉职)接受组织安排,担任平川市市委书记一职的情节极为相似,陆天明在长篇小说《苍天在上》的开篇讲述了章台前任市长、著名女劳模董秀娟因涉嫌受贿被立案调查,结果被发现竟蹊跷地死在了自己的卧室,并且死因不明。正是在这样一种情形下,省委急调千里之外的副总指挥黄江北火速奔赴章台市接任代理市长一职。可以看出,无论是周梅森的长篇小说《人间正道》的情节结构设置,还是陆天明长篇小说《苍天在上》的叙事安排,都通过市委领导班子的变故,进而推出小说的主人公。前者引出的是具有改革魄力的吴明雄,而后者刻画的是出身清华并且具有良好业务素质的黄江北。所不同的是,《人间正道》更多聚焦于对以吴明雄为代表的一批优秀共产党的形象塑造,作者力图刻画他们不畏艰难,在改革浪潮之中勇于担当、开拓进取的事业精神;陆天明的《苍天在上》,则更多突出的是反腐败问题。作者从篇首便开始制造悬念,紧接着步步逼近,揭示了章台市一起涉及金额高达千万元的公款挪用案件的侦办过程。作者充分展现了新任代理市长的励精图治,以及市委书记沉着冷静的优良品质。

事实上,《苍天在上》这部长篇小说,不仅展现了人民对腐败分子深恶痛绝的态度和立场,而且作者还能够充分深入具体的人物形象,让人直观感受作者对人民的尊重与虔诚。正如陆天明所言:"《苍天在上》是我五年前的一部作品,也是让我备尝艰辛、又倍感欣慰的一部作品……当一个作家把掌握关注的目光真诚地转投向了人民大众所关注的那个方向时,你能从'人民'那儿得到什么样的鼓舞和支持。"①从这段简短但却意味深长的话,可以窥见作者在创作这部《苍天在上》时所具有的真实心境。这不仅是一种对人民的敬畏,及基于人民书写立场之上的书写姿态,更是一种对现实主义题材的深度开掘。也正是因为陆天明秉承这样一种创作理念,他的文学作品天然地对改革开放,尤其是九十年代以来的社会政治发展有一种深刻的理解与清醒的认识。这亦为陆天明的小说创作积累了素材。

如果单从小说文本的叙述视角而言,陆天明的《苍天在上》在作品的主旨设置,乃至具体人物形象的塑造方面都可谓独具匠心。他摒弃了以往高大全的固有模式,而选择聚焦于小说人物形象刻画本身。作者尤为擅长在典型环境中塑造典型人物,并且从中展现故事主人公的典型性格。譬如作品中对黄江北形象与性格的深刻描摹,让人印象深刻。有论者曾撰文指出:"黄江北这个人物是富于血肉的,作者倾注了自己的感情和审美理想,对其内心世界进行了多方面的开掘。"②而这种基于反腐主题基础之上对人物性格的深度开掘,无疑得益于陆天明小说所铺开的叙事线索及其发展脉络。首先从叙事线索而言,小说《苍天在上》的叙事紧紧围绕着"反腐败"及坚守"人民性"这两个维度展开。故事在推进的过程中,不断赋予小说主人公以多元立体的展示面,譬如对小说作品中主人公的心理描写以及动作刻画等。这些都从另一维度增进了我们对小说的主旨凝练,以及对作品人物性格的多维认知。

其实相较于周梅森的书写,陆天明笔下的人物形象塑造采用的更多是一种成长小说的视阈以构成全篇。而为了达到这种成长小说的叙事效果,作者往往通过选取在小说故事人物性格命运发展过程中,那些极富代表性的关键事件以及关键节点,并将故事主人公放置于典型环境之中去塑造和把握。这不仅让读者对主要人物的性格有了一个直观印象,而且反过来又促使作品的政治性主题得以提炼、凸显和升华。正如有论者所言:"作者以强烈的责任感

---

① 陆天明:《苍天在上》,春风文艺出版社2002年版,第1页。
② 戴翊:《来自现实的反腐力作——〈苍天在上〉》,《社会科学》1995年第12期。

大胆地揭示了在社会转型期所出现的新矛盾,深刻批判了社会腐败现象。"①由此可知,作品对九十年代转型以来,尤其是对当时社会上所盛行的消费主义浪潮进行了自觉的抵制,这为整部作品奠定了一种积极上进的主基调。换而言之,陆天明的《苍天在上》俨然已经担负起了社会批判的职责。孙郁曾指出:"陆天明似乎感到,知识分子陶醉于精英文本是不够的,与大众的沟通,更为重要。"②应该指出,陆天明的这种现实主义思想,使得他能够时刻与社会保持一种紧密联系。一方面,他能够采用一种冷峻的创作立场,去撕开那些隐于政治现代性之下的伪善。而另一方面,这种严肃的创作立场也反过来为其小说文本注入一股强烈的社会批判意识与启蒙理性色彩。其书写也因具有一种鲜活反映社会生活的美学特质,从而成为社会启蒙主义叙事的重要文本。

至于陆天明在小说创作中的艺术追求,英雄情结以及英雄叙事乃是作者社会启蒙主义意识的具体体现。事实上,这种英雄情节不仅内化为小说文本中的具体的人物形象塑造与刻画,而且还与全篇所浸透的中国共产党党员的浩然正气有着某种紧密的联系。有论者曾通过"对现代性的追求"这一视角,对陆天明的小说创作进行了归纳与总结。在该论者看来:"陆天明小说中所惯常表达的对于社会正义、人之平等、精神救赎等的呼唤乃至呐喊,都是文学现代性的应有之意……陆天明小说的现代性追求具体表现为其力图在启蒙现代性和审美现代性之间找到交汇点。"③可见一方面,作者想通过其文学创作,用社会启蒙的理性精神祛除封建主义的鬼魅,从而担负起知识分子对社会的责任感以及使命感;另一方面,他在文学艺术理想孜孜不倦的追求中,不断运用社会批判的意识和视角,去深入探寻人与社会之间的互动关系。有研究者曾指出:"从启蒙现代性的追求来看,除了陆天明理想主义的精神特质之外,其创

---

① 杨立元:《用小说文本为人民代言——陆天明小说论》,《廊坊师范学院学报》2003年第1期。
② 孙郁:《陆天明的另一面》,《当代作家评论》2002年第6期。
③ 唐欣:《精神高地的现实关切与诗性表达——论陆天明的新政治小说》,《文艺争鸣》2014年第9期。

作意识深处一直郁积着自'五四'以来通过文学解放个体、拯救社会的启蒙情结,这也契合了大多数读者将小说作为解读现实和解决社会问题的阅读期待。"[1]因此,陆天明身上兼具知识分子的启蒙使命感以及责任感,他不仅希望通过自身的小说创作,以达到开启民智的目的,而且也深谙自我启蒙的重要性以及必要性,故而在文学创作的实践之中,不断地融入对社会发展现实的理性思考。概而言之,作者力图在启蒙现代性与审美现代性这两个方面达到某种书写默契,为读者呈现出一种别样的启蒙叙事。

莫言的长篇小说《酒国》,是一部极富现实评判意义的作品。作者在小说叙事之中不断地变化叙述视角,从而达到了一种陌生化的叙述效果。如果单从作品内容的设置以及小说的叙事线索而言,该作主要讲述了省人民检察院特级侦察员丁钩儿奉上级指示,奔赴酒国市调查"红烧婴儿"的案件并由此引发的故事。这显然是该部作品的一条明线。除此之外,小说还穿插了酒国市酿酒学院勾兑专业的博士生李一斗与莫言之间的通信,以及李一斗在通信之中附带着寄给莫言的部分小说。因此,小说《酒国》中实际上有着两条叙事线索,这两条叙事线索彼此间既相互联系又相互补充,在某种程度上搭建起了小说的整体叙事框架。

如小说的明线所述,因为动身之前就曾听闻过酒国市的酒桌文化,丁钩儿给自己提前打好了预防针。文中写道:"丁钩儿心上肉悸,头脑裂缝,几丝清凉的理智之风灌进去。他想起了肩负的重要使命,神圣的职责……他停住脚,回过头去说:'我是来调查情况的,不是来喝酒的。'他的话透出了不客气的味道。"[2]当酒国市的矿长与党委书记准备以一道所谓"麒麟送子"的名菜来招待丁钩儿的时候,他敏锐地意识到这很有可能是他们的直接犯罪证据,双方的矛盾和焦点也在瞬间一触即发。小说写道:"男孩的香气强劲有力,难以抗拒。

---

[1] 唐欣:《精神高地的现实关切与诗性表达——论陆天明的新政治小说》,《文艺争鸣》2014 年第 9 期。

[2] 莫言:《酒国》,上海文艺出版社 2012 年版,第 39 页。

丁钩儿咽了一些口水,把手伸到公事包里……我没醉,我是侦察员丁钩儿,没有产生错觉,他们想要逃脱万不能。"[1]丁钩儿通过不断的自我暗示与自我强化,再次重申了酒国市之行的目的在于实地调查"红烧婴儿"菜的真实与否。从职业的角度出发,丁钩儿本能地对"麒麟送子"这道菜存有疑虑,在他看来,这很有可能是他破获这起"红烧婴儿"案件的最好契机。因此,在以上这段叙述中,作者采用了大量的心理描写,并通过对典型环境中主要人物形象的生动描摹为我们刻画出了有血有肉、且毫不刻板的丁钩儿形象。

然而经过证实这只不过是虚惊一场。作为小说重点刻画的主人公丁钩儿,在踏入酒国市的时候依然能够自持,并且对自身所肩负的职责与使命,也有着较为清醒的认识。无奈中国的酒桌文化源远流长,他终究还是经不住酒国市的糖衣炮弹。譬如在小说篇首,便有一段写党委书记和矿长劝丁钩儿喝酒的劝酒词,这颇具代表。小说写道:"老丁同志,您大老远来了,不喝酒我们不过意……酒是国家的重要税源,喝酒实际上就是为国家做贡献。"[2]在对方的劝酒声中,丁钩儿经不住百般诱惑终于败下阵来。而在篇末,醉酒的丁钩儿也深陷于酒国的酒文化中不能自拔,最后竟在一次喝醉之后跌落粪坑而死。作者在这部作品中通过对丁钩儿这一人物形象,特别是对人物在典型环境下发生转变的细致描摹,详细叙述了主人公在赴酒国市调查"红烧婴儿"案件的过程中,究竟是如何由一名纪律严明的调查员逐步沦为一名受政治生态影响的腐败分子,并在最终走向覆亡的故事。这是小说明线所叙述的主要内容。

小说中李一斗与作家莫言的信件,以及李一斗附寄过来的小说,则构成了作品暗线铺设的另一条叙述线索。显然,它们与丁钩儿赶赴酒国市调查"红烧婴儿"的案子形成了某种互文的关系。譬如经常与莫言通信的李一斗,尽管是一名勾兑专业的博士生,却对文学创作有着极大的热忱,如文中所述:"我身在

---

[1] 莫言:《酒国》,上海文艺出版社2012年版,第76页。
[2] 莫言:《酒国》,上海文艺出版社2012年版,第42页。

酒国,心在文学……我不怕,我为了文学真格是刀山敢上,火海也敢闯。"①由此可见,李一斗对文学已经到了一种近乎迷狂的地步。他迫切希望能够得到著名作家莫言的提携,以便在文学的道路上走得更远。为此,文中采用大量的篇幅,详细刊载了李一斗寄给作家莫言的小说作品,譬如作品中随信寄来的《肉孩》《神童》等小说篇章。事实上,作者假借李一斗的叙事口吻,将酒国的部分贪腐事实进行了无情揭露。正如文中所述,在明线中的丁钩儿,他的使命正是下基层来调查酒国市"红烧婴儿"的相关案件。然而,由于当地的部分官员早已获悉了丁钩儿此行的真正目的,所以他们自然不会轻易让丁钩儿获得侦破线索。为此,作者巧设悬念,通过小说暗线如李一斗与莫言之间通信的视角,逐渐将酒国市里所存在的烹煮婴儿的暴行公之于众。如文中李一斗在信中所言:"我上次寄给您的《肉孩》,虽然不是报告文学但也跟报告文学差不多。酒国市一些腐化堕落、人性灭绝的干部烹食婴孩的事千真万确……此案一旦水落石出,必将震动世界。"②将信中的这段描写对比之前丁钩儿所遇的假婴孩事件,不难窥见,这些看似光怪陆离的书写背后,实则蕴藏着作者对酒国社会的某种批判性反思。

小说文本在层层的叙述中,不仅搭建并勾连起了上述两条叙事线索,而且也通过以上叙事线索的独立/交叉阐述,对中国由来已久的酒文化进行了某种无情的鞭挞。在这背后显露的不仅是对《酒国》中部分腐败人物以及腐败现象的尖锐讽刺,更是一种对社会政治启蒙现代性的理性追踪。正如作者在文末自述:"当今社会,喝酒已变成斗争,酒场变成了交易场,许多事情决定于觥筹交错之时。由酒场深入进去,便可发现这社会的全部奥秘。于是《酒国》便有了讽刺政治的意味,评判的小小刺芒也就露出来了。"③由此可知,莫言这部作品的创作主旨,便是将讽刺的艺术手法与小说叙事有机结合,并在对作品的阐

---

① 莫言:《酒国》,作家出版社2012年版,第25页。
② 莫言:《酒国》,作家出版社2012年版,第101页。
③ 莫言:《酒国》,上海文艺出版社2012年版,第343—345页。

述基础之上,不断融入对当今社会政治生态中所存在腐败现象的揭露,以便达到某种警醒以及鞭挞的作用。

如果说莫言的长篇小说《酒国》,主要采用的是反讽的手法来揭露酒国市存在的各种腐败现象,那么张平的长篇小说《抉择》,则主要是通过正面迎击腐败现象而展开叙述。《抉择》重点讲述了一位共产党员用自己的实际行动,践行了全心全意为人民服务的宗旨的故事。在作品的叙述之中,作者拨开层层云雾,将这家国有大型企业沉浮背后的腐败问题进行多维剖析。作品主要讲述了市长李高成秘赴工厂调查中阳纺织集团的亏损原因,却意外发现妻子被卷进案件并且还是骨干成员的内幕。最后,在家庭亲情和人民责任之间,李高成选择了忠于使命、忠于人民,这便是抉择。这篇小说以大义凛然的气魄,充分展现了在新的历史发展时期,以李高成为代表的一批中国共产党党员身上所具有的使命、责任与担当。以李高成为代表的一批时代先锋,不畏艰险敢于亮剑,作品也充分揭示了他们对腐败行为的深恶痛绝,以及与腐败分子做斗争的坚定立场。有论者指出:"生活与政治,确实给张平的创作带来了生机与魅力,赋予其作品以饱满、昂扬的时代精神与极其广泛的人民性。"[1]由此可知,张平的创作秉承了一种对时代负责的责任感与使命感,因而他时刻保持了一种对现实主义题材及现实主义创作手法的敏锐度。除此之外,张平在具体的创作过程中,也自觉地将这种对社会发展的感知积极融入了自身的整体构思与美学观照之中,从而创作出了一系列富有时代感且具有批判精神与启蒙品格的文学作品。

事实上就小说文本本身而言,张平对李高成这一人物形象的刻画可谓颇具匠心。譬如在小说作品中,作者以这样的方式介绍李高成的出场:"李高成今年五十四岁,在省会一级的市长里头还算年轻。但早已是两鬓斑白,满脸皱纹了。李高成一直很瘦,根本不像一些领导那种满面红光、脑满肠肥的样

---

[1] 艾斐:《论张平的创作特点与艺术追求——从〈抉择〉〈生死抉择〉所引出的思考》,《理论与创作》2000年第6期。

子……尤其是让老百姓觉得亲切,能给人一种信任感。"①这段简短的描述,使得读者很快对这位市委书记李高成有一个直观的印象。紧接着,作者通过典型事件来刻画人物形象。文中有一段对李高成处事态度及办事原则性的书写十分生动。刚刚上任市长兼市委副书记的李高成,针对当时领导干部违规占用并勾结地方势力炒私房的行为,并没有选择退缩而是勇于亮剑。李高成严正声明:"无论是市内还是郊区,哪一级查出问题不解决,哪一级的领导承担一切责任和后果。该处分的处分,该撤职的撤职,包庇者罪加一等。"②从作品对人物读白的这段描写,读者不仅可以看出李高成为官所秉持的人民立场,也对张平笔下所刻画的李高成形象有了一个更为立体多元的感知。在这段对主要人物形象的塑造和刻画之中,我们分明还可窥见作者的启蒙姿态以及启蒙立场。

在小说语言的运用方面,张平在《抉择》中所采用的语言平实自然、毫无矫揉造作之感,这些都基于张平在书写之初所秉持的人民性。换而言之,张平在《抉择》里以一种平民立场和平民视角来展开叙述。这样一来,其笔下所刻画出来的人物也有血有肉且极富生活气息,因为小说中的主人公并非因为身居要职而高高在上。作者的叙事安排以及形象刻画,让读者坚信这些廉政勤政的官员就是我们身边平凡普通但又伟大无私的人民公仆。如有论者所言:"整个作品采用严谨的现实主义手法,用朴素自然的语言,随着市长李高成心灵历程的变化和发展,娓娓道来,不加渲染粉饰,真实感人。"③因此在人物形象以及小说语言等多个方面,张平的长篇小说《抉择》对作品的艺术呈现以及创作效果做出了努力与尝试,这是这部小说得以成功,甚至后来被改编为热映电视剧的重要原因。

---

① 张平:《抉择》,人民文学出版社2004年版,第7页。
② 张平:《抉择》,人民文学出版社2004年版,第339页。
③ 刘定恒:《一部弘扬时代主旋律的力作——评张平的长篇小说〈抉择〉》,《文艺理论与批评》1998年第2期。

最后,就张平小说创作的主旨而言,对社会政治启蒙主题的深挖以及对现实主义的深度描摹,充分体现了作者的美学追求,以及对文学的哲理性思考。有论者曾谈到:"他并不准备事无巨细地记录这个时代的方方面面……只钟意于最富社会意义的题材、最本质尖锐的社会矛盾冲突。"[1]发掘具有社会意义的题材、揭示最尖锐的社会矛盾,这些创作特征无不体现了张平作为一名有社会良知的作家所具有的知识分子的启蒙意志与社会责任感。

柳建伟的长篇小说《北方城郭》与陈忠实的代表作《白鹿原》、张炜的代表作《古船》、路遥的长篇小说《平凡的世界》,一起被誉为"新时期现实主义长篇小说四大名著"。[2]《北方城郭》这部作品主要以豫西某县城为叙述重点,以追查一笔赈灾款为叙事线索,对近四十年以来中国城乡的发展现实进行了一次全景揭露与深刻描摹。从作品内容阐发的主旨而言,该部作品同样反映了在改革开放前后,中国城乡的政治、经济以及文化等方面所发生的深刻变化,尤其深刻体现了在历史转型时期,人们的真实生存境况。小说故事中的人物刻画细腻逼真,故事线索也清晰明了,引人入胜。《北方城郭》之所以广受赞誉,最重要的原因在于作品所彰显的启蒙主义特质。当然,编辑的慧眼卓识也功不可没。事实上,早在二十世纪九十年代初期,柳建伟便结识了时任人民文学出版社副总编辑的何启治。何启治也在与柳建伟的多次接触之中敏锐地发现其文学才华,因此他陆续推荐了柳建伟的中篇《都市生产队》以及报告文学《红太阳白太阳》的部分片段在著名文学杂志《当代》上发表。另外,他还在《中华文学选刊》上特地选发了柳建伟的中篇小说《王金栓上校的婚姻》。不仅如此,他还鼓励柳建伟"不要辜负了自己和这个时代"[3]。也正是在何启治的鼓励下,柳建伟很快交出《北方城郭》的初稿(1995年11月)。人民文学出版社也迅速组织编辑人员,对这部将近50万字的《北方城郭》进行了三审。正是秉承了

---

[1] 张丹丹:《谁在记录我们的时代——评张平新作〈抉择〉》,《东南学术》1998年第4期。
[2] 柳建伟:《北方城郭》,长江文艺出版社2014年版,第1页。
[3] 红耘:《柳建伟和他的〈北方城郭〉》,《中国出版》1998年第10期。

"不能够辜负了这个时代"的创作理念,柳建伟下定决心要将这种立言传世的思想融入自身的创作之中,以便让自己的文字能够反映社会脉搏。由于在小说创作之初便树立的书写动机,反映时代转型成为柳建伟作品的重要叙事动因。

其实,就《北方城郭》这部作品的叙事线索来看,作者着力从明暗两条叙事线索出发来结构全篇。明线主要叙述了龙泉新任县委书记刘清松与龙泉县委副书记李金堂之间的权力之争,而暗线则主要交代了县剧团副团长欧阳红梅和李金堂、个体暴发户申玉豹、记者白剑这几个人之间复杂的感情纠葛。明暗双线相互交织,共同推进着故事的发生与发展。就小说的人物形象塑造而言,李金堂、刘清泉、欧阳红梅、申玉豹以及白剑等人物依次出场,作者寥寥数语,生动形象地刻画了他们各自的性格特点,令人印象深刻。即便是作品中出现的非主要人物。作者也能够用精准的语言,对其形象进行大致勾勒。正如有论者所言:"如白脸王副乡长持枪胁迫白姓人撤寨门一段描写,通过白剑与他的交锋,便把这个在全书仅出现一次的农村基层干部专横跋扈,以势压人,媚上欺下,外强中干的形象刻画得跃然纸上。"[1]正是这种典型环境对典型人物的多维塑造,让全篇小说的叙事主题以及中心意旨的表达愈发清晰明了,从而更好地展现了作者的艺术哲思以及叙事伦理。

应该指出,《北方城郭》不仅是一部现实主义作品,而且在某种程度上也是一部描写景色的佳作。如篇首所言:"列车穿行在白茫茫的华北平原上。血色的夕阳在西面地平线上正由微弱的橙光对抗着从四面八方渐渐逼近的灰蒙蒙闪着寒气的暮色。"[2]寥寥数语便将穿行在华北平原上列车所经过地区的景色描绘得绘声绘色,让人身临其境。不过,这部作品绝不止于柳建伟笔下的文学地理叙事,更多的是他在作品中对现实社会的描摹与揭露。譬如作者在文中写道:"林苟生小他四岁,一进龙泉就是副镇长,这个现实让他微微感到有些不

---

[1] 向宝云:《理性批判与典型塑造——〈北方城郭〉简评》,《当代文坛》1998年第3期。
[2] 柳建伟:《北方城郭》,长江文艺出版社2014年版,第1页。

适。或许,仇恨的种子正是在这里下了地,李金堂自己并无察觉。如果升任县委副书记能很快实现,林苟生在四年时间里需连升三级,才能和他平起平坐,这就好接受些。"①不仅如此,小说对官场的生存法则也有一段赤裸的描述。文中写道:"龙泉的官人们多年来总结出为官的三级跳,一跳要跳到李副书记(指李金堂)的嘴巴上,只要他眼里有你、嘴上说你,学相公就算毕了业;二跳要跳到李家掩在翠松绿柏的四合院里,只要能常被召到他家训话,你算入了围;三跳要跳到李家的饭桌上,能吃到春英做的家常便饭,才算修成了正果。"②以上这两段叙述,一方面将龙泉部分官员的自私自利、一心只求升迁的心态揭露无疑,另一方面也为读者刻画出了一幅龙泉地区非正常的政治生态。进而言之,小说中的某些地方官员在下一级官员的升迁任免过程中,往往发挥着举足轻重的作用。这里实际上暗喻了相关检察部门权力制衡的缺失,以及少数干部不作为的现实,从而导致了部分地方官员变成了名副其实的"土皇帝"。这种通过对一个小县政治生态的深刻描摹,推及并延伸到大的地域甚至一个国家的书写,也在某种程度上,彰显了小说叙事在推动社会政治启蒙层面所达到的广度与深度。

无独有偶,王跃文也将关注视野聚焦于社会政治启蒙现代性的书写。首先从作品的内容及其叙述线索来看,王跃文的小说《国画》主要以明暗两条叙事线索而展开。其中明线主要讲述的是小说主人公朱怀镜的官场境遇,而暗线则深入到了探究官场的政治生态,及社会人性的哲理高度。两条叙事线索之间既相互联系又彼此独立,共同推动了小说的发展。正如有论者所言:"以朱怀镜的宦海沉浮为线索,生动刻画了一批生存于权力中心或边缘地带的人物形象……对丑恶及腐败的滋生原因,也做了人性和机制等多方面的探索与揭示。"③当然,对王跃文的《国画》进行整体解读,除了深入揭示该作背后所反

---

① 柳建伟:《北方城郭》,长江文艺出版社2014年版,第37页。
② 柳建伟:《北方城郭》,长江文艺出版社2014年版,第52页。
③ 王跃文:《国画》,人民文学出版社1999年版,第1页。

映的政治启蒙主题之外,还应将这部作品放置于九十年代文学发展的背景中进行整体考察与美学探究。

事实上,在《国画》这部小说的叙述中不乏鞭辟入里的真知灼见,这充分突显了作者所秉持的启蒙立场。比如朱怀镜所言:"那些手中有权支配国家钱财的人。他们利用国家的钱,结私人的缘;靠私人的缘,挣手中的权;再又用手中的权,捞国家的钱。如此循环,权钱双收。"①小说中的这段话,可谓将腐败官员以权谋私的丑态刻画得淋漓尽致、入木三分。作者在具体的小说结构方式上也多采用了对比的叙述方法。譬如小说中对朱怀镜为求得官位对上级的阿谀奉承与曲意逢迎的描写,与那位刚正不阿、洁身自好的财贸处副处长邓才刚的形象,正好形成了鲜明对比。邓才刚因不会巴结上级而在副处岗位上徘徊近二十多年,最后一气之下辞职下海。而小说中的朱怀镜出生于农村,后来通过自身的不懈努力,在基层摸爬滚打十年后终于官拜副县长,并即将调任上一级人民政府办公厅任副处长。然而在消费社会以及官场不良风气的腐蚀之下,朱怀镜也逐渐放松了对自身的要求。譬如为了谋求升官,他不惜骗取好友李明溪价值二十八万元的国画作品,并投其所好将该画献给了市长。邓才刚的刚正不阿与朱怀镜的曲意逢迎产生了强烈的现实反差,这两人最后的境遇也引人深思。有论者曾指出:"通过朱怀镜与邓才刚两人一正一副,一个良知泯灭却屡屡升迁,一个洁身自好却长期遭到压制的不同命运深刻地揭示了用人体制上的弊端。"②进而言之,这部作品中所浸透的批判叙述立场,反映了作者对现实社会发展尤其是腐败问题的深恶痛绝。而这种叙事视角以及叙事方式,也完全得益于作者在创作之初,便早已深植于心的书写动机以及启蒙姿态。

早在《国画》的创作之中,王跃文便树立了一种严肃的写作态度,并且秉承

---

① 王跃文:《国画》,人民文学出版社 1999 年版,第 154 页。
② 张庆满、宋江顺:《似画乃镜照彻灵魂—青年作家王跃文长篇小说〈国画〉评述》,《安徽工业大学学报(社会科学版)》2002 年第 1 期。

了一种知识分子对社会的责任感。他曾在《国画·后记》一文中坦言："作小说是一件暴露自己灵魂的事。我自信我的灵魂见得天日,所以我作小说。目前我们最需要的是批判现实主义。"①从王跃文的这段作家的创作谈,可以看出作者坚定的启蒙立场,这也是这部小说能够获得较大反响的内在原因。由此可见,作家在书写之初便敢于从众人皆醉的现实中发声和亮剑,并始终以一种直面现实以及批判现实的姿态而出场。因此,《国画》在诞生之初便被赋予了社会历史批判的色彩,因此也自然会受到文学评论界的广泛关注。

概而言之,二十世纪九十年代具有政治现代性小说的出现,是严肃作家对该时期社会生活的一种积极反应。这些具有启蒙意识的作家,往往通过小说这种文学体裁对当下的社会制度,如政治、经济或者民主法治的进程进行全景勾勒。充分体现了作家对社会的责任感与使命感。他们或是在作品中表现出对腐败问题的担忧(如《酒国》《国画》),或是以小说这种题材树立心中理想的公仆形象,譬如《人间正道》《抉择》中对勤政为民、大公无私人民干部的歌颂等,这些无不体现了作家对社会政治启蒙的理性思考。正因以周梅森、陆天明以及张平等为代表的一批作家的叙事立场所具有的社会启蒙特质,对这一时期作家作品的考察才具有理论与实际的双重意义。

第二节 对经济改革的多维透视

在二十世纪九十年代推出的小说中,有不少作家将叙事视角对准了这一时期的改革事业。一时间,文坛上涌现了不少涉及描写农村改革、城市改革、工厂改革以及家庭改革等方面的文学作品。譬如刘玉民的《骚动之秋》,高晓声的《陈奂生出国》,肖克凡的《最后一个工人》以及贾平凹的《土门》等。这些作品体现了作家对社会转型时期,尤其是在改革开放以来由农村到城市,以及

---

① 王跃文:《国画》,人民文学出版社1999年版,第689—690页。

由农业到工业所发生一系列变化的敏锐观照。而这一系列相关作品,也通过摹写现实以及对现实社会生活的再现,深刻体现了作家对社会发展的理性思考。通过对这一时期涉及改革的文学作品的甄别和选读,我们不仅对该时期经济改革启蒙主题的文学作品有了一个整体的了解,而且也能为从社会启蒙现代性的视角出发,去进一步阐释九十年代经济改革题材的小说,获得某种视阈与参考。有论者曾指出:"思想启蒙与政治改革是两个范畴的问题……思想启蒙是政治改革的精神助力,而政治改革则是思想启蒙结出的社会成果。两者关系非常密切。"[①]的确,如果离开了社会思想启蒙去谈政治经济改革。或者离开了政治经济改革而去谈社会思想启蒙,这两种做法都略有偏颇。事实上,社会思想启蒙与社会政治经济改革这两者之间应该是一种相互补充、相互统一的关系。具体而言,社会思想启蒙是社会政治经济改革的思想基础,而社会政治经济改革则是社会思想启蒙的必然选择。

反观九十年代小说中涉及社会经济改革的作家作品,刘玉民《骚动之秋》主要刻画了小说的主人公"农村改革家"岳鹏程。作者记述了岳鹏程在改变家乡面貌的过程中所激起的种种骚动。除此之外,作品还着重描写了岳鹏程内心的种种骚动。从深层意义而言,小说不仅展现了岳鹏程身上所具有的社会启蒙思想,即他能够顺应时代发展,促进社会政治经济改革进步的积极一面,而且深入刻画了由于受到封建思想影响,岳鹏程身上所具有的落后消极及反启蒙的另一面。而这一面势必会阻碍社会政治经济改革的进程,并且也提前预言了岳鹏程个体命运最后的悲剧走向。当然,更为深层的意义在于小说通过讲述改革浪潮在这一人物身上所产生的影响,深刻揭示了农村在变革时期所遇到的实际困难。譬如在作品中对于改革持不同的意见所引起的岳鹏程与嬴官之间的冲突,以及因岳鹏程与秋玲之间的暧昧关系所导致的与妻子淑贞之间感情的恶化等描写。

---

① 董健:《李慎之逝世十年祭》,《炎黄春秋》2013年第4期。

除此之外，在这样一个复杂而又富有典型的人物身上，我们看到了人性的光辉——岳鹏程在村党支部书记的任上，大力推动农村的各项改革事业，可谓顺应了时代改革的主潮。而且他大胆、果断并且富有远见的处世风格，也在某种程度上推动了乡村乡镇企业的发展。然而就像一枚硬币会有正反两面一样，正是在商品经济浪潮的裹挟下，岳鹏程也逐渐染上了不良的社会风气。譬如他投机倒把，倒卖社会紧缺物资。而且在工厂的日常管理过程中，岳鹏程也存在着打骂工人等情况。在人情世故的处理上，岳鹏程一方面不得不去揣摩领导的意图，曲意逢迎，另一方面，如果一旦有人阻挠了自身的规划，即便是家人也六亲不认。譬如他不惜破坏儿子的事业发展，以确保自己规划的完整实施。岳鹏程的身上体现出在那特殊年代里农村改革家所具有的魄力与胆识。但作者也没有因为同情而遮蔽掉他身上存在着的国民劣根性。因此将岳鹏程称为"悲剧色彩"的农民英雄，恐怕再合适不过。就具体的人物形象塑造来看，小说作者采用了辩证的视阈来刻画岳鹏程这一典型人物形象。有论者曾总结道："《骚动之秋》对岳鹏程治下的大桑园村这一隅社会实体的迅速繁荣和崛起，表示了相应的理解、尊重和赞赏；另外，又以批判的和疑虑的眼光，审视岳鹏程的专制等行径。"[1]进而言之，这里涉及对岳鹏程这一人物形象身上所具有的多重面向的细致描摹。不仅如此，作者在作品中也有诸多从人物内心活动出发，对其人物性格进行深入剖析的论述。

如果从人物的心理层次进行深挖，不难窥见在改革开放时期，类似"岳鹏程"这一类人物形象绝不在少数。换而言之，它有着一个相当庞大的群体。正如有论者所言："在政治上，他既无法得到父亲岳锐和肖云嫂老一辈革命者的谅解和原宥，也只有和儿子赢官这一代新人决裂；而在生活方面，他既不可能真正和秋玲结婚，也不可能真正和妻子淑贞分离而毁灭家庭。"[2]最后，岳鹏程走向了自我毁灭的道路。可以看到，尽管在改革开放的浪潮之中，岳鹏程曾一

---

[1] 绿雪：《"岳鹏程现象"辩证——评〈骚动之秋〉》，《当代文坛》1991年第2期。
[2] 刘玉民：《骚动之秋》，人民文学出版社1990年版，第3页。

度站在了历史发展的前沿,并成为带领全村老百姓奔向致富之路的英雄。然而他本人并没有真正由内而外地与旧的精神和灵魂彻底地分离开来。换而言之,虽然岳鹏程身上具有那一年代倡导思想解放的"改革派"身上所具有的个人魄力,但是他却无法摆脱自身囿于时代以及思想的限制,从而走向个体消亡的"悲剧"命运。这不得不引起我们的深刻反思。尤其是在向社会启蒙现代性迈进的过程中,不应仅限于某一改革目标的设定,而须从社会整体意识与思想提升的层面夯实基础。

正如作者所言:"在改革开放中,不仅需要魄力、远见、胆识,还要善于冷静地思考;既要清除长期封建思想所淤积的泥沙,也要防止资产阶级不正之风的侵蚀。"[1]由此可知,《骚动之秋》尽管只是一部小说,却在某种程度上起到了一种警示与警醒的作用。它也时刻提醒着当权者必须要对改革事业中可能出现的情况做出提前预判,并对部分预计结果做出相应部署。

如果说王蒙发表的短篇小说《坚硬的稀粥》主要讲述的是由家庭饮食改革所引发的纷争,刘玉民的小说《骚动之秋》主要涉及农村经济改革题材的话,那么肖克凡的《最后一个工人》及其相关题材文学作品的发表,则主要展现了在工业经济改革及其在改革浪潮之下,工人们的实际生存状况。一直以来,肖克凡将笔触对准了工业题材,并在这一文学园地中默默耕耘。而他所推出的一系列相关作品,如《最后一个工人》《最后一座工厂》《一天工作八小时》《男工张义》等,也是我们观照改革开放以来,工人生活及其真实生存境遇的一面镜子。而"工人""工厂""工作"以及"男工"等这些看似平凡普通的字眼,不仅是肖克凡小说中频繁闪现的关键词,也是研究者进入肖克凡文学世界的一把钥匙。无须多言,我们单从肖克凡的小说题目的命名,就可以对其小说中刻画的主要人物以及其中的书写对象有一个大抵的直观印象。这便是工人书写以及工业题材。也正是这种数十年如一日在工业改革题材方面的辛勤耕耘,使得肖克

---

[1] 刘玉民:《骚动之秋》,人民文学出版社1990年版,第3—4页。

凡小说笔下所刻画出来的工人题材以及工人形象显得更加丰满并且富有层次感。

以其代表作《最后一个工人》为例,肖克凡在该部作品中主要叙述了在经济改革大潮来袭工厂面临改制的大背景下,一位改革家不畏艰难带领企业走出困境适应新时代发展的故事。这里所谓的改制,即由之前的计划经济向市场经济转变,并以建立现代企业制度为最终目标。小说中的故事主人公周家林,原本是一名国有企业铸工车间的工人,他的妻子崔才花原先是工厂装配车间的钳工,在身体发福之后被安排到仓库里面当保管员。崔才花的内弟崔才焕是一名出色的电工,他曾在伊朗驻中国大使馆里当过两年电气技师。在完成援外任务返厂后,崔才焕担任了生产科副科长,并在工厂改制后被任命为国企"水电设备制配厂"常务副厂长。

以上叙述基本上交代了小说故事的基本线索。紧接着,作者开始从故事与人物之间的矛盾冲突着手去塑造小说人物形象。正是这位新上任的副厂长,励精图治、大义灭亲(将其姐列入下岗人员名单),展现了出色的领导才能。他将原本在改制之后成立的国营厂办得有声有色,而周家林也在崔才焕的"帮助"下成为毛坯组组长,并携两位组员——上访户屠维明和胡成。这个毛坯组成立的意义,如该厂党委书记李义明所寄寓的那一段话:"毛坯组虽小,担负着应急任务,尤其急需配件时,你们要得冲得上去!希望你们能够在企业改革的大潮中,发挥拾遗补阙的作用!"[①]以上这段描述,也可以从另一层面呼应小说的叙述背景。事实上,该部作品的诞生正值二十世纪九十年代初兴起的改革时期。也正是在这一时期,原有国有工厂在经济改革的浪潮之中被一分为二。其中一种工厂,与国外企业合资办新企业,从原企业的员工中挑选了一千多名业务骨干;而另外一种工厂保留了国营的牌子以及原厂中的部分班底。经过这样一波大的调整,也实际上形成了两种企业发展模式与道路的比拼。其中

---

① 肖克凡:《最后一个工人》,百花文艺出版社2014年版,第283页。

一种企业模式是盲目地吸引外资,以便进一步加快实现工业机械化的步伐。而另一种则是充分认清国际国内市场当前的竞争实况,积极努力调整自身以应对激烈的市场竞争。正是以崔才焕为代表的一批实干家用自己的满腔热血,谱写出了一曲改革奋进的赞歌。

当然,在小说具体叙述的过程中,作者并没有因为歌颂工业改革而对其可能造成的困难,以及即将面临的现实问题有所规避,而是选择勇敢地直面当前工业改革中所面临的挫折与挑战。有论者曾肯定了肖克凡工业改革题材作品的创作价值,尤其是肖克凡的作品在推动社会启蒙层面所具有的特殊意义。还有论者强调:"人类真正的需要是在自然所能承载的范围内,在适度和有限地改善物质生活的基础上,人与自然、人与人的关系更加和谐平等亲近,同时拥有更多的社会领域里的自由,精神生活更加充实,人格更加完善。"[①]的确,肖克凡在作品中并没有将叙事视野完全停留在展现自工业改革以来所取得的辉煌成果这一层面,而是将笔端聚焦于科学发展以及时代进步的当下,作为工人的个体价值以及社会价值。与此同时,文本中也浸透着对中国工业转型以及改革发展的理性思考。更为深刻地说,肖克凡所追求的是人与人、人与社会以及人与自然的和谐发展,使得人尽其才、物尽其用。因此,肖克凡的书写便上升至探索人与人、人与社会,以及人与自然之间关系的社会启蒙层面。

高晓声的小说《陈奂生出国》,为其笔下"陈奂生"系列中的重要组成部分。自改革开放以来,高晓声不断将自身的文学创作题材以及创作对象聚焦于"三农"[②]问题。其笔下的"陈奂生"系列作品,更是从全方位多维度的视角,为读者勾勒出了一副农村经济体制改革的全景图。在这其中,高晓声借用农民的视角,深入探索农村经济发展的实际。他不仅为我们全方位再现了在农村经济

[①] 俞春玲:《生态批评视阈下的肖克凡工业文学》,天津市社会科学联合会:《科学发展·生态文明——天津市社会科学界第九届学术年会优秀论文集》2013年10月29日。
[②] "三农"问题:一般指的是农业、农村、农民这三个问题,但核心是农民问题。参见林毅夫:《"三农"问题与我国农村的未来发展》,《农业经济问题》2003年第1期。

改革以来,农民以及农村生活所发生的翻天覆地的变化,而且还深入小说主人公的内心深处,为读者展现了新时期农民在物质生活得到满足之后,农民群体对精神生活的更高追求。当然,在这一过程之中,作者也并没有因为同情而忽略对以陈奂生为代表的农民身上国民劣根性的描写。譬如在《陈奂生上城》中,陈奂生在候车室里突发高烧,后来被准备前去省里开会的县委书记吴楚撞见。吴书记便派人将其送医,将他安顿在了高级招待所。但陈奂生醒了之后,却不得不为这五元钱的招待所住宿费买单。紧接着,作品叙述了陈奂生无比心痛,毕竟五元钱对他这样一个庄稼汉而言,可称得上是一笔不菲的开销。后来,为了将这五元钱的价值得到最大化的利用,他采取了一系列报复行为。高晓声在此将陈奂生的性格,通过一连串的动作描写生动形象地呈现在读者面前。譬如,之前陈奂生觉得自己脚不太干净,生怕弄脏了被单,并且生怕弄出声响而悄悄穿好衣服;到后来不得不交了五元住宿费之后,心像火钳烫着了,因此回到宾馆之后,他再也不想脱鞋也不怕弄脏被单。之前担心将太师椅的弹簧弄坏了的陈奂生,这一刻也直立起身坐下来好几次,而且衣服也不脱就上床睡觉。陈奂生交了五元住宿费之后的这些举动,在某种程度上将人物的性格展现得淋漓尽致。而陈奂生在交钱之后的"胡作非为",也与之前畏畏缩缩、不敢越雷池半步的形象判若两人。作者通过对陈奂生遇事的细致描写,将农民身上的国民劣根性刻画得淋漓尽致。在这种对比性的描述之中,人物形象也逐渐展现得清晰明了、生动逼真。

关于小说中陈奂生这一人物形象,有论者将其与鲁迅笔下的阿Q形象进行对比性阐述。的确,这两者在有些方面的确有着一定的相似之处。但也有论者指出:"陈奂生不同于阿Q……但这种'国民劣根性'幽灵的游荡,就是民族精神中的一种悲剧因素和历史重负。"[1]从某种程度来看,作者不仅对农民身上所具有的淳朴勤劳的品质进行了赞颂,而且也对他们身上所具有的阿Q式

---

[1] 吴海:《高晓声的农民观与美学观透视——对长篇小说〈陈奂生上城出国记〉的剖析》,《江西社会科学》1992年第6期。

的国民劣根性进行了某种深入剖析以及无情批判。应该指出,阿Q式形象出现在"五四"启蒙时期,鲁迅曾从反封建这一视角对这一群体性特征进行了批判式描写。而在改革开放的春风吹满华夏神州之时,高晓声再一次将笔触对准了农村与农民。他不仅歌颂了农民身上勤劳质朴的品格,而且对他们身上存在的问题进行了批判。显然,陈奂生只是这一群体中的一分子,作者所要批判的对象便辐射至这样一整个群体。此外,农民身上存在的未完成的启蒙状态,也可以从某种程度上反映出个体启蒙的未完成。这种未完成的状态,需要从社会启蒙的维度去规约并且再启蒙。

不同于陈奂生的叙事视角,贾平凹在作品为我们呈现出了一种别样的叙述体验。贾平凹在小说《土门》中,将叙述视野聚焦于仁厚村这一村庄现代化的进程。仁厚村中的成义,是一位颇具个人魄力的农村干部。因为生于兹长于兹,成义与乡土有着天然的紧密联系。但随着社会的快速发展,以及城市化水平的不断提升,乡村古老的生产以及生活方式在这一过程中被逐渐消解。位于城乡接合部的仁义村,更是面临着拆迁以及被吞并的境地。面对这样一种情况,成义陷入了一种两难的抉择之中。一方面,成义希望能够守住乡村最后的根基——祖祖辈辈留下来的土地,因为他不想做一个无根的人;另一方面,他又无法从根本上抵制城市文明所带来的舒适与便捷。小说中的成义并未思考应该如何更好地融入城市化,却一直在为抵制村中最后一片土地被城市兼并而"努力"着。以至于在文末出现了他为了筹钱而去重操旧业——偷盗兵马俑而伏法的一幕。从某种程度而言,成义身上体现出的个体矛盾,同样也是摆在当下中国老百姓面前的现实性问题。尤其是在二十世纪九十年代的中国,当城市化进程逐步加快时,城中村与城市之间的矛盾也随之愈演愈烈。譬如在小说篇末,庞大的拆迁队终究还是迈进了仁厚村:"当轰轰隆隆的推土机推倒了我们的石牌楼。那一面碑子也被扒出来,车轮就碾过去又碎了八块。成群的民工拥进村扒平房的木椽,挖土墙上的门窗,伐锯树木,热闹得如在清理战场,而仁厚村的人家则把日常用品堆在架子车上、三轮车上,要分散着去各地找过渡房。人们在相互告别,默默地留着各自新的住址,握手、抚肩或抱头,但没有哭。"①这段对比性描述,将拆迁队的冷酷无情与仁厚村村民之间的不舍,以及村民们对旧居的眷恋刻画得真实生动、引人深思。究竟是城市的发展要以拆迁或者淹没城中村为代价,还是因地制宜、采取一些保护古村发展的举措?这都是值得我们思考的现实问题。文末作者的一番深刻性话语,更是道出了对经济发展一味追求 GDP 质量的担忧。小说写道:"随着人越来越多,接下来,有了学校,商店,银行,邮局,以及交易市场,贸易大楼,行政机关管理大楼,城市出现了,人们觉得文明了。但人越来越多,美丽的原始风景线越来越远,楼越来越高,汽车越来越豪华,虚伪假劣的人和事也越来越高超,城市越来越在扩大,这时候出现了一个词:污染——环境污染,精神污染。人们面对着浮躁、不安,以及各种传染病,开始回念自然了……"②这段话不仅是作者对部分破坏物质生态的行为,以及精神污染的深刻反思,同时也是对我国经济发展过程中一味追求相关指标的增长而不顾环境保护与生态和谐的固有发展模式的某种隐射与批判。小说在叙述之中也向读者传递了一个宗旨:不要等到破坏了之后再反思,损坏了之后再重建。这样头痛医头,脚痛医脚的方式,并不能够从根本上解决问题。只有在充分地尊重自然以及人文生态规律的基础上,才能够更好地构建社会主义和谐社会。也只有这样,才能实现人与自然的和谐共处,达到经济发展与环境保护的良性互动。

有论者曾指出:"'仁厚村'还是被城市吞并了,成义也因铤而走险被执行了枪决。它的象征意义令人惊恐不已;谁也不曾料到,现代化作为百年中国的梦想,是以埋葬传统的'仁''义'形式实现的。杀身成仁舍生取义。"③进而言之,《土门》这部小说的深层意义,在于提醒我们对城乡经济改革以及发展进行

---

① 贾平凹:《土门》,人民文学出版社 2008 年版,第 232—233 页。
② 贾平凹:《土门》,人民文学出版社 2008 年版,第 239 页。
③ 孟繁华:《面对今日中国的关怀与忧患——评贾平凹的长篇小说〈土门〉》,《当代作家评论》1997 年第 1 期。

人文反思。尤其是在农村向城市转变的过程中,我们在片面追求经济发展的同时,也应该对传统美德如仁义礼智信时刻保持一种敬畏之心。如果没有对传统文化以及美德的最后一丝坚守,我们未来将失掉赖以生存的根基。其实这一点,作者在小说的篇首早已预示。篇中写道:"五年前修建这个广场,村人还热衷着把田地翻开来,淘出下边的沙,高兴着可以赚好多钱。但是,城市数年的扩展……醒来我们竟是西京里的人了。我们在西京里,就真的如这些可怜的丧家狗啊!"①这种反问不仅从某一方面回应了小说主旨,而且也起到了某种警醒以及政治寓言的作用。

关于该作,有研究者指出:"作者以审视的眼光、批判的态度观照转型期人们的行为和文化观念,对乡村的城市化怀有深深的忧郁之情,并进行了积极的理性探索。"②也正因如此,我们在贾平凹的《土门》等作品里不仅读到了转型时期处于城乡结合地带人们的普遍心态,而且还能随着作者的笔触去深入探寻乡土在向城镇转变背后的深层问题。贾平凹的这一书写,直击问题的核心,并且对城市和乡村的发展以及发展过程中存在问题提出了某种哲理性思考。因而贾平凹及其小说《土门》,便在某种程度上具有了批判的色彩以及启蒙的品格。

与贾平凹关注城乡改革不同,张宏森将笔触对准了工厂与工人。他的《车间主任》向我们讲述了在市场经济时代,某北方重型国有大型机械厂面临着诸多改革和发展中的实际难题。特别是在这座国有机械厂内忧外患之际,车间主任段启明站了出来,不仅带领着工人克难履艰,出色地完成了一次又一次的生产任务,而且多次临危不惧,出面协调并化解了诸多的车间矛盾以及信任危机。也正是在段启明强而有力的带领下,这座国营大厂很快便扭亏为盈。并在新一轮的市场竞争过程中逐步站稳脚跟,迎来了自工厂改革改制以来重要的发展契机。

---

① 贾平凹:《土门》,安徽文艺出版社2010年版,第2页。
② 任艳:《批判与同情——浅析贾平凹长篇小说〈土门〉》,《文学界(理论版)》2010年第4期。

从小说的艺术创作手法而言,这部作品营造了典型环境,并在典型环境中塑造了典型性格。作品不仅生动刻画了肖岚、刘义山等不同的人物形象,而且进一步讴歌了他们身上不畏艰险以及踏实奋进的个体精神。不仅如此,小说还通过对不同群体人物形象的刻画,揭示他们在市场经济时代所做出的多元选择。最后,作品还深入展现了在新的历史发展阶段,中国社会上上下下所发生的新变化以及新气象。正如作品所述:"通过厂长张一平和党委书记郭力维的内心解剖,展示出改革的难度和希望;通过工人家庭以及错综复杂社会关系的描写,挥洒出当代中国社会的真实生态和心态;通过劳模、金钱、反腐等问题的深层次揭示,反映出建立现代企业制度必须碰撞的诸多冷僻环节。"[①]由此可见,该部作品体现了经济发展,以及社会改革所面临的现实与挑战。小说深刻诠释了社会制度启蒙的内涵和外延。从某种程度而言,九十年代小说中对经济改革的生动描摹,体现了作家对社会经济改革与发展转型的敏锐度以及责任感,同时,也生动地展现出作家的社会启蒙意识以及社会启蒙姿态。

刘震云的小说《一地鸡毛》,主要叙述的是在改革开放的背景之下,作为国家机关工作人员的小林所经历的家庭、事业方面的磨炼与挑战。作品着重刻画了主人公小林在市场经济背景之下,作为社会个体的人所经历的心理调整以及观念嬗变。小说从日常琐碎的小事入手,先是写小林因为排队买公家副食店的豆腐,而错过了单位的早班车。紧接着,作品叙述了小林由于慌慌张张而将买来的豆腐挂在门上以致使下班回去之后豆腐变馊,从而引起了媳妇小李的不满。并由这种情绪,进而翻出小林夫妻之间的一系列陈年旧账。

正当冲突与矛盾即将进一步升级之时,查水表瘸腿老头的深夜造访,打破了这种僵持的局面。原来是对门的邻居举报小林家有偷水的嫌疑。而在送走了瘸腿老头之后,媳妇小李因上班不便而提出了想要调换工作单位的需求。后来,调岗之事因为走漏了风声而不了了之。紧接着,作品叙述了小林的老家

---

① 张宏森:《车间主任》,山东文艺出版社1997年版。

人因各种琐事频繁地跑来北京找他帮忙。而这种亲戚朋友来访的次数多了，也难免会使夫妻之间的感情生隙。直至九月，小李的单位开通了班车，她终于不用再为早起上班挤公交而烦恼，一时间调配工作的问题也就不复存在。然而苦恼依然接踵而至，小林夫妇的孩子即将入托，却没有合适的幼儿园，加上保姆辞职，可谓焦头烂额。然而对面的印度邻居，突然愿意帮忙给小林的孩子弄一个入学名额。尽管后来发现只是陪读，但孩子上学的问题也总算是得到了某种解决。紧接着，小林在一次去菜市场买菜的时候，偶遇了大学期间的好友"小李白"正在菜场卖鸭。在对方的盛情邀请下，他终于答应了以每天二十元的酬劳帮忙卖鸭。刚开始，小林还是抹不开面子，他总觉得以一名国家工作人员的身份去卖鸭不太妥当。然而后来，小林觉得卖鸭的确能够切切实实地改善家庭生活条件，因此也逐渐放低自身的姿态。但好景不长，在一次撞见单位领导之后，小林与"小李白"的合作也正式宣告结束。元旦之后，由于小林没有给幼儿园的老师们送礼，小林的孩子不愿意去幼儿园。最后小林跑遍了整座城市，终于买来了孩子指定的炭火。晚上，小林做了一个梦。他"梦见自己睡觉，上边盖着一堆鸡毛，下边铺着许多人掉下的皮屑，柔软舒服，度年如日"[①]。

　　以上是这部小说所讲述的主要内容。可以看出，作者将视野聚焦于平凡的琐事，环环相扣且毫无逼仄之感。然而就是这样一部看似普通的作品，却受到了文学评论界的广泛赞誉。

　　有论者曾指出："《一地鸡毛》的艺术魅力正在于他的作者以冷静不动声色和带有点调侃的笔调，通过一桩桩家庭琐事，冷峻地解剖多种社会心态，写出了生活的苦涩和甜蜜、平凡和不平凡。"[②]不难窥见，该论者显然已经开始注意到刘震云的该部作品在主旨表达，以及艺术手法等方面所具有的独特之处。

---

① 刘震云：《一地鸡毛》，江苏文艺出版社1996年版，第233页。
② 何镇邦：《说长论短看"擂台"》，见张学正主编《1949—1999文学争鸣档案：中国当代文学作品争鸣实录》，南开大学出版社2002年版，第468页。

紧接着,也有论者指出:"刘震云小说写出了环境的强大和人物的渺小,它的严酷性在于逼迫读者如此不耐烦地审视他们早已过惯了的日常的平庸的生活,津津乐道于日常的平庸生活。"[1]对《一地鸡毛》的理解和阐释,也自然离不开改革开放这一大的历史背景。特别是作者能够于庸常琐碎的日子中细品生活的酸甜苦辣,并在此过程中不断融入小说主人公的心路历程。这亦是该部作品给我们最大的灵感与启发。

当然,也有评论家提出了自身的不同看法。譬如,雷达认为《一地鸡毛》这部作品"是否过于停留在生活的表象层,过于'形而下'了呢?另一方面,他是否又过于排除思想意蕴的提升,美感的发掘了呢?……对刘震云来说,重新思考经典化问题,又保持独特创作个性,也许是有必要的。"[2]其实不仅如此,《一地鸡毛》尽管在艺术以及选材层面有着自己的独特之处,然而,其过于浮于表层的书写,以及忽视小说整体结构的设置等方面的缺点,亦是我们在解读该作时,所应引起关注的。不过,从《一地鸡毛》这部作品的实际传播效果以及发表之后评论界的影响效果来看,刘震云的《一地鸡毛》的确在某种程度上捕捉到了在社会转型时期的背景之下,一些易于被人们忽视的生活细节。而且小说在平淡的叙述之中娓娓道来,毫无逼仄之感以及斧凿之痕。换而言之,《一地鸡毛》为我们充分展现了改革开放背景下,普通民众由物质到精神心理层面的一系列微变与调整。通过这种细察入微的心理描写,我们可以从中窥见人们在转型时期的日常生活工作中,对个体生命与社会发展之间关系的不懈探寻。

概而言之,九十年代小说中的社会经济启蒙主题,渗透在了经济发展以及社会生活的方方面面。其中不仅体现在农村经济改革、工业经济改革以及城乡经济改革之中,而且深刻反映到了每一个个体的家庭里。譬如王蒙的《坚硬

---

[1] 蒋原伦:《我的阅读感受》,见张学正主编《1949—1999 文学争鸣档案:中国当代文学作品争鸣实录》,南开大学出版社2002年版,第468页。

[2] 张学正主编《1949—1999 文学争鸣档案:中国当代文学作品争鸣实录》,南开大学出版社2002年版,第468页。

的稀粥》一文便是政治经济层面的改革在普通家庭的映射。此外,高晓声笔下的"陈奂生"系列,尤其是从《漏斗户主》到《陈奂生上城》《陈奂生转业》《陈奂生包产》《战术》《种田大户》再到《陈奂生出国》,都从农民的视角出发,剖析了经济政治改革在农村农民身上所产生的重要影响。除此之外,如《最后一个工人》的作者凡一平以及《生命是劳动与仁慈》的作者刘醒龙等工业题材作家,将自己的笔触对准了工业改革。这一批作家往往选取某一特定视角切入工业题材创作,意在展现改革开放对工业生产以及工人生活心理等方面所造成的影响。刘震云的《一地鸡毛》,尤其捕捉到了平常百姓在改革开放背景下家庭、事业等层面的细微变化。作者们力图书写这种变化,并且透过变化深剖人们心态的调整与转变。他们通过笔下的作品记录历史的脚步以及社会的变迁,充分体现了社会经济启蒙思想对作家本人创作的影响。从农村到工业再到普通家庭,经济改革的影响与经济改革的作用几乎无处不在,社会启蒙的主体也始终贯穿其中。从这个角度而言,对九十年代小说中的社会经济改革的生动描摹,便突显了其本身的启蒙价值以及学术理性。

第三节　对民主法治的艰难探索

　　民主法治的出现,在某种程度上标志着社会文明已经达到一定的发展阶段。而民主法治水平的高低,也逐渐成为衡量一个社会进步与否,以及社会制度是否健全的尺度与标杆。有论者曾坦言:"法制是民主政治的重要保障;民主政治中的法治又必须以民主政治作为基础和内容。"[①]进而言之,民主与法治俨然成为社会制度启蒙的重要组成部分。民主与法治的思想,不仅被启蒙者视为开启民智的钥匙,还被用于知识分子的自我启蒙。因此,真正的知识分子不仅要将启蒙大众视为己任,还需要将自我知识不断更新以便不间断地进行

---

① 王浦劬等:《政治学基础》(第二版),北京大学出版社2006年版,第333页。

自我启蒙。就社会民主法治的实施主体而言，有论者指出："不要总说，知识分子去启蒙民众，知识分子也需要自我启蒙。启蒙民众是必要的，但启蒙干部比启蒙群众更重要。"①换而言之，对民主法治的探索和追寻，也应该是社会启蒙论题的应有之义。为此有研究者谈道："在社会领域中，启蒙的最大遗产就是民主政治，也是现实社会中代表启蒙的最大的宰制性力量。"②尽管这种说法未免有些武断，但从另一维度体现了社会启蒙对民主政治的追寻与期盼。可以看到，自从小说在中国近现代诞生，它便被赋予了"开启民智"③的启蒙使命和职责。不仅如此，小说这一文字媒介，促进了思想启蒙与民主政治之间的双向互动。因此民主法治的完善与否，也逐渐成为衡量一个国家民主政治的重要标尺。

二十世纪九十年代以降，涌现了不少反映民主与法治的文学作品。在这其中比较具有代表性的作品有陈源斌的《万家诉讼》（后改编成为张艺谋执导的电影《秋菊打官司》）、余华的《河边的错误》、陈建功的《前科》、刘醒龙的《合同警察》、叶永烈的《纸醉金迷》、凡一平的《卧底》、张平的《法撼汾西》《天网》以及李佩甫的《羊的门》等。这些作品或许具有不同的叙事线索以及叙事内容，但是就社会法治启蒙这一视角而言，它们却有着某种程度的相似性。上述作品从不同层面和叙述维度，反映了作者对该时期社会民主法治发展进程的敏锐感知，同时也体现了九十年代小说对社会民主法治的美学观照。

陈源斌的法治小说《万家诉讼》最早发表于《中国作家》（1991年第3期），后来被《新华文摘》（1991年第9期）全文转载。紧接着，这部作品被导演张艺谋相中并迅速改编为电影《秋菊打官司》，随后引发了社会的广泛关注。一时间，小说和电影中女主人公何碧秋（在电影中叫秋菊）"讨个说法"的申述词，也

---

① 资中筠：《启蒙与中国社会转型》，社会科学文献出版社2011年版，第155页。
② 曹明珠：《启蒙的反思》，见哈佛燕京学社编《启蒙的反思》，江苏教育出版社2005年版，第19—20页。
③ 梁启超：《论小说与群治的关系》，《新小说》1902年第1期。

逐渐成为打官司以及弱势群体为争取自身合法权益的惯常用语。

首先从文本的叙述内容来看，《万家诉讼》这部作品主要讲述了一位农妇告状维护自己合法权利的故事。具体而言，小说中的村长接到上级种植油菜花的通知，立即向全体村民传达了这一讯息。不同于其他村民接到通知而改种油菜花，农妇何碧秋一家的田地里面始终坚持种植小麦。后来经上级验收组鉴定为不合格并要求限期整改，村长王长柱在多次劝说无果后，动手将何碧秋的丈夫打伤了。何碧秋去村长家评理，文中写道："你打他，踢他胸口，倒罢了。你还踢他下身，这是要人命，不该有个说法？"[1]可以看到，尽管只是一位普通的农村妇女，但何碧秋身上却具有一种强烈的民主法治意识。她坚持要为丈夫讨一个说法。于是，这位看似柔弱的妇女，毅然地走上了打官司的道路。何碧秋首先是直接找村长评理，后见村长王长柱并无悔改之意、表示"没有说法"，于是去乡镇找到了李公安来村里调解。李公安经过调查取证之后给出的结果是："医药费、调养费和误工补贴由村里和他私人拿，就证明事情的你对他错，岂不正是个说法吗？"[2]何碧秋对这个调解意见基本表示满意。原本以为这件事情可以告一段落，谁料村长尽管当面没有对调解结果发表异议，但在私底下并未真正地服理认错。只见村长在李公安回乡之后，对何碧秋说："我仍是村长，仍管着这块地皮上的三长两短……地上的票子一共三十张，你捡一张低一次头，算总共朝我低头认错三十下，一切恩怨都免了。"[3]面对村长王长柱趾高气扬、不思悔改的态度，何碧秋的丈夫选择了屈忍，但何碧秋却坚持要讨个说法，因为在她看来"这个理不扳平，今后没法活"[4]。从小说中的这段描写可以看出，相较丈夫的软弱无能，何碧秋具有较长远的眼光。她始终坚信只有通过法律，才能够维护自己的合法权利，进而为自己的家人讨回一个公道。

---

[1] 陈源斌：《万家诉讼》，中国青年出版社1992年版，第367页。
[2] 陈源斌：《万家诉讼》，中国青年出版社1992年版，第372页。
[3] 陈源斌：《万家诉讼》，中国青年出版社1992年版，第373页。
[4] 陈源斌：《万家诉讼》，中国青年出版社1992年版，第373页。

这部小说充分展现出了民众法律意识的不断提高,以及法治启蒙意识的不断觉醒。事实上,碧秋并不想要获得物质赔偿或是精神损失费,而只是希望借助法律为普通百姓讨个说法。正如有论者所言:"何碧秋只不过要讨个'说法'。对方的张狂,办案部门的宣传,促使沉着冷静的何碧秋走了屡败屡告的路。"[①]正是秉持这样一条公理,何碧秋一次又一次地选择上访申述。因为她始终坚信国家法律会伸张正义,决不会让打人者逍遥法外,而且司法一定会给他们一个说法。在何碧秋坚持不懈的努力之下,她终于通过打官司为自己的丈夫,更为这个家讨回了一个公道。当家中遇到了民事纠纷,何碧秋所想到的并不是私了,而考虑的是作为个体的尊严以及国家司法的权威。这在某种程度上,可谓中国当代法治宣传的一个典例。这也是作者在九十年代,通过小说创作对中国民主法治发展进行的一种理性反思。

如果单就小说文本本身的写作质量而言,这部作品无论在语言艺术运用,还是小说结构层次等方面都还略显粗糙。然而就作品的主旨内容阐发,及其呈现出的社会启蒙意义来看,该作的推出无疑具有更为深刻的意义与内涵。其实际的社会意义要大于其小说的文本意义,它充分体现了作者对社会现实的密切关注以及对社会民主法治议题的敏锐性。因此,《万家诉讼》的发表,堪为九十年代民主法治启蒙的重要范本,这也是社会制度启蒙的应有之义。

与此同时,张平的《法撼汾西》和《天网》等小说的出版,也从另一方面开启了九十年代小说中社会法治启蒙研究的新维度。《法撼汾西》这部作品主要从"农民和乡长""三十年死信和二十年疯女人""百日之灾"以及"两个女人和六个干部子弟",这四个部分展开叙述。第一章题名为"农民和乡长",主要讲述的是大峪乡刘家庄农民刘黑娃,与大峪乡党委副书记兼乡长刘庆奎之间因宅基地问题所产生的纠纷。在小说中,身为国家工作人员的刘庆奎不顾村委会对宅基地的统一规划,不仅私自改变自家窑洞的朝向,而且还将其扩建,非法

---

① 丁胜如:《读陈源斌的〈万家诉讼〉》,《文学自由谈》1991年第4期。

占用了刘黑娃家的村落。面对这样一种恶劣行径,村里的干部、乡里法庭的庭长以及县法院的院长都不作为。这些代表国家实行权利的干部,非但没有履行监督以及执法的职责,而且还徇私枉法、滥用私刑(将刘黑娃媳妇强行铐在树上,致其受伤,称其"妨碍公务")。他们非但没有替弱势的刘黑娃一方讨回公道,而且还想通过法律的白纸黑字,逼刘黑娃一家在不合法理的判决书上签字。

面对这样不公正的判决,刘黑娃对刚调任汾西县委书记的刘郁瑞说:"刘书记……我这事情牵扯的人也多,你要去管,肯定要影响你的工作。我今儿来见你,只是给你打个招呼。我准备到省里、到中央告状去。要是告不赢,我就不回来了。"①从刘黑娃的这段话不难看出,小说中的汾西县仍然有部分党员干部以权谋私、欺压百姓的事情。除此之外,也可以看到当普通老百姓面对自己的正当权益受到非法侵害的时候维权道路的艰难。然而令刘黑娃没有想到的是,这位新来的县委书记偏偏就是一位刚正不阿、为民申冤的父母官。他经过一系列的暗访调查,最终证实了刘黑娃所言的确属实。紧接着在县委书记刘郁瑞的支持下,正义终于得到伸张。如文中所言:"撤销刘庆奎大峪乡乡党委副书记职务,建议撤销大峪乡乡长职务,留党察看,就地安排一般工作;决定给予县法院院长张志良记大过处分,责成写出书面检查;责成大峪乡法庭庭长杨占亮在县法院全体会议上作公开检查,予以批评教育;对此处理通报全县,全体公检法人员就此案或类似案件,回顾讨论三天,接受教训。"②为民申冤,秉公办理绝不包庇,小说中的刘郁瑞真正践行了一名中共党员全心全意为人民服务的宗旨。这其中更寄寓了作者张平对社会公平正义的真切呼唤以及理性思考。

在第二章"三十年死信和二十年疯女人"这一部分,作者通过多个维度,向读者诠释了对法治现代性的不懈追求。该章主要讲述了刘郁瑞在上任之后,

---

① 张平:《法撼汾西》,《天网》,人民文学出版社2009年版,第297页。
② 张平:《法撼汾西》,《天网》,人民文学出版社2009年版,第347页。

分别对两件积压数十年冤假错案的平反过程。由于这两个案件均涉及统战工作,如果处理不好,稍有差错,便会影响政府相关部门的威信。因此,怎样处理以及采取何种处理方式也显得尤为重要。"三十年死信"主要讲述的是三十年前年仅二十一岁的曹福录从财贸干校毕业后分配至县烟酒专卖公司,因工作疏忽短缺二十元钱对不上账。除此之外,因一封从自己奶奶寄往自己台湾父亲信的影响,他还被扣上了"贪污公款、思想反动、态度恶劣、顽固不化等罪名"[①]。最后他甚至被开除公职,遣返回家劳动改造。曹福录又如何能够咽得下这口气?他从三十年前起,便开始踏上了艰难的维权之路。正如文中所言:"年年上访,年年上告。县委、地位、省委、中央,什么地方我都去过。三十年里,汾西的县委书记换过十一任,我全都找过……从二十一岁起我上访,一直上访到了五十二岁! ……今生今世就只有这么一个要求、一个希望了,就是希望和请求您能查清我的问题。要不,我会死不瞑目,死不瞑目啊!"[②]从曹的这封信可以看出当初他被开除公职以及后来又被遣返回乡的原委。这在某种程度上反映了当时社会法治的缺失以及不在场。从这个角度而言,小说作者张平的视角不可谓不独特。作者在二十世纪九十年代,将自己的创作聚焦于这一被忽略的法治启蒙领域,并在此基础上根据真实发生的故事(刘郁瑞确有原型)加以创作成文。这样一来,不仅给读者提供一个关于社会法治启蒙的生动范本,而且还可以从中窥探出中国的民主法治逐步走向完善的发展历程。

"二十年疯女人"这一章节,主要讲述的是疯女人这一案件在刘郁瑞手上得以成功平反、国家法治精神得以彰显且统战工作也得以顺利完成的故事。具体来说,小说主要讲述了台湾企业家吴满仓即将归大陆之际,其闺女女婿一家的历史遗留问题被解决的故事。吴满仓在汾西老家如今只剩下一个早已出嫁的闺女,女婿是个民办教师。由于二十年前压缩城市人口,闺女吴叶儿被压回老家当了农民之后便疯了。原来吴叶儿当年在工作时期,曾如实填写了自

---

① 张平:《法撼汾西》,《天网》,人民文学出版社2009年版,第352页。
② 张平:《法撼汾西》,《天网》,人民文学出版社2009年版,第353—354页。

己的"境外关系"(生父吴满仓在台湾)。这使得当时学校的领导十分警惕,要求她交代材料。学校领导还在材料上做出批示:"该生虽然能够交代这一情况,而且在校表现尚好,但也绝不能放松警惕性,应对其加强思想改造和监督,今后在招生中一定要杜绝此类情况再出现。"①这份文件也成为后来吴叶儿受到牵连,甚至被免去公职的导火索。正是面对这样一件陈案,刚正不阿的县委书记刘郁瑞说道:"今儿我在这儿再发一个声明,今后,凡是当初因为境外关系被处分了的,不管案子有多大、多久,我刘郁瑞一律都给解决!你要是想告,你要是不满,就只冲着我刘郁瑞一个人!……就连今天的常委扩大会也算上,我刘郁瑞确实是有点家长作风,是我逼着大伙统一了意见的。"②由这段话可以看出刘郁瑞在为疯女人吴叶儿争取合法权利时所遇到的巨大阻力。也正是由于牵扯到多个地区以及相关部门,这样反而更加激发了刘郁瑞破除坚冰,以及解决问题的坚定决心,更突显了刘郁瑞捍卫社会民主法治的宝贵精神。

在篇末,刘郁瑞亲率所有的县委常委及其相关领导,连同吴满仓一起来到吴叶儿家中郑重宣布:"叶儿同志……你们夫妇的问题,经县委研究决定,已经彻底予以解决了……现已查明,当时对吴叶儿夫妇的处理决定不是实事求是的,违背了当时的国务院规定,究其原因,主要是由于吴叶儿的'境外关系'所致。为此,经县委研究后,对其夫妇二人当时的错误处理,决定予以纠正。恢复两人的公办教师职务及待遇。鉴于吴叶儿的身体状况,现以病退处理。高华东工龄照算,工资以现有条件发给。补发两人工资一万九千四百六十六点七二元。子女问题,则按国务院文件规定处理。"③至此,身为台湾同胞的吴满仓满怀感激。表面上来看,刘郁瑞为百姓平反了一件冤假错案,维护了国家民主法治以及司法公正的问题。事实上,刘郁瑞是以另一种方式切实维护了台海两岸团结并促进了统战工作的顺利开展。《法撼汾西》的第四章题名为"两

---

① 张平:《法撼汾西》,《天网》,人民文学出版社2009年版,第402页。
② 张平:《法撼汾西》,《天网》,人民文学出版社2009年版,第405页。
③ 张平:《法撼汾西》,《天网》,人民文学出版社2009年版,第406—407页。

个女子和六个干部子弟",主要讲述的是干部子弟欺压百姓却逍遥法外,引起极大民怨的故事。在该部分内容里,刘郁瑞在冷静分析卷宗、调查并走访整个案件的嫌疑人以及受害人之后,不畏强权,顺利将犯罪分子绳之以法。当这群十恶不赦的纨绔子弟认罪服法之后,听众席上起先是一阵寂静,后来传来了雷鸣般的掌声。如篇末所言:"在这种掌声中,刘郁瑞激动不已,两眼不禁湿润了。他明白,在这场激烈的较量中,他终于胜利了。这是法律的胜利,民主的胜利。确切地说,这是群众的胜利,一场真正的群众性的胜利!法律自由和民主结合起来时,公平和平等才会真正属于人民!"①这部作品充分讲述了法律自由和公民民主只有达到和谐统一,而且只有这两者结合起来之后,才能够真正被交还给人民。此处不仅道出了民主和法治的真谛,而且也使得小说主题得以进一步提炼和升华。

自二十世纪八十年代中期开始发表作品步入文坛,余华凭借其《许三观卖血记》《兄弟》等作品,在中国当代文坛上留下了浓墨重彩的一笔。然而,当我们将笔触对准余华九十年代的小说创作。不难发现,以《河边的故事》为代表的法治文本,为我们展现出了一种迥异于九十年代叙事的美学指向。这是一种基于文学反映现实以及社会启蒙基础之上,通过小说这种文学题材对社会民主法治的呼求与建构。这种社会民主法治的书写,在某种程度是对社会启蒙文学的一种接续与延展。

首先,就小说的主题内容而言,余华的《河边的错误》主要讲述的是么四婆婆被人在河边谋杀,由此产生的办案侦察的故事。小说中的办案人员在刚刚开始侦办此案时,因从杀人动机着手使得侦办的方向发生了偏差,以至于许亮被无辜冤枉。而当逍遥法外的犯罪分子接二连三地杀人之后,办案人员才恍然大悟,原来那个一直被么四婆婆悉心照顾的疯子,才是民警们所一直苦寻的杀人元凶。然而,由于疯子在医学层面被归类为精神病患者,这一群体即便是

---

① 张平:《法撼汾西》,《天网》,人民文学出版社2009年版,第589页。

犯下了滔天罪行，法律也无法对其宣判死刑。后来为了为民除害，民警马哲在河边开枪击毙了疯子，而他自己也沦为了故意杀人的犯罪嫌疑人。然而戏剧性的一幕发生在篇末。原本坚持正义并且具有担当的马哲，最后终于在妻子等人的"安排下"装疯卖傻，沦为了一个"精神病"患者，为的是以此逃脱刑法的追责，这也可以说是一次被策划好的"失忆"。然而为了使马哲能够从意识层面上接受这样的安排，他的妻子和公安局局长再三安排医生去查房询问。如文中所述："医生是一个五十多岁的男子，他有着一双忧心忡忡的眼睛。他从门外走进来时仿佛让人觉得他心情沉重。马哲看着他，心想这就是精神病医院的医生。昨天这个时候，局长曾对马哲说：'我们为你找了一位精神病医生来为你诊断。'……医生已经是第四次来了。医生每一次来时脸上的表情都像第一次，而且每一次都是问着同样的问题。第二次马哲忍着不向他发火。而第三次马哲对他的问话不予理睬。可他又来了。"①在刚开始面对医生询问的时候，马哲都能够准确无误的回答。直至最后，当马哲的回答与医生的提问毫不相干时，马哲的妻子和单位的局长都露出了满意的笑容，因为马哲终于被逼成"精神病患者"了。

尽管余华的该部小说，无论在情节结构的设置，还是剧情预设等方面都有诸多荒诞的元素。但这部作品却在九十年代为法治社会的建立提出了一个严峻的新命题，即精神病患者的鉴定依据是否具有可以量化的标准，这类群体是否真的是法外之人。除此之外，当面对精神病患者伤人甚至故意致人死亡的时候，法律难道就真的对此无能为力？换而言之，如果有人故意杀人，正如小说中的警官马哲那样，最后通过装疯卖傻或某种"人为手段"以逃脱法律的制裁，该如何处理？以上种种议题，无不是当下构建社会主义法治社会时，亟需我们去思考和解决的基本命题。从小说的艺术技巧层面而言，作者通过层层设置悬念，并在叙事之中拨开层层云雾，直至最后找到真正的杀人凶手。贯穿

---

① 余华：《河边的错误》，见雷达主编《中国当代法制文学精粹·中篇小说Ⅰ——河边的错误》，中国人民公安大学出版社2010年版，第37—39页。

整篇小说叙事脉络的一条主线是对民主法治的不懈探寻。从这一维度而言，余华及其笔下的民主法治启蒙叙事的意义得以进一步突显。类似这种对社会民主法治启蒙的书写，也还存在于叶永烈的小说作品之中。

不同于余华在《河边的错误》中采取的巧设悬念尔后逐步逼近事实真相的叙事手法，叶永烈在作品《纸醉金迷》中以一种全知全能的叙事视角，向读者娓娓道来。申丹曾指出："全知视角：作为观察者的全知叙述者处于故事之外，因此可视为一种外视角。这是传统上最常用的一种视角模式，该模式的特点是叙述者可从任何角度来观察事件。"[1]由此可知，这种全知全能的叙事视角，就好比上帝的手一样。因为它不仅可以穿透小说故事人物的内心活动，而且还能够以一种外部视角切入作品以便达到更好的叙事效果。

首先从小说文本的叙事主旨来看，叶永烈的《纸醉金迷》主要讲述的是奥斯罗财团的间谍"一边大量印制纸币，一边成批生产假黄金，做着'纸醉金迷'的美梦"[2]的故事。这群人不仅将假币用在黑市上交易以牟取暴利，而且还妄图通过走私以扰乱中国正常的市场经济秩序，阻碍我国的经济建设。小说首先从假币入手通过对案件线索的不断梳理和开掘，带动故事情节的不断发展和层层深入。从"非同一般的案件"的出现，到引出滨海市公安局侦查处处长的"金明出马"。从"一张'拾圆'假钞"的出现，到追寻出"假钞票上的指纹"是"一个怀旧的人"，并且是一位"穿铁锈红上衣的女人"。在金明及其助手戈亮的不懈努力之下，"新的线索"不断被发现。但一波未平一波又起，破案的关键在于"摸清朱霞与韩玉麟见面的情况"[3]。好在金明和戈亮、方芳，以及其他的公安同志一鼓作气、同仇敌忾。他们在相互配合之下，终于破获了这起重大的伪造假币以及伪造黄金的大案，也为国家和社会挽回了重大损失。事实上在该部作品中，叶永烈不仅描绘出了一幅以金明为代表的人民警察牢记使命并

---

[1]　申丹：《西方叙事学：经典与后经典》，北京大学出版社2010年版，第95页。
[2]　叶永烈：《纸醉金迷》，湖北少年儿童出版社1992年版。
[3]　叶永烈：《纸醉金迷》，湖北少年儿童出版社1992年版。

时刻践行为人民服务宗旨的公仆群像,而且还通过巧设悬念、步步深入的叙述手法,不断揭开潜藏在小说深处的案情谜底,引人入胜。当然,作品也在故事矛盾以及情节的不断演绎和铺开过程中,从多个叙述维度切入作品。充分体现出人民公安的技术手段以及办事效率,可谓社会法治启蒙的又一范本。

与余华和叶永烈一样,在二十世纪九十年代,刘醒龙也将自己的叙事视野对准了社会民主法治题材。他的小说《合同警察》等作品便是其中的重要代表。这篇题目为"合同警察"的小说,最早发表于《中国作家》(1993 年第 3 期)。这部作品主要叙述了刚从警校毕业的李小武,从合同警察转为正式警察期间所遇到的一系列问题,并在最后得以顺利解决的故事。小说中的主人公李小武也在这个成长过程中逐渐体会到作为一名合格的人民警察身上所肩负的责任感与使命感。与此同时,作品也在叙述之中通过特定情景之下对李小武言行举止的生动描摹,充分突显了小武身上所具有的社会民主与法治意识。文章篇首,从王所长让李小武帮忙擦枪到后来得知小武要回家省亲,借此机会向小武下派工作任务的描述,以及毛指导员在得知李小武即将回家,而特地指派他去找金庙水库管理处的胡处长支援两百斤鱼的书写,不难看出,作为合同警察的李小武由于刚到局里,几乎成为所有人使唤的对象。至此,作者对李小武的工作情况有了一个大体的交代。紧接着,作者介绍了李小武的家庭情况。小武的家在农村,父亲由于是外姓人(除了李家其他人村民都姓江),在村里一直备受排挤。特别是当小武这次考上了合同警察,小武的弟弟也考上了武汉大学,这两件喜事让村里人愈发迷信小武家所处地的风水好。于是,他们发动村里的上上下下,准备修路并规划整体搬迁,而规划的路线,正好要经过小武家的私宅。围绕着修路以及拆迁的问题,故事的矛盾由此产生,一方面是反对私拆祖宅;而另一则是希望能够将李家从这个所谓的风水宝地上迁走,以便最后占为己有。而作为李家的大儿子,李小武十分清楚自己在这个拆迁风波中究竟处于一个怎样的位置。小武有个姐姐叫李小芳,由于丈夫的出轨以及家暴,她与丈夫后来离了婚并搬回娘家和父母一起住。离异并且带着孩子回到娘家生活毕竟不是一件光彩的事情。所以尽管小芳在家里任劳任怨,仍然难免遭到父亲的嫌弃。这里也可以看出,在父权社会之下女性解放的艰难。当然,该部作品所揭示的内容远不止如此。作者在小说中还对社会上的一些不良现象进行了某种程度的批评与反思。

譬如在小说的叙事中,故事主人公首先对有关部门的官僚主义作风进行了无情的鞭挞。当作品写到李小武带着任务返乡,向村支书传达每个村至少要订五份《公安月报》的政治任务时,长乐支书以及其他支委都对此叫苦不迭。原来早在这之前,已经先后有多达二十多家政府单位向基层的村委会下达了订阅任务。而这些所订报纸叠加起来,便是一笔不菲的开销。如文中写道:"长乐支书问价钱,听说要九十多元,几个支委都啧啧地吃惊起来。"[①]从村支委颇为一致的回馈之中,可以看出上一级部门给基层的党组织,尤其是给基层的党建生活所带来的经济负担。在作品里,尽管李小武本人对这种强行征订报刊的行为十分反感,但碍于工作情面,不得已接受被指派的任务。在小说叙述中,李小武尽管还只是一位非正式编制的合同警察,却拥有着极为敏锐的工作责任感,以及良好的专业素质。更为重要的是,李小武的身上有着一种维护法治社会的执着信念。譬如当文中的胡处长,因害怕所辖地区的发案率上升而被上级点名批评,于是对偷鱼事件遮遮掩掩、不了了之时,李小武的态度却十分坚定。小说写道:"李小武觉得现在的警察真不好当,买账的人不多。除非遭了抢、死了人,一般情况都是嘴上应付。同时警察办案也难,下面的人很少主动配合……挑了一阵泥,他又觉得,这案子不管公不公开,自己也得查出个心中有数,免得让作案人以为自己无能。"[②]由此可见,李小武身上具有一种很强的责任感。他尽管只是刚参加工作不久,却细察入微。更为可贵的是,其敢于直面现实、揭露真相的勇气令人赞赏。如小说所述,李小武凭借着自己身上敏锐的专业素养,先后破获了多起案件,维护了宪法和法律的权威。这也不由

---

① 刘醒龙:《合同警察》,《中国作家》1993年第3期。
② 刘醒龙:《合同警察》,《中国作家》1993年第3期。

得让人联想起王蒙在初踏文坛之初那部《组织部新来的青年人》(后改为《组织部来了个年轻人》)中的年轻组织干部林震。

事实上,王蒙笔下林震的人物形象与刘醒龙笔下对李小武的形象刻画,在某种程度上具有一定的相似之处。首先,同样是刚刚步入社会,走上工作岗位,也同样是怀揣着对所在部门(不论是组织部还是派出所)工作严肃神圣的梦想与期待。在经历一段时期的锻炼与磨炼之后,王蒙笔下的林震发现了组织部所存在的官僚主义习气。而刘醒龙笔下的李小武,则洞悉了派出所存在的形式主义作风等问题。然而,在面对实际工作中所发现问题的态度,以及所采取的斗争方法/形式等方面,这两个人物也有着明显的差别。具体体现为王蒙笔下的林震主要采取一种刚直不阿、直面矛盾的方法,其结果是受到了上级的批评。而李小武则采取了一种更为隐蔽以及迂回的方式。譬如在小说中,尽管上级对发生在李小武家乡村里的偷鱼事件置若罔闻,李小武却在私底下暗自调查。因此,李小武所采取的是一种以退为进的斗争方法。他期待能够有朝一日挖出背后的犯罪分子,并将其一网打尽。

再次,正是林震和李小武这两个人物形象所处的位置差异,导致了他们行事作风的大相径庭。不同于林震从一名教员转为组织部干部,李小武刚从警校毕业被安排进派出所时,只不过是一位合同警察。因而相较于王蒙笔下的林震,刘醒龙笔下的李小武这一人物身上更有着一种源于自身的危机意识。譬如,我们从小说中李小武在考上合同警察前后,对村支书长女江燕燕感情的细微变化,也可以看出这种心理活动的内在流变。应该指出,李小武一方面希望能够迎娶江燕燕,这是他一直以来的梦想,但另一方面,囿于所在单位编制尚未解决,如果现在结婚,以后孩子的商品粮以及户口问题是个大麻烦。于是,他对未来的规划也随之悬置。因而,李小武也只能将自己对江燕燕的这份感情深藏心底。但随着小说故事情节的演进,具有良好的专业素养以及民主法治意识的李小武,也逐渐在工作中崭露头角。譬如在抓捕张德阳的时候,正是由于李小武的敏锐以及果敢,让这群聚众赌博分子被一锅端。而随着这个毒瘤的被摘除,当地的社会治安也有了一个质的提高。再譬如,当李小武向王所长反映关于张德阳的相关情况时,敏锐地说道:"一个普通农民又盖小楼,又买高档家用电器,又花巨资赌博,这里面肯定有大名堂。"①所长听了李小武的汇报之后,对其敏锐的侦查能力予以充分肯定。所长随即命令小武带领队主动出击,并在获得张德阳的指纹,进一步收集到其确凿的犯罪证据之后,将这群犯罪团伙一网打尽。进而言之,正是由于李小武身上所秉持的法律意识以及法治思想,以及作为一名人民警察所具有的职业敏感,他才往往能够抓住问题的核心与本质。综合来看,刘醒龙实际上是以一种成长小说的视阈来结构全篇。而且他在作品中对以李小武为代表的一批坚持原则,崇尚民主法治人民警察形象的塑造,也为九十年代社会法治启蒙叙述提供了另一种可能。

与刘醒龙的《合同警察》这一主题类似,凡一平在九十年代推出的小说《卧底》中,也涉及了公检法司的相关题材。《卧底》这部小说,主要讲述了一位名叫黄山水的检察院司机,如何孤身一人打入柳县县委内部充当卧底收集罪证,并顺利将腐败分子绳之以法的故事。作品充分体现了小说作者对社会民主,以及社会法治的高度关注。如文中所述,小说中的黄山水因为踏实能干而被检察院检察长郭明委以重任,被安插进柳县县委给常委开车。黄山水在名义上是司机,实则是一名打入柳县县委内部充当卧底的工作人员。他也肩负着收集柳县县委书记田正中等人受贿证据的秘密使命。

以上叙事交代了作者行文的主要脉络和线索。紧接着,黄山水在郭明的示意下故意犯事拘留,并被"开除"出原单位。黄山水离开拘留所之后,在其哥哥时任柳县副县长的黄山树的安排下,先是进入柳县县委给副书记罗天阳当司机,后来被县委书记田正中看中而抽调过去。如此一来,黄山水便顺利接近了拟暗查对象的中心圈。即便是山水的哥哥黄山树,对此也毫不知情。这也

---

① 刘醒龙:《合同警察》,《中国作家》1993年第3期。

为小说后文的发展奠定了基础。作品中有一段对黄山树替山水安排好工作即将离开时,黄山水心理活动的刻写。文中写道:"他的微笑是那样难得的自然、亲切与和蔼,那是我用蒙骗的方法获得的。……我的使命就是要摸清权钱交易的线索与内幕。"①然而最后的暗查结果却出人意料。黄山树这一位出生寒门,通过自己的踏实奋斗而晋升柳县领导层的老党员,也未能抵挡住权势与金钱的诱惑。从这个角度而言,作者将黄山水这样一个人物置于一种典型的环境中去考察。在国法与亲情的权衡之中,作者不仅刻画了兄弟二人之间的情深义重,而且也绝没有因亲情而忽略对法律权威的捍卫。即便是一母同胞的兄弟黄山树触犯了国家法律,他也照样将其绳之以法,未有丝毫的包庇。黄山水以自己的实际行动,捍卫了国家法律的尊严以及宪法法律的权威。

陈建功的《前科》,主要叙述了作为一名专业作家的"我",被派往公安局锻炼以便积累创作素材的故事。小说中的叙事主人公"我",与当地的干部民警们同吃同住同工作,体会到了不同的人生经历。除此之外,"我"还在这个过程中,向读者全方位展现了人民警察对人民群众生命财产的庄严承诺。这样一来,也充分彰显了社会民主法治启蒙的广度与深度。首先从小说的内容主旨来看,作品主要刻画了以苏五一为代表的一批人民警察,他们时刻坚守岗位,为法治社会的构建保驾护航。作品中有一段对苏五一业务能力的书写,让人印象深刻。文中写道:"至于这帮小子谁专事偷鸡,谁专事摸狗,谁惯于溜门谁长于劫道,甚至谁撬锁爱用改锥……他全都了如指掌。"②进而言之,这种对嫌疑分子作案手法的熟悉,在某种程度上源于苏五一多年以来的办案经验。我们也可以从中看出他对自身业务的熟练程度。

审读全篇不难发现,小说中的苏五一显然是被作者当作这一群体群像中的一位代表来进行书写。为此,作者首先对这一优秀集体,尤其是他们的现实

---

① 凡一平:《卧底》,见雷达主编《中国当代法制文学精粹·中篇小说I——河边的错误》,中国人民公安大学出版社2010年版,第269页。
② 陈建功:《前科》,华艺出版社1993年版,第283页。

生存状况进行了仔细描摹。譬如文中的"我"在刚被派驻派出所时,对他们当时艰苦的办公环境印象深刻。然而即便如此,这群人民卫士却仍然能够坚守阵地并时刻牢记使命。而作为小说中的叙事主人公"我",也在与这群警察"战友"将近一个月的朝夕相处之中,深刻体会到了人民卫士的艰辛与不易。其实这种感悟,不仅指的是作家深入基层实际体验生活,以便为后期的文学创作积累宝贵素材。更为重要的,基层的实际锻炼与考察,让"我"对公安部门的工作环境以及他们工作性质,有了一个更为深刻的理解。而且从某种程度而言,也正是这群以人民警察为代表的社会公仆,他们为社会的安定以及国家的发展付出了辛勤的汗水。除此之外,他们也以自身的实际行动捍卫了国家宪法法律的尊严。因此,这便涉及了探寻社会民主法治的启蒙层面。

如果说以上几部小说,主要采用的是一种民主法治现代性的视角,那么李佩甫的《羊的门》则主要是从反启蒙的视角来进行考察。《羊的门》塑造了呼家堡的当家人呼天成的形象。呼天成在四十年的时光岁月中,苦心经营了一张从下至上庞大的人情关系网,左右逢源,好不风光。因而,当读者在阅读该作的时候,不仅会为呼家堡的当家人呼天成所拥有的"通天"本事而惊叹,而且还会通过该部作品联想到当今现实社会的人情关系网。更为重要的是,对呼天成这一人物形象的认知,也会不由让我们联想到以呼天成为代表的这类人物,他们对当代民主法治社会的构建所造成的巨大阻碍。

首先,就《羊的门》这部作品的叙事线索而言。在小说的开篇部分,作为呼家堡的当家人(村长)的呼天成,深知要想治理好一个村子,就必须要得到村里人的信任。这势必需要破旧立新,首先树立起良好的个人声威。为此,呼天成先是将孙布袋所谓的"偷窃"行为公之于众,并将其树立为全村批判和唾弃的典型。而在这背后,实则是孙布袋为了娶妻而不得已答应配合呼天成所唱的一出双簧戏。紧接着,呼天成又将村民"会议"这个既能够凝聚人心,又能够提高自身权威的组织形式运用到了极致。在呼天成看来,会议往往能够凝聚人心,能够使整个呼家堡团结起来。正如呼天成所言:"只要你掌握了会议,你就掌握了主动权。"①由此可见,呼天成对于如何治理乡村,有着自己的一套独特并且富有成效的处理模式。最为重要的是,他能够适时地抓住时机并因势利导逐渐树立起自身在村民中的威信。同时也为自己成为呼家堡的当家人打下坚实的群众基础。

在村里逐渐树立起威信之后,呼天成带领呼天堡的乡亲们破除了旧时期的陈规戒律,使村里的生产以及村民的生活都迈向了一个新的台阶。而且他也在这个过程之中,创造了一系列的"呼家堡传说"。正如文中所述:"这里的村舍的确是一排一排的、一栋一栋的,看去整齐划一,全是两层两层的楼房……房间的布局是一模一样的,连家具摆放的位置也是一模一样的,一样的贴着一个老人的画像。"②由此可知,呼家堡俨然已经被呼天成打造成了一个独立王国。而在这个所谓的王国之中,呼天成无疑具有着至高无上的权利。这也为日后尤其是当呼天成去世之后,呼家堡的无制度化局面埋下了某种隐患。

其次,这部小说的另一条线索,主要叙述的是在四十年的历程之中,呼天成所建立并维系的那张巨大的人情关系网。借用小说中许田市市委书记李相义的一段话:"在这块土地上,几乎没有老头办不成的事情。呼家堡是全省乃至全国都有名气的老典型,几十年来,老头接触的上层人士太多太多了!这里边包括很多省、部级以上的干部。"③这段心理独白的描写,源于李相义原本想要在颍平县委改选之际,拿掉靠买官上任的颍县县长呼国庆的行政职务。但万没有料到呼国庆的背景如此强大。正是因为呼国庆是呼家堡的人,作为呼家堡当家人的呼天成面临自己的人遭受排挤时自然不会坐视不理。他积极调动自身的人脉资源为呼国庆活动。最后的结局,也戏剧性地以呼国庆荣升县委书记而原书记王华欣反而明升暗降而告终。当然,这一方面透视出了小说中官场政治生态的某种黑暗,另一方面也从侧面反映出了呼天成的庞大势力。

---

① 李佩甫:《羊的门》,作家出版社 2009 年版,第 87 页。
② 李佩甫:《羊的门》,作家出版社 2009 年版,第 10—12 页。
③ 李佩甫:《羊的门》,作家出版社 2009 年版,第 132 页。

因为呼天成所苦心经营的人情关系网，甚至在某种程度已经达到了能够左右当地官场生态格局的程度，这不得不引人深思。如上所述，尽管这一回合以呼国庆的胜利而告终，但同时也为后来王华庆升任副市长之后，反过头来调查颍县县委书记呼国庆埋下了伏笔。在某种程度上，《羊的门》可谓向我们刻画出了一幅许田市官场生存的全景图。

如果从艺术结构的视角而言，李佩甫的这部作品主要采用了现实主义手法。他通过刻画典型人物形象，将这场没有硝烟的官场、情场斗争，全景式地呈现在了人们面前。当然，小说中的呼天成之所以能够如鱼得水左右逢源，也源自他的慧眼卓识。呼天成擅于经营"人场"，尤其是能够于患难中布施恩泽。比如他与省委"二把手"老秋的友谊，便可以溯源到三十年前的那段经历。当时的老秋，还只不过是一名下放呼家堡的普通基层干部。可当呼天成第一次见到老秋的时候，他便一眼认定老秋今后前途不可限量。后来在"文革"时期，当时已经成为省委"二把手"老秋，被造反派打得只剩下半条命。患难见真情，呼天成当时坚信老秋的政治生命绝不会这样终止。于是他冒着巨大的政治风险，硬是将老秋背回呼家堡静养了一年零四个月，直至老秋康复痊愈重返政坛。类似的例子还有很多，呼天成在四十年来的时间里结交了一大批领导干部，老秋还只是其中一位。这里也体现出了呼天成的做人智慧。小说写道："对这些上层人士，无论是他们遭难的时候，还是官复原职的时候，甚至到他们后来退居二线，'呼家堡'的礼数都是一样的周全。"[①]事实上，在呼天成构建的巨大关系网的背后，乃是其数十年以来对"人治"的耕耘。当然，这种所谓聪明的处世哲学，在社会经济发展日益迅猛，以及政治民主法治不断完善的当代是否值得称颂尚待商榷。换而言之，我们对于小说中这种依靠人际关系上位的例子，究竟是应该视为社会人情活动的正常范畴，还是视为通过不正当的关系和手段，非法干预国家行政机关人事的正常任免的行径，答案很明显倾向于

---

① 李佩甫：《羊的门》，作家出版社2009年版，第354—355页。

后者。

其实,如果从审美现代性的角度而言,《羊的门》并非一部艺术色彩十分浓烈的作品。因为无论是在语言还是人物刻画等层面,该作品都略显粗糙。然而从启蒙现代性的视角来看,该部作品却对中国的乡村社会有着深刻的人文反思。正如有论者所言:"以呼家堡为代表的现代乡村神话,不仅蕴藏了中国传统社会里畸形的'人治'观念,而且还融入了传统儒家思想和现代威权意识等成分。它们以'致富'为目标,看似顺应了时代潮流,实则彰显了呼天成'内圣外王'的人生理想。"①进而言之,我们对李佩甫《羊的门》的解读,不应受限于小说题材的选取,以及人物形象的刻画等粗浅层面。而应该更多地聚焦于小说作品中的政治性书写。并在此基础之上进一步深挖这部作品背后对政治现代性的诠释,以及对政治现代性的反叛。正如有论者所言:"作者对人们的这种对权力的迷信、屈从,进行了毫不留情的批判。以不动声色的笔触剖析他们的灵魂,在剖析中引导我们思索'人'的未来。"②由此可知,李佩甫的这部《羊的门》也在某种程度上向读者抛出了一个问题。那便是在对现代性的追寻的过程中,究竟应该如何处理好"人治"与"法治"的关系?在小说作品中的呼天成,尽管还只是一位尚未进入中国行政体制内部的村书记,但他却能够上通下达、如鱼得水,并将人情世故演绎到了极致。尤其是在文章篇末,当呼天成发高烧且行将就木之时,突然想听狗叫,但全村的狗,都被他在早年的屠狗运动中屠杀殆尽。于是整个呼家堡的人,都奇怪地学起了狗叫,这不由得让人惊叹。如文中所述:"沉默,很长时间的沉默。而后,全村的男女老少也都跟着徐三妮学起了狗叫!在黑暗之中,呼家堡传出了一片震耳欲聋的狗叫声!!"③通过这段描述可以看出呼天成在呼家堡中所占据的重要地位。然而这种"呼天成"现

---

① 洪治纲:《"人场"背后的叩问与思考——论李佩甫〈羊的门〉》,《名作欣赏》2010年第27期。
② 曾洪军:《一部批判"权力"现象的力作——重读李佩甫〈羊的门〉》,《名作欣赏》2012年第23期。
③ 李佩甫:《羊的门》,作家出版社2009年版,第432页。

象/效应的产生,对构建和完善法治社会的当代而言,不得不说是一种莫大的讽刺。因此小说所抛出的一个问题便是,随着市场经济时代的到来,呼天成这类人物形象究竟能否适应中国法治社会的发展以及民主政治制度的完善?这的确值得深思。换而言之,在对政治现代性的追寻过程之中,究竟应该怎样最大限度地维护宪法以及法律的权威?以及到底应当如何自觉抵制"人治"对社会政治生态平衡的破坏?这都是我们所面临的现实性问题。毋庸置疑,中国自古以来就是一个人情浓郁的国家,但是当"人治"超过了一个可以运作和接受的"度",势必会对国家的法治带来巨大的冲击和挑战。从这个角度而言,对李佩甫《羊的门》的解读便具有了理论与现实的双重意义。

启蒙先驱卢梭曾对民权与社会的关系有过精辟的论述以及深入的思考。在卢梭看来:"社会的真正基础在于:契约社会并没有将自然法赋予人类的自由和平等摧毁,而是通过缔约的方式形成了法律,最终以法律和道德上的平等代替了人在自然上的不平等。"[1]从卢梭的这段话可以看出,国家的宪法条款以及相关法律制度的制定,乃是社会公民民主法治权利得以实现的重要保障。据此反观九十年代小说中的社会民主法治启蒙主题,不难窥见:无论是从陈源斌的《万家诉讼》到张平的《法撼汾西》《天网》,还是从余华的《河边的错误》到叶永烈的《纸醉金迷》、刘醒龙的《合同警察》,抑或是从陈建功的《前科》到李佩甫的《羊的门》,这些作品对社会现实的描摹,以及基于社会启蒙立场的书写态度,都离不开九十年代法治建设不断发展这样一个大的现实背景。同时,也不难看出作家的启蒙责任感以及使命感,这些早已内化为其笔下的社会启蒙叙事。这种书写也从另一维度,提醒了人们关于社会民主法治启蒙主题类作品的关注与思考。如果说这类作品为九十年代的小说创作开辟了一种别样的阐释路径,那便是一种在九十年代消费社会语境下对纯文学固有阵地的坚守。从社会启蒙的理性视角而言,以上作品从不同程度揭示了人与人,以及人与社

---

[1] [法]卢梭:《卢梭说平等与民权》,张溪勋译,华中科技大学出版社2017年版,第119页。

会之间的深层关系。并从多个维度深刻反映了作家对社会的责任与使命感。从这种角度而言,对九十年代社会民主法治启蒙主题类作品的发掘和解读,便突显出了其内在的学术意义和理论价值。

第二章 九十年代小说中的社会伦理启蒙主题

九十年代小说中的社会启蒙主题,在涉及对社会制度启蒙主题的考察之外,对社会伦理启蒙主题也进行了探究。何为伦理?有关社会伦理的研究又拥有着怎样的内涵与外延?有论者曾指出:"《春秋》一书可以看作人类第一次启蒙的标志性著作,它在历史叙事中表达了权利意志;而《论法的精神》则是第二次启蒙的标志性著作,它通过逻辑建构而表达了法的精神。而在即将发生的新的启蒙运动中,我们所要确立的是伦理精神,需要在伦理精神的普照之光下重构人类的社会治理模式。"[1]事实上,在西方社会伦理思想史的发展视阈里,"伦理"一词最早源于希腊语 Ethos,其本意是表示常住的场所或者共同的居住地。而发展到了公元四世纪,亚里士多德在《尼各马克伦理学》中率先使用了 Ethikos,这样一来便使得名词 Ethos 用作了形容词,意为"伦理的"以及"德行的"。紧接着,学术界便在此基础之上形成了一门新兴学科——伦理学。而社会伦理一词最早由孔德(A. Comte)提出,当时的欧洲正处于启蒙运动时期。随着法国大革命的爆发,旧有的社会体制受到冲击和损坏,社会秩序陷入动荡以及混乱之中。正是在这一情形之下,孔德指出摆脱混乱处境的现实途径便是"建立一种新的知识与信仰体系,这就是关于社会的科学"[2]。在孔德的

---

[1] 张康之:《论伦理精神》,江苏人民出版社 2010 年版,第 72 页。
[2] 宋希仁:《社会伦理学》,山西教育出版社 2007 年版,第 13 页。

知识体系等级里,社会伦理学是其中的重要组成。也可以说,社会伦理主要考察的是以社会为对象的价值学说。正如有论者所言:"社会伦理学作为一种价值学说,它是以社会作为其研究对象的,社会并不是一个实体性的社会,而是一个实体为依托的非实体社会。"① 不难窥见,社会并不是一个自在的存在,而是在与人产生联系之后才形成的一个概念。所谓社会伦理,考察的是社会中的人与人,以及人与社会之间的伦理关系。而关于九十年代小说中的社会伦理启蒙主题的考察,主要是一种立足于九十年代的小说文本,去探究这些作品中所体现和蕴含着的社会伦理启蒙元素和主题。并在此基础之上,总结并凝练出具有九十年代社会启蒙文学共性的某些美学特质。概而言之,九十年代具有社会伦理启蒙意识的小说作品,大抵集中于"对社会平等的关注与聚焦""对社会道德的追寻与反思"以及"自由书写与女权意识的觉醒"这三个层面。

第一节 对社会平等的关注与聚焦

在欧洲启蒙运动发展初始,对社会平等的关注就是启蒙先驱所倡导的基本权利。法国著名启蒙思想家卢梭,曾经在《论人类不平等的起源》一书中深入分析了不平等的现象及其背后产生的根本原因。在卢梭看来,人类所有不平等的起源,始于"私有观念的产生和私有财产的出现"②。然而从"共有"到"私有",表面上看来只是一个字的差异,但意义大相径庭。它在很大程度上意味着伴随社会收入分配的不均衡,社会贫富差距进一步扩大。不仅如此,卢梭提出了现代意义上欧洲社会的两种不同主张。第一种是认为等级的出现,逐渐导致了人类道德感如同情的缺失和压抑。而另一种主张是认为"一个社会,

---

① 祖国华:《社会伦理学研究》,人民出版社2013年版,第1页。
② [法]让·雅克·卢梭:《论人类不平等的起源》,张露译,台海出版社2016年版。

因为如此非自然地构成，便产生了一系列经济和社会的灾难"①。上述两种主张，都从某种层面暗示了社会的不平等。进而言之，一方面私有观念以及私有财产的出现，导致了物质分配的不均衡，而另一方面，道德感的缺失，也在某种程度上加剧了这种由物质到精神层面不平等的形势。譬如民众同情心的降低，以及对社会事务的漠视等。正如有论者所言："90 年代，随着中国国企改革步伐加大，下岗工人大量涌现，与此同时，'三农'问题变得更为严峻，社会各阶层之间的贫富分化越来越突出。"②也正是在这样一种情况下，知识分子通过自身的文学创作，在某种程度上充当了为底层代言的角色。

当下所面临的诸多社会实际问题，尤其是在生存平等、卫生平等以及医疗平等方面体现得较为显著。上述不少关于社会平等的议题，不仅成为民众关注的热点与焦点，同时也成为作家进行小说创作的重要题材来源。有论者曾指出："如果说权利制度是基于权利意志而建立起来的，如果说法律制度是基于法的精神而建立起来的，那么，道德制度将是基于伦理精神而进行的自觉建构。"③由此可知，实现社会的公平与平等不仅是社会伦理建设的内在要求，而且也是构建社会主义核心社会论题中的应有之义。以此反观二十世纪九十年代的文学创作，这种对社会公平与社会平等的关注，早已具体内化为对社会底层与社会民生的聚焦。如果说九十年代的社会制度启蒙主要集中于对社会政治、社会经济以及社会法治等层面的探讨，那么九十年代对社会伦理启蒙的考察，则深入到了探讨社会平等、社会道德，以及自由书写与女权意识的觉醒等层面。有论者曾指出："如果所有人拥有全部相同的权利，那么他们在权利方面将是平等的：平等的要求源自普遍性。这使得今天发起仍然在继续进行的

---

① [英]斯图亚特·布朗主编《英国哲学和启蒙时代》，高新民等译，中国人民大学出版社 2009 年版，第 422 页。
② 赵黎波：《新时期文学批评的启蒙话语研究》，中国社会科学出版社 2008 年版，第 198 页。
③ 张康之：《论伦理精神》，江苏人民出版社 2010 年版，第 1 页。

斗争成为可能。"①进而言之,对平等的诉求不仅是宪法赋予的神圣权益,同样也是社会主义核心价值观的重要体现,因为它在某种程度上提醒了人们关于社会伦理启蒙,以及社会伦理价值的深层思考。马克思·霍克海默以及西奥多·阿道尔诺曾在《启蒙辩证法:哲学断片》一书中指出:"启蒙消除了旧的不平等与不公正——即绝对的君王统治,但同时又在普遍的中介中,在所有存在与其他存在的关联中,使这种不平等长驻永存。"②换而言之,只有真正地深入社会启蒙的内部,进而揭露并破除社会平等与不平等之间的藩篱,方能有针对性地实施相关举措从而达到社会平等启蒙的目的。

余华在《许三观卖血记》的韩文版自序中,曾写下这样一段话:"这是一本关于平等的书。……我知道这本书里写到了很多现实,'现实'这个词让我感到自己有些狂妄,所以我觉得还是退而求其次,声称这里面写到了平等。"③余华所说的平等,指的是一种对现实的揭露与再现。这部小说主要讲述的是许三观依靠卖血,渡过了人生中的一个又一个坎,并且一次次战胜了命运强加给他的不公与磨难。直至有一天他突然发现自己老了,并且再也没有人需要他的血了的时候,他整个人陷入了一种崩溃与绝望的境地。余华的这部作品,以一种博大而又厚重的温情描述了人生中的苦难与挫折,同时作者以激荡的故事模式,充分展现了人在面对厄运乃至绝境之时的那种强烈的求生欲。

首先,从作品的全篇叙事结构来看,小说一共分为二十九个章节。而在这其中,作者将许三观的每一次卖血勾连并搭建组成了一个完整故事链。许三观的第一次卖血完全是出于好奇,他想要看看自己的身子骨是否结实。正如文中所言:"什么规矩我倒是不知道,身子骨结实的人都去卖血,卖一次血能挣三十五块钱呢,在地里干半年活也就挣那么多。这人身上的血就跟井里的水

---

① [法]茨维坦·托多罗夫:《启蒙的精神》,马利红译,华东师范大学出版社2012年版,第21页。
② [德]马克思·霍克海默、西奥多·阿道尔诺:《启蒙辩证法:哲学断片》,渠敬东、曹卫东译,上海人民出版社2003年版,第10页。
③ 余华:《许三观卖血记》,作家出版社2008年版,第3页。

一样,你不去打水,这井里面的水也不会多……"①正是在这样一种说法的误导之下,许三观第一次走上了卖血之路。而这一次卖血也让许三多初尝甜头,娶到了媳妇许玉兰。他们婚后育有三个儿子:一乐、二乐以及三乐。紧接着,小说又分别写了许三观因一乐误伤铁匠的儿子而被迫再去卖血,因为自然灾害闹饥荒,孩子们都吃不饱饭而选择去卖血,还有为了讨好二乐所在下乡插队的队长,以便让二乐早点回到城里,再次卖血,他将卖血得的钱用来请二乐的队长吃饭并给他送礼。当一乐患病送去上海大医院治疗,全家人都在为手术费用着急的时候,许三观被迫再次踏上了卖血的道路。而这一次,他让许玉兰先带一乐去上海治病,自己从家乡开始一路卖血卖到了上海。在松林卖血的时候,许三观还差一点送掉了性命。小说中的这段描写尤为感人,充分体现出了底层的艰辛不易。事实上,作者并没有在作品中刻意去渲染许三观所遭遇到的悲惨遭遇。而只是通过一种全知全能叙事的视角,将许三观在面临家庭的挫折与磨难时候的处事方法,以一种平静而又富有深韵的笔调向读者娓娓道来。从而产生了撼人心魄的艺术效果。

譬如小说篇末,当许三观的三个儿子都在城里有了稳定的工作,并且都娶妻生子了之后,许三观和许玉兰夫妇身上的担子轻了很多。这个时候的许三观,早已年过六十且头发花白,就连牙齿也掉了七颗,但好在眼睛和耳朵还好使。一次偶然的机会,他途经先前卖血之后会去经常光顾的胜利饭店,不禁感慨万千。之前常去光顾这家饭店是因为卖血之后需要迅速恢复元气,所以才会选择吃一碗炒猪肝并配上一碗温黄酒。然而这一次,许三观怀念的只是这种猪肝与黄酒的味道。于是他再次想到了去医院卖血。谁料这一次,医院负责血库的人不仅认定他的血不合格,而且还当众羞辱了他。许三观这位大半辈子依靠卖血,渡过了自己人生中一个又一个难关的人,却在老了之后,被告知自己的血已经不再被需要。他联想到要是今后家里再有个什么天灾人祸,

---

① 余华:《许三观卖血记》,作家出版社2008年版,第5页。

自己不知道应该如何应对。想到此处,许三观不禁悲伤起来。其实读到这里,读者也不免被该作之中强烈的现实主义色彩所感染。作者尽管没有在小说中谈论平等的议题,但无论是小说中的故事人物线索设置,还是作品中的人物塑造等方面,无不浸透着对社会平等的呼吁以及对底层苦难的书写。有论者曾针对新世纪以来的底层叙事,有过精辟的哲理性思考。在该论者看来:"只有祛除'底层人'的概念化写作,从'底层的人'转向'人在底层',才能实现文学本质的回归和人性价值的呵护。"①的确,只有这样才能够切实地回归底层叙事的本质。正如余华笔下对许三观形象的刻画与塑造,在很大程度上便是对人性价值书写以及对文学本体的回归。进而言之,余华在某种程度上刻画的是"人在底层"。

如小说所言,当一乐、二乐以及三乐得知父亲在路上哭而赶来之后,首先想到的并不是去理解父亲,而是认为父亲在大马路上哭的行为会让自己丢脸。这时候许三观的妻子许玉兰的一番话,令人印象深刻。她说:

> 想当初,自然灾害那一年,家里只能喝玉米粥,喝得你们三个人脸上没有肉了,你们爹就去卖了血,让你们去吃面条,你们现在都忘干净了。还有二乐在乡下插队那阵子,为了讨好二乐的队长,你们爹卖了两次血,请二乐的队长吃,给二乐的队长送礼,二乐你今天也全忘了。一乐,你今天这样说你爹,你让我伤心,你爹对你是最好的,说起来他还不是你亲爹,可他对你是最好的,你当初到上海去治病,家里没有钱,你爹就一个地方、一个地方去卖血,卖一次血要歇三个月,你爹为了救你的命,自己的命都不要了,隔三五天就去卖一次,在松林差一点把自己卖死了,一乐你也忘了这事。你们三个儿子啊,你们的良心被狗叼走啦……②

---

① 张光芒:《是"底层的人"还是"人在底层"——新世纪文学"底层叙事"的问题反思与价值重构》,《学术界》2018 年第 8 期。
② 余华:《许三观卖血记》,作家出版社 2008 年版,第 252—253 页。

这段话不仅道出了许三观这位普通工人卖血的人生轨迹,也在某种程度上刻画出了许三观的慈父形象。尽管许三观在年轻的时候曾有过不检点的地方,譬如和同厂的女工林芬芳偷情以及卖血给骨折的林芬芳送去补品等行径,但是这些都无损于作者对许三观这一人物形象的整体塑造。尤其是当他的儿子一乐在上海治病急需用钱之际,他不顾自身的生命安危一路卖血卖到上海给孩子治病的举动,这绝非普通人能够做到。而在文末,当许三观得知自己的血不再被医院需要时所流露出来的悲伤,其实更多的是一种对人生未知苦难的恐惧,特别是对自己无力改变底层现实的一种绝望之感。因为他的一生有着太多的曲折与坎坷,而每当面临这些未知困难的时候,自己总可以通过卖血帮助自己以及家人渡过难关。所以说,许三观在篇末所流露出来的悲伤,不仅是对自己家人在今后可能遭遇未知挫折/困难的担忧,更多的也是一种对社会平等的诉求与呼喊。

其次,聚焦于平民视角、书写底层民众生活、关注平等与社会现实是余华这部小说创作的重要特点。在日常平淡的叙述之中,作者不断融入进自身的哲理化思考,从而构成了该部作品的某种叙事指向。有论者曾指出:"《许三观卖血记》中历史时代非常明确,但故事的时空背景却用简笔勾勒,而腾出笔墨去关注平民生活本身。……这种平民悲剧更深层、更坚韧、更普遍,渗透进人的日常起居。"[①]进而言之,正是由于余华在创作之初即秉持了一种平等的创作理念,他才旨在通过对底层叙事的关注与书写,揭露一些被社会启蒙文学忽视的重要维度,以此来唤醒社会对底层的关注以及对社会平等的追寻。也正是这样一种对社会平等题材的关注以及对现实主义创作手法的灵活运用,使得该部作品收到了较好的传播效果。

再次,余华的小说《许三观卖血记》,体现了先锋作家已经开始放弃八十年代以来单纯依靠文本实验以及形式主义的艺术技法,从而逐步开始转向探索

---

① 赵思运:《以短篇手法写长篇的成功尝试——读余华〈许三观卖血记〉》,《小说评论》2000年第4期。

现实主义创作的传统道路。正如有论者所言:"《许三观卖血记》标志着先锋作家在文学观念和审美趣味上,已经完成了由浓向淡的转型。它提供了先锋作家告别极端和炫技式写作的成功范例。"①进而言之,《许三观卖血记》这一类作品的出现,对于回击文学界对先锋文学以及先锋作家的质疑而言,无疑是一剂清醒的良药。因为它在多个层面向世人宣告,在二十世纪八十年代凭借先锋文学而出道的作家,并非只会从事叙事实验。对传统现实创作手法的回归,以及基于启蒙立场之上的美学叙事,也同样是我们在解读以余华为代表的这一批先锋作家时所应关注的重要阐释维度。正如有论者所言:"余华不仅充分意识到了从纯粹的理性主义向感性主义回归的重要鸿沟,而且还找到了传统与现代之间的精神通道,使自己站在现代性的立场上,重新发现了传统文学的内在价值。"②换而言之,余华的创作由之前的先锋叙事实验,到后来回归传统的现实主义手法,充分体现了他在小说创作方面的不懈努力,以及对艺术作品孜孜以求的探索精神。

除了《许三观卖血记》之外,余华的《活着》也是一部有关社会平等的现实主义作品。这部小说主要讲述了出生地主家庭的福贵嗜赌放荡,他在将家产几乎挥霍殆尽,气死父亲之后沦落为一名佃农。不久,福贵被国民党抓了壮丁。而伴随着国共内战、"三反""五反""大跃进"等社会变革,福贵的个体命运以及家庭命运也在不断地经历着变化。如小说所言,福贵身边所有的亲人都先后离他而去,最后只剩下一头年老的牛与他一起相依为命。即便命运如此不公,福贵非但没有选择抱怨,反而始终对这个世界保持着一种友好与期待的态度。他并没有向命运低头,活着也成为福贵安身立命的信念与支撑。

《活着》的感人之处在于情感的自然与真切。作者在小说故事情节与细节处理方面颇具匠心。譬如文中那段因家庭贫困,福贵将闺女凤霞送给城里一

---

① 吴义勤:《告别"虚伪的形式"——〈许三观卖血记〉之于余华的意义》,《文艺争鸣》2000年第1期。

② 洪治纲:《苦难的救赎》,见余华:《余华精选集》,北京燕山出版社2011年版,第10页。

户人家当闺女,但凤霞偷跑回来后,福贵不得已将她送回城里的描写,情真意切、感人肺腑。如文中所述:"那一路走得真是叫我心里难受,我不让自己去看凤霞,一直往前走,走着走着天黑了,风飕飕地吹在我脸上,又灌到脖子里去。凤霞双手捏住我的袖管,一点声音也没有。……到了城里,看看离那户人家近了,我就在路灯下把凤霞放下来,把她看了又看,凤霞是个好孩子,到了那时候也没有哭,只是睁大眼睛看我,我伸手去摸她的脸,她也伸过手来摸我的脸。她的手在我脸上一摸,我再也不愿意送她回那户人家去了,背起凤霞就往回走。凤霞的小胳膊勾住我的脖子,走了一段她突然紧紧抱住了我,她知道我是带她回家了。"①小说中的这段描写颇为动人。特别是作者将寒夜里一位无助的父亲,与懂事女儿之间的深厚情感,仅仅通过几组无声的肢体语言展现得淋漓尽致。而父亲的无奈送女与女儿的体贴懂事,这些微小的细节与都无疑为寒冷的黑夜平添了一份浓浓的亲情与暖暖的爱意。父爱如山,福贵当然知道如果将凤霞送走,家里的窘迫现状可能会有所改善。但骨肉亲情血浓于水,他为凤霞的懂事而感动。因此,在面临生存的现实情况之下,如何活着以及如何更好的生存,也实际上成为萦绕福贵一家人身上的头等大事。

再比如文中有一段对福贵的媳妇家珍得了软骨病后,生怕拖累家庭而强拖病体干活的叙述,让人印象深刻。作品写道:"家珍拿着把镰刀到稻田里,刚开始割得还真快,我看着心想是不是医生弄错了。可割了一道,她身体就有些摇晃了,割第二道时慢了许多。我走开后没过多久,听到那边扑通一声,抬头一看家珍摔到地上了。"②这段对福贵媳妇家珍生病后的语言及动作描写,也十分符合典型环境中的人物性格。正是因为家中贫穷,害怕失去工作、失去工分再给家里增添负担,她连生病还不敢轻易看病住院,生怕给这个原本就风雨飘摇的家带来霉运。这段深刻的文字不仅让人读到了苦难与艰辛,更读到了庄稼人的辛酸与不易。

---

① 余华:《活着》,作家出版社 2008 年版,第 77 页。
② 余华:《活着》,作家出版社 2008 年版,第 94—95 页。

然而,生活如此艰难,却并未完全泯灭掉孩子们身上那份天真的善良与纯真。当福贵的孩子有庆得知自己养的羊即将被拉到市场上卖掉,以便换回一家人口粮的时候,他并没有像之前那样哭天抢地,而是懂事地点点头。有庆坚持要送福贵一程,为的是和那只朝夕相处的羊多待一会。小说写道:"我知道有庆是想和羊多待一会,他怕我不答应,让他娘来说。这孩子一路上什么话都不说,倒是那头羊咩咩叫唤个不停,有庆牵着它走,它不时脑袋伸过去撞一下有庆的屁股。羊也是通人性的,它知道是有庆每天去喂它草吃,它和有庆亲热。它越是亲热,有庆心里越是难受,咬着嘴唇都要哭出来了。"①其实人和动物之间的感情,往往最为质朴和真挚。作品中的有庆尽管还只是一位小学生,而且在他这个年纪原本应该拥有金色的童年,然而家庭的实际情况使得他较早地便体会了生活的艰辛,他从小便担负起了喂养羊的职责。除了每天按时给羊喂草之外,有庆还得急匆匆地跑回学校上课,其中辛苦可想而知。在小说结尾,当亲人们有庆、凤霞、家珍、二喜、苦根一个个都离他而去,年老的福贵亲手将他身边的至亲一个个埋葬,直至最后仅剩他和一头年迈的老牛。福贵将老牛也唤作福贵,从此老人便与老牛一起相依为命。

小说末尾写道:"两个福贵的脚上都沾满了泥,走去时都微微晃动着身体,我谈到老人对牛说:'今天有庆、二喜耕了一亩,家珍、凤霞耕了也有七八分田,苦根还小都耕了半亩。你嘛,耕了多少我就不说了,说出来里会觉得我是要羞你。话还说回来,你年纪大了,能耕这么些田也是尽心尽力。'"②尽管亲人们一个个都离福贵而去,但年老的福贵却并没有失掉活下去的勇气。福贵提前安排好了自己的后事,并将一切看得平淡。他静静地享受着生命带给自己的一切,即便是苦难也是一种生活态度。小说末尾写到福贵从屠夫手上解救了的那头老牛,它陪伴着福贵渡过了生命中的最后岁月。而这种结局,也较好地冲淡了小说故事原本的悲剧色彩,让人读罢不禁感慨余华对现实的关注,以及对

---

① 余华:《活着》,作家出版社 2008 年版,第 105 页。
② 余华:《活着》,作家出版社 2008 年版,第 183 页。

平等和苦难书写的启蒙意识。

阎连科的小说《年月日》，主要叙述了耙耧山脉因干旱少雨闹饥荒，全村逃难而仅剩年迈的先爷与盲狗，这两者是如何与命运抗争的故事。年老体弱的先爷与瞎眼的盲狗，这两者在某种程度上都属于弱势群体，皆是被抛弃以及被搁置的生命。但是先爷和盲狗并没有因此而失掉生存的希望，而是选择与命运抗争。全篇小说紧紧围绕着先爷和盲狗如何战胜自然灾害，以及如何呵护那株仅存的玉蜀黍苗而展开。其实那株仅存的玉蜀黍苗，也正好代表着村子未来的希望。小说不仅将视野聚焦于恶劣的生存环境，歌颂了人与动物身上的果敢、韧性以及不屈不挠的奋斗精神。而且作者还以一种哲理化寓言的形式，向我们展现出底层对平等生存及个体尊严的不懈追寻。正如有论者所述："当天灾将人逼迫于生存的最底线，在物质占有和生存方式的优越性被全部剥夺时，其生存的尊严问题也就被突显出来。"[1]进而言之，作者将故事主人公置于一个看似绝望的环境之中，生存以及温饱问题，这些都看似平淡无奇、唾手可得的愿望，却成为摆在小说故事主人公先爷以及盲狗面前的现实性问题。作者通过写人与自然的抗争，意在为读者讲述一个关于生命寓言的故事。如小说所述，由于干旱饥渴，先爷和盲狗首先要解决的便是吃饭喝水，以及给玉蜀黍苗浇水灌溉施肥的问题。在刚开始的时候，先爷还有少许存粮并能够维持一段时间。紧接着家中存粮断了之后，他便去自家地里刨出玉蜀黍种子充饥。直至有一天，自家地里的玉蜀黍种全部被吃完之后，先爷想到了其他老乡家田地里的玉蜀黍种子，但事与愿违。为了生存下去，先爷不得不挨家挨户搜寻存粮，结果还是一无所获。一次偶然的机会，先爷发现了老鼠洞中的大量存粮，于是带着盲狗到处搜寻鼠洞，收获颇丰。然而好景不长，在勉强支撑一段时间之后（期间遇到了一次老鼠来袭偷粮，存粮损失了一半），水井里面的水也逐渐干涸，人和狗的生存则再一次面临着极大的挑战。为了能够取水灌溉玉

---

[1] 丁帆主编《中国新文学史》（下册），高等教育出版社2013年版，第338页。

蜀黍苗,更为了人和狗能够生存下去。先爷于是顺着老鼠迁移的方向去寻找水源,结果遭遇到了狼群,九死一生。

在找到水源并顺利挑回水了之后,吃饭的问题则再一次摆在先爷和盲狗的面前。这一次,先爷选择利用玉蜀黍种子引诱老鼠的办法而有所收获。于是,他与盲狗靠吃鼠肉度过了一段艰难时期。直至最后,当再也没有充足的食物来维持基本生存、人与狗都濒临生死绝境之际,先爷默默安排好了一切。他首先是确保了玉蜀黍苗生长所需要的充足水源,紧接着通过投掷硬币决定他与盲狗的生死。篇末部分写到先爷将生的希望留给了盲狗,而自己却选择用身躯滋养那株仅存的玉蜀黍苗。灾害结束后的第二年,当村民纷纷从外地赶回老家时,发现了干枯的盲狗以及用身躯滋养玉蜀黍苗的先爷。令人意外的是,盲狗并没有逃亡(当然,这里采用了一种拟人的手法),而是选择和先爷一起躺在了玉蜀黍苗下。先爷也没有选择杀死盲狗自己独活,而是信守了之前和盲狗的约定(投掷硬币决定生死)。可到后来,当人们拾起硬币竟然发现这枚硬币的正反两面都有字。换而言之,先爷将生的希望留给了盲狗而自己却选择了牺牲,正是因为在生死面前,任何生命都是平等的。这则故事寓言般地向人们传递了诸多人生哲理,但更为突出地彰显了作者对社会平等的不懈追寻。有论者曾指出:"先爷以翻找种子作为粮食的方式延续生命,但在最后,他翻转了这一生存逻辑,用自己的全部生命来抚育这颗种子的生长。"[①]进而言之,小说篇末这株被先爷用生命哺育的玉蜀黍苗不仅是先爷生命的延展,而且也是整个村庄乃至耙耧山脉生存的希望。因此,先爷和盲狗的生命,实际上被这株仅存的玉蜀黍苗所接续。在小说作品中,作者对这种生命同位关系的哲理描述,让我们更多地去思考人生真谛。或许在生存的面前任何生命物种之间都是平等的,并没有所谓的高低与贵贱之分。小说篇末,尤其是最后一段的描写,孕育着新的生命以及新的开始。如文章所言:"最终留下的,是这个村落

[①] 丁帆主编《中国新文学史》(下册),高等教育出版社2013年版,第338—339页。

中七户人家的七个男子,他们年轻、强壮、有气力,在七道山梁搭下了七个棚架子,在七块互不相邻的褐色土地上,顶着无休无止酷锐的日光,种出了七棵嫩绿如油的玉蜀黍苗。"①这七棵玉蜀黍苗无疑代表着耙楼山脉的村民对未来美好生活的期许。因此,《年月日》这部作品所传递的主题意旨,不仅是一种对生命意义的追寻与拷问,也是一种从内心生发出来的对苦难的斗争与反抗,尤为引人深思。

史铁生的《老屋小记》是一篇底层叙事的经典范本。小说中刻画了诸多人物,譬如期待通过长跑优势改变命运的K;曾经光荣入伍尔后退伍仍然保持着军人雷厉风行作风的B大爷;尽管瘸腿但拥有天生的乐感,寄托歌声来实现自己命运转变的D;最后还有出生富裕家庭并从名校毕业的U等。以上这些人在小说中并没有真名实姓,甚至连名字也被作者隐去而用代号来标注。或许在作者看来,对小说主人公的命名,远不及深挖他们背后所传递的人生哲学更富意义。在这种叙事理念下,作者笔下所刻画的这些"字母"人,无一不是以积极的心态来面对人生。正如作者所言:"这些人无不处在人生的困境中,但他们没有怨天尤人,而是心存梦想、埋头苦干,在有限的环境中追求着人生价值。"②人的生命有限,但如何在这短暂的生命之中去尽可能地拓展生命的厚度,以及如何在有限的环境里,去追求个人价值与社会价值的和谐统一,乃是史铁生及其笔下的文学作品所传递给读者的精神懿旨以及哲理追求。

具体到作品而言,文中对K的命运进行了大致勾勒。K在未成年时就被送去劳教。结束劳教之后,因为案底的缘故他不能找到一份正式稳定的工作。于是他去当地街道组找到了一个蹬板车的活,这样也勉强能够养活自己。紧接着,文中写到了K开始练习长跑,并期待着有朝一日能够凭借自己的努力赢得平等与尊重。小说中的K面对生活困境,并没有流露出丝毫退缩或者逃避的想法。他寄希望于通过长跑来改变自己的命运。再比如小说中的D,尽管

---

① 阎连科:《年月日》,新疆人民出版社2002年版,第307页。
② 史铁生:《老屋小记》,华东师范大学出版社2014年版,第4页。

他并不拥有出色的嗓音但是他却天生乐感好,即便是有一条腿不太方便,但"除了跑不快,上树上房都不慢"①,依然没有放弃自己的音乐梦想。而小说中的U师傅无论是春夏秋冬,都身着工装并且紧扣领袖。而且她"绝不在公共的水盆中洗手,从不把早点拿来老屋吃。她来了,干活;下班了,她走"②。可能在外人看来,U的性格古怪而且行动怪异,但U却时刻保持着对自身梦想的坚守与追寻。或许我们并不清楚U之前有过怎样的经历。但她身上这种对生活的执念,以及那种在平凡之中所彰显出的精神特质往往最能够打动人。因而作者的书写,也在某种程度上提醒了人们关于生命的哲理化思考。

史铁生的小说,通常没有一条贯穿始终的叙事线索。但却能在平淡的叙事之中,娓娓道出人生的虚与实、苦与痛,从而产生撼人心魄的美学艺术效果。这一方面当然基于史铁生独特的人生经历,而另一方面也与作家对人生哲理的苦思,以及基于生活基础之上的佛性感悟有着某种密切的关联。除此之外,我们从史铁生的《老屋小记》以及相关的小说作品中,还分明读到了一种对道德的守护以及对生命意志的追寻和坚守。这种对生命的独特感悟以及哲理化的寓言,亦是我们走近史铁生及其文学地坛的一条路径。

让我们再次回顾九十年代涉及社会平等题材的作家作品。如果说阎连科笔下对平等的叙事,乃是基于将小说人物置于某个特定对环境中去拷问人性并追索某些隐于文本之外的启蒙特质,史铁生是通过一种宗教哲理化的叙事,将读者逐渐带入他所构建的哲学场域的话,那么鬼子的小说《被雨淋湿的河》,则是以一种底层叙述的视角,将人逼到一种极为卑微与绝望的境地,并在这个叙述过程中,为读者呈现出一种社会平等的启蒙叙事。

鬼子的小说《被雨淋湿的河》③,给人一种沉重的阅读感受。尤其是小说中对部分现实的描述扣人心弦,具有鲜明的现实主义特征。该作不仅体现了作

---

① 史铁生:《老屋小记》,华东师范大学出版社2014年版,第172页。
② 史铁生:《老屋小记》,华东师范大学出版社2014年版,第184页。
③ 鬼子:《鬼子小说》,中国社会出版社2006年版,第138页。

者对现实的冷静思考,而且在某种程度上是一种对社会平等的呼吁和诉求。作品主要讲述了一名普通教师陈村的人生际遇。从故事的叙述而言,小说中的主人公陈村首先是受到了妻子因病去世的巨大打击,紧接着好不容易托关系让自己的儿子晓雷上了师范,谁料晓雷不愿上学,竟私自辍学外出打工并犯下命案。晓雷杀人后潜逃回家,继而对当地教育局克扣父亲等教师工资的事情表示愤慨。而他在帮父亲等一批普通教师讨要工资时,也因触动了少数人的利益而被教育局伙同的煤老板害死。陈村在悲痛之中背着儿子晓雷回家安葬,谁料到在路上竟与一群凶神恶煞的劫匪不期而遇。最后,陈村身上仅剩的钱款被洗劫一空,而晓雷的尸体也被扔在一旁。紧接着,因体力不支再也背不动晓雷,陈村不得已将晓雷临时葬在了石头后面的窝坑里。

从叙事视角而言,小说《被雨淋湿的河》中的"我"由于刚刚离异回到乡村,陈村将其去世妻子的田转给了"我"。从某种程度来看,"我"具有了一种全知全能的叙事视角。有论者曾指出:"全知叙述者既说又看,可以从任何角度来观察事件,可以透过任何人物的内心活动,也可以偶尔借用人物的内视角或者佯装旁观者。"[1]正如小说开篇实际出现的叙事主体"我",天然地拥有了一种大于陈村的叙事视角,而且在很多时候,"我"都是陈村悲剧的亲历者和见证者,因此从小说中"我"的视角出发,往往能够达到更好的叙事效果。

譬如在晓雷去世之后,陈村曾委托教育局领导帮忙打听女儿的下落。经过小说中"我"的调查得知,陈村女儿先是在城里的发廊里当洗头妹,后来瞒着陈村被人包养。当然,以上事实肯定是小说中的"我"不能如实告知陈村的。但在晓雷去世之后,在"我"以及其他同情人的怂恿之下,陈村终于决定去替冤死的儿子讨回公道。然而正当他准备出发的时候,晓雷当初打工犯下的命案也东窗事发。当地的警察更是千里迢迢赶来抓捕犯罪嫌疑人。在这种种的打击之下,原本身体一直孱弱的陈村,终于倒身在了河床上再也起不来。以上就

---

[1] 申丹:《西方叙事学:经典与后经典》,北京大学出版社2010年版,第95页。

是该部作品的主要叙述脉络及故事线索。可以看到,鬼子这部作品的叙事环环相扣、层层递进,看似平淡的叙述之中暗藏着急流与礁石。

时至今日,学界对于鬼子这部作品《被雨淋湿的河》的评论并不多。甚至可以说,评论界对该作至今处于一种"不在场"的状态。即便如此,还是有少数敏锐的评论者关注到了该作的文学价值。有论者曾指出:"鬼子在叙述中似乎没有渲染生存的艰难,但他的叙事是直接建立在艰难的基础上。"[①]换而言之,鬼子在该部作品的叙述之中,尽管只是采取了一种平淡的叙述手法,但营造了撼人心魄的艺术效果。从某种程度而言,鬼子的叙事乃是一种超越艰难之上的一种言说策略以及言说姿态,一种冷峻陌生化的书写姿态。然而却有如此效果,究其原因,主要在于作者所秉持源于现实,高于现实的美学原则以及创作理念。

与鬼子在《被雨淋湿的河》中所采取的一种平淡而又意蕴丰厚的艺术手法不同,苏童在其长篇小说《米》中,为我们呈现出社会平等启蒙叙事的另一种可能。苏童的长篇小说《米》,紧紧围绕着故事主人公五龙五十年异乡漂泊的人生经历而展开。作品主要刻画了人的欲望与挫折,以及如何在生存与毁灭之间做出抉择的故事,饱富人生哲理。小说中的五龙为了生存,从故乡枫杨树村逃荒偷乘运煤火车来到了一座陌生的城市。然而,五龙来城市的第一天便目睹了底层的死亡,以及个体人格尊严的践踏。譬如,他为了寻得地方歇息偶遇了一具非正常死亡的尸体,为了获取食物而不惜出卖尊严,被迫叫了码头上这群以阿保为首的地痞们一声爹。小说对这段描写尤为深刻:"爹。五龙的声音在深夜的码头上显得空旷无力。他看见那群人咧着嘴笑,充满某种茫然的快乐。五龙低下头,看见自己的影子半蹲半伏在地上,很像一条狗。……没爹的孩子都像狗。然后阿呆的脚终于从五龙的手上松开了。五龙抓起卤猪肉急着朝嘴里塞。味觉已经丧失,他没有品出肉的味道,只是感觉到真正的食物正在

---

① 杨文忠:《跨越青春期——鬼子〈被雨淋湿的河〉的一种读法》,《河南机电高等专科学报》2004年第6期。

进入他的身体。"①从这段话可以看出,生存以及活下去是五龙当时的唯一信念。初到城市的五龙,还来不及思考除了温饱以外的其他问题,至于尊严和面子,那只不过是填饱肚子之后的更高层次追求。因此才有了小说篇首那段喊人作父以换口肉吃的那一幕。而当他终于来到城市这中,特别是当他走到冯老板开的这家米铺门口,出于生存的本能,五龙选择了在米店附近"住"下,他为的也只是能够吃碗饱饭。可以看到,五龙的出场是以一种底层求生存的姿态。而到后来,当五龙被米店冯老板收留成了一名不要工钱只要碗饱饭吃的伙计后,五龙的温饱问题也就是作为社会人的基本生存问题便在这一刻得到了解决。然而人情的冷暖以及身份地位的固有悬殊,也时刻刺痛着五龙的敏感神经。从小说中,冯家大小姐织云主动提出为五龙买鞋的片段,以及紧接着二小姐绮云表示反对,再后来冯老板"别买皮鞋,他只是个粗人"的叮嘱,都表现出五龙当时地位的卑微。

作为大小姐的织云尽管名声不好,但心地善良并富有同情心。她不忍见到五龙在大冷天里,还只穿着一双露脚趾头的破鞋,因而主动提出要带他上街买鞋。在最开始便反对收留五龙做米店伙计的绮云,则从骨子里坚持主仆尊卑有别,作为姐姐的织云更不应该拿着柜上的钱去做好人。由此可见,织云和绮云这两位女子尽管都出生于冯家,但性格迥异。她们对底层人的态度,也有着天壤之别。姐姐善良,为人谦和;妹妹多疑,为人精明。小说中写道:"五龙窘迫地倚墙站着,听两姐妹做着无聊的争执。他心里对双方都有点恨,一双鞋子,买就买了,不买拉倒,偏要让他受这种夹裆气。"②当时夹杂在两位小姐中的五龙,实际上也是显得焦躁不安。而当冯老板听到争执之后,他嘱咐织云给五龙买一双结实耐穿的鞋并特地强调了千万别买皮鞋,因为五龙是干体力活的。这里的言外之意是五龙的身份,注定了他只能够穿廉价鞋而不能够穿象征着

---

① 苏童:《米》,上海文艺出版社 2005 年版,第 5 页。
② 苏童:《米》,上海文艺出版社 2005 年版,第 30 页。

身份地位的皮鞋。另外,"他深知怜悯和温情就像雨后街道的水洼,浅薄而虚假,等风吹来太阳出来他们就消失了。不管是一双什么鞋子都收买不了我,其实他们谁也没把我当人看"①。从这段话也可以看出作为米店伙计的五龙尽管身份卑微,但仍然具有着自我主体性,五龙骨子里面有着一种反叛与冲决意识。

因此,当米店对面的打铁匠去世,铁铺以优厚的酬劳邀五龙帮忙打锤时,五龙以此为由向冯老板提出了涨薪的要求。冯老板支付了五元之后,五龙所做的第一件事情便是去买了一双皮鞋。显然,五龙对之前在冯家讨论给其买鞋事件中所受到的屈辱一直耿耿于怀。再比如五龙在澡堂子里帮冯老板搓背的时候,想到:"我们原本是一样的。为什么总是我替你擦背?为什么你却不肯给我擦背?"②由此可知,五龙尽管身份卑微却有着反抗精神以及反叛意志。从五龙初踏城市的时候为了吃碗饱饭,到后来温饱问题解决之后对精神层面的更高追求,突显了其个体身上所具有的启蒙特质,即对平等的追求以及对不平等/公平现象的深恶痛绝。这一点,我们还可以从他巧借六爷之手除掉了阿宝的事件中可以看出,他这么做是因为阿宝曾欺辱了初到城市的五龙,并且还与米店东家的大小姐织云有染。我们还应该看到,五龙善于抓住时机并适时为自己争取到合法权利。譬如文中当冯老板诬陷五龙是偷米贼时,五龙回答:"我说过了我从来不偷。五龙冷冷地说,我只会卖力气干活,这你心里清楚。染坊的老板每月给伙计八块钱,你却只给我五块。五块钱,只能打发一条狗。我真该偷的。"③这样一来,五龙不仅为自己洗刷了偷米的冤屈。而且还能够因势利导,巧妙地通过一种与其他店面工钱支付实额的对比方式,变相向东家冯老板提出了涨工资的需求,以至于让东家老板无可辩驳,可谓一石双鸟。

通读小说,不难看出五龙的人物形象,实际上随着小说故事情节的发展也

---

① 苏童:《米》,上海文艺出版社 2005 年版,第 30 页。
② 苏童:《米》,上海文艺出版社 2005 年版,第 31 页。
③ 苏童:《米》,上海文艺出版社 2005 年版,第 69 页。

逐渐发生着某种变化。五龙刚开始只不过是一位追求温饱问题的逃荒人。因而，他对和自己有着同样经历以及平等地位的人有着一种本能的亲切感。譬如在作品中，五龙曾多次目睹底层群体的死亡。第一次是他刚到城市的时候所偶遇的死尸。第二次是阿呆带人抢了贩米人的船，贩米人被五花大绑而在绝望之中投江自沉。第三次是在冯家米店，一位因为饥饿而偷吃生米最后被撑死的小男孩，五龙在这位小男孩身上依稀看见了昔日的自己。特别是在第八章，当饥荒再次降临北方，而且战火纷飞之际，无数难民挤上南下的火车，像蝗虫一样涌入这座江边的城市。五龙在这些逃荒人中仿佛看见了自己家乡的影子。不仅如此，当在瓦匠街头偶遇两位与自己有着相同口音的卖拳少年时，五龙"掏出了身上所有的铜板，一个个地仍进破碗里，他想对少年说上几句话，最后却什么也没说"①。由此可知，五龙骨子里还依稀尚存作为人的温情，因为他太熟悉贫穷与饥饿意味着什么。

　　如果说追求生存的平等以及捍卫生存的权利，是五龙早期所坚守的人生信条，那么随着五龙入赘冯家并在米店站稳脚跟，他也逐渐地走向了启蒙的对立面，其人性扭曲的一面也随之显现。这种反启蒙描写也在小说中体现得较为充分。譬如五龙的心理活动，以及他在与女人交欢时候的怪癖。特别是小说对五龙步入壮年，并逐渐取代六爷成为地头蛇的描写，更是从另一视阈为读者呈现出了一个不同于小说篇首的五龙形象。文中写道："有时候，五龙在妓院的弦乐笙箫中，回忆他靠一担米发家的历史。言谈之中，流露出深深的怅惘之情。他着重描述了他的复仇。"②由此可见，五龙由起初的时候只想吃碗饱饭而成了冯家伙计，到后来摇身一变，变成冯家的上门女婿，五龙的身份第一次发生了巨大转折。而待原屋主人去世，织云生了抱玉之后出走六爷家，绮云也被五龙占为己有之后，五龙逐渐成了米店实际的当家人。而当织云在一次吕家大火中毙命，六爷携带家眷（包括织云的孩子抱玉）坐上大卡车离开之后，五

---

①　苏童：《米》，上海文艺出版社2005年版，第119页。
②　苏童：《米》，上海文艺出版社2005年版，第136页。

龙挑了一担米入伙码头弟兄会,并在随后成了地头蛇。这一幕可被视为五龙身份的第二次转变。由之前的米店伙计到冯家当家人,再由当家人转为地头蛇,五龙的性格在这个过程之中逐渐被异化和扭曲。

文中有一段关于五龙敲掉两排好牙、换上金牙的描写,从一个侧面体现出五龙性格的变异以及人性的扭曲。为何好端端地换掉牙齿,五龙指出:"我以前穷,没有人把我当人看。如今我要用这嘴金牙跟他们说话,我要所有人都把我当个人看。"①当牙医将换掉的真牙包好塞给五龙,并说身体发肤受之父母让其好好保管时,五龙的举动让人颇感意外。他随即捡起一颗看了之后扔了出去,并说道:"我扔掉的东西都是假的。这些牙齿曾经吃糠咽菜,曾经在冬天冻得打战,我现在一颗也不想留,全部给我滚蛋吧。"②无论五龙承认与否,这些遭到遗弃被当作垃圾的牙齿,曾伴随五龙度过了人生中最艰难的一段时期。从五龙决然抛弃真牙的这段描写也可以看出,尽管五龙早已不再为温饱问题而发愁,但是贫困时期的记忆却始终萦绕脑海。为此,五龙也逐渐开始了自己的复仇计划,他准备将之前受过的屈辱施加到别人身上,以便获得某种对之前遭受过的创伤记忆的补偿。

小说接着写道:"他清晰地记得阿保和那群人的脸,记得他在那群人的酒嗝声中所受的胯下之辱。他想起他曾经为了半包卤猪肉叫了他们爹,心里就有一种疯狂的痛苦。"③五龙开始了疯狂的报复。他将自己的目光聚焦于码头一位倚靠货箱熟睡的青年。并以银元为诱饵让这位青年称呼他作爹。而当这位战战兢兢的青年终于叫了五龙一声爹之后,五龙随即开始用暴力教训起这位青年来。正如文中所述:"我最恨你们这种贱种,为了一块肉,为了两块钱,就可以随便叫人爹吗?……我从前比你还贱,我靠什么才有今天?靠的就是

---

① 苏童:《米》,上海文艺出版社 2005 年版,第 139 页。
② 苏童:《米》,上海文艺出版社 2005 年版,第 139 页。
③ 苏童:《米》,上海文艺出版社 2005 年版,第 146 页。

仇恨。"①由此可以看出,五龙的性格以及人格早已由之前的富有同情心、平等意识以及反抗精神,转为将仇恨视为人生前进的动力。五龙也逐渐走向了启蒙——己所不欲,勿施于人——的对立面,他一方面享受着权利和地位带给自己的满足感,但另一方面又将之前受过的苦难,全部施加在了那群在他看来势单力薄,身份卑微的弱者身上。至此,五龙便由之前身份低下的受害者,逐渐沦为了一名十恶不赦的施暴者。从阿保的被杀弃尸到六爷在上海滩被砍杀,之前对五龙施暴的人都悉数死于非命。其实,我们也可以从中看到五龙个体的悲惨命运,特别是五龙认为复仇的种子是人生前进动力的扭曲思想,预示了这一人物形象已经走向了启蒙的对立面。然而即便如此,他还是义无反顾地走上了这条不归路。究其原因,这与小说中因贫穷所引起的社会不平等有着很大的关系。甚至从某种程度而言,底层恶劣的生存现状,也是造成小说故事人物性格变异乃至最后走向悲剧的重要根源。再如小说中的五龙在飞黄腾达之后,他不仅摒弃纲常,到处寻花问柳,而且还处处作恶,成了一名彻彻底底的地方恶霸。至此,五龙的人物性格以及个体命运也随之发生了某种转变。这里实际上暗喻了某一特定历史背景所造成的人物性格悲剧。事实上,五龙仿佛找寻的不仅是一种个体的尊严与平等,更是群体的社会平等以及对社会基本生存权利。因此,当我们再次回溯五龙作为个体的发展史,他由之前的食不果腹,到后来放下尊严和人格、先想办法吃碗饱饭,再到后来,当五龙羽翼日渐丰满之后,他开始义无反顾地踏上了找寻自我并且否定自我的道路。苏童的小说《米》,实际上为读者提供了一个有关社会平等启蒙并且反思启蒙对立面的典型文本。至此,苏童也从理论和实践这两个纬度,开启了九十年代作家对社会平等主题的关注与反思。

  以上作家作品,从不同角度诠释了九十年代小说中社会启蒙的平等主题。这些作品或是追求平等的生存权利(《许三观卖血记》),或是找寻作为生命个

---

① 苏童:《米》,上海文艺出版社2005年版,第146—147页。

体的平等尊严（如福贵对活着的执念，以及陈村所面临的艰难险阻），抑或只是为了满足并解决基本的温饱（先爷、盲狗以及五龙）问题等。小说家通过文学创作，向读者诠释了他们对社会平等议题的关注与思考。同样，这一批作家也通过小说创作这种方式，达到了启迪社会以及开启民智的职责与使命。从某种程度而言，读者通过对九十年代社会伦理启蒙主题类作品的考察，汲取知识营养，并以此来观照社会存在。九十年代小说中社会伦理启蒙的首要层面，体现为小说作品对平等的关注以及对社会现实的深刻书写。当然，这种书写姿态并非一味地居高临下，而是以一种谦卑以及平等的叙事语调不断展开。它不仅向我们讲述了一个个平凡而又伟大的故事，而且也为我们观照当下实际提供了某种价值参考。

对医疗卫生的关注，以及对民众底层生存现实状况的聚焦，充分体现了作家对社会启蒙相关议题的敏锐度。作家在创作这些题材以及构思相关人物的时候，也往往能够自觉地反映社会各个层面的发展面貌，尤其是那些在中国现代化进程之中被遮蔽的社会价值。同时，这也是作家这一群体的社会责任感与使命感的生动体现。从余华的《许三观卖血记》《兄弟》的推出，到阎连科的《年月日》、史铁生的《老屋小记》的发表，乃至鬼子的《被雨淋湿的河》以及苏童的《米》等作品的出现，都可以看出他们对严肃题材的关注以及对严肃/纯文学的坚守。从这个角度而言，对九十年代小说中社会平等启蒙主题的关注，突显了其本身的学理性以及前瞻性。

第二节　对社会道德的追寻与反思

从西方启蒙运动伊始，对伦理道德的考察便是其中的重要命题。黑格尔曾在其《法哲学原理》一书中指出："在康德的哲学中，各项实践原则完全限于道德这一概念，致使伦理的观点完全不能成立。但是，尽管从语源学上看来道德和伦理是同义词，仍然不妨把已经成为不同的用语对不同的概念来加以使用。"①事实上,黑格尔不仅肯定了康德关于个体道德领域内的研究成果(因为康德伦理学主要涉及了意志自由、道德律以及相关问题),而且他还在康德研究的基础之上将对个体道德领域的研究延展到了对社会道德乃至社会伦理的考察层面。正如有论者所言:"黑格尔认为个体道德领域自身有其内在的缺乏。也就是说必须从个体道德领域过渡到社会伦理领域,因为道德的真理不在个体自身中,而在社会伦理中。"②由此可见,上述这两位哲学家思考问题的角度不同导致了对个体以及社会伦理层面的认知差异。然而他们的观点与主张,却为我们反思当代的社会伦理价值观提供了某种具有启发性以及学理性思考。

尤其是在当代,社会启蒙的发展客观上要求从伦理道德层面去进行规约,因而对社会道德的追求与抵达,也被视为社会启蒙研究论题中的应有之义。有论者曾指出:"如果说后工业社会是一个伦理精神之光普照的社会,那么,它的社会治理体系必然是首先按照伦理精神而加以建构的,社会治理活动也将实现道德化。所以在走向后工业社会的过程中,需要率先把握社会治理体系中伦理关系的成长和变动,需要按照伦理关系的客观状况去建立起道德制度,并在这一道德框架下去展开全部社会治理活动。"③换而言之,对社会道德的追寻与抵达不仅是对当代社会制度一种强有力补充,而且也充分体现了社会伦理启蒙所达到的广度与深度,而伦理学的基本问题乃是对"伦理、道德问题的总体看法,是道德问题的世界观和方法论,它所反映的是道德生活中的根本问题,是以往和当今伦理思想家们争论的最集中的问题和分歧的焦点"④。因而从某种程度而言,对社会道德的书写也成为社会伦理启蒙的重要组成。在二十世纪九十年代的作家中,涌现出一批又一批的道德歌者。他们通过笔下对

---

① [德]黑格尔:《法哲学原理》,范扬、张企泰译,商务印书馆1961年版,第42页。
② 龚群:《社会伦理十讲》,中国人民大学出版社2008年版,第4页。
③ 张康之:《论伦理精神》,江苏人民出版社2010年版,第4页。
④ 倪愫襄编《伦理学导论》,武汉大学出版社2002年版,第27页。

道德的书写与现代性追索,为我们呈现了一种别样的叙事体验。而在这群作家作品中,主要有张炜的《柏慧》《家族》《忧愤的归途》、余华的《在细雨中呼喊》、王安忆的《纪实与虚构》(寻根意味很强的家族小说)。除此之外,还有阎连科的《耙耧天歌》以及贾平凹的《废都》等作品。

张炜的小说《柏慧》,主要采取的是心理描写的艺术手法,为我们讲述了一对恋人在"文革"期间的人生经历。小说不仅充分展现了对已逝岁月的追忆,而且对那一特殊年代里的社会道德也进行了深层拷问。如小说篇首所言:"已经太久了,我们竟然在这么长的时间内没有互通讯息,也许过去交谈得足够多了。时隔十年之后,回头再看那些日子,产生了如此特殊的心情。"[1]令小说主人公所魂牵梦绕的,不仅是对其求学于地质学院那段时期里生活与工作的深情回顾,还有他在历经世事之后,回溯过往时所采取的一种淡然态度。篇首的这段心理描写,不仅表达了对昔日恋人的思念之情,也为全文的叙述奠定了一个追忆的感情基调。紧接着故事主人公"我"由近向远,开始向远处的柏慧讲述自己的近况。并在这个过程之中穿插了诸多过往经历,也通过这种叙事方式与叙事角度,将读者的阅读视野向前追溯。

文中接着叙述道:"在那个冷肃时代刚刚结束的年头,人们遵循的逻辑与今天有多么不同。……我永远也忘不了父亲第二次从囚禁地回来时的模样:黄瘦,目光呆滞,脚步飘忽,紧紧咬着下唇。妈妈不断地催促我:孩子,跑吧,跑吧,你一个人快逃……我就这样逃进了大山,渐渐变成山中的一只野物。"[2]在那一特殊年代,"融入野地"成为故事主人公后来得以幸存的重要选择。而在经历了诸多的人生波折之后,主人公"背上行囊,沿着黄河向东,再从黄河入海口继续走下去"[3],一直走到了他的出生地——登州海角。作者实际上在书写的过程中,特别是在小说主人公身上融入了一种对故土/野地的歌颂。而且这

---

[1] 张炜:《柏慧》,人民文学出版社2010年版,第1—2页。
[2] 张炜:《柏慧》,人民文学出版社2010年版,第9页。
[3] 张炜:《柏慧》,人民文学出版社2010年版,第4页。

种叙事，也在某种程度上指向了社会道德与人文精神。正如张炜所言："《柏慧》面世的时间正逢全国知识界的'新人文精神讨论'，所以似乎是作为这方面的一个文学版本而存在的。……我现在有更大的理由去珍视《柏慧》了，当年我在书中的忧虑和愤怒，今天正被事实一次次地证明和支持了。作为一个写作者，自己能否保持一以贯之的批判和感动的能力，这是决定我最终能否走远的关键条件。"①上文所提及的批判性，乃是张炜为人文精神大讨论以及对人文精神的失落所开具的一剂良药。在作者的笔下，我们不仅读到了一种对知识分子启蒙立场的坚守，以及对纯文学固有阵地的捍卫，还有一种尽管身处消费时代却不愿随波逐流，毅然决然地扛起了道德与理性批判大旗的言说姿态。

　　这便涉及了对《柏慧》更为深层的解读。有论者曾指出，该作乃是一部"为我们病态的文化时代和生存灵魂号脉的杰出的精神文本和文化文本，它是对我们溃败的世纪末文化的严厉诘问和最深刻馈赠"。②此处谈到的精神文本与文化文本，一方面指的是《柏慧》这部作品为抵制消费社会话语所高扬的知识分子话语，另一方面也指作品背后所传递的社会启蒙话语。由此可见，对《柏慧》的解读深入到了一种对道德的坚守以及对人与社会关系探讨的深层维度。这种叙事维度，具体体现为一种对小说中社会道德叙事伦理层面的延伸与拓展。正如有论者所言："在《古船》等作品中，张炜基本上是从社会、政治的角度切入人生的，而《柏慧》则主要是从伦理的层面来观照世界，透视生活的，从而由历史价值评判转向了道德价值评判。"③换而言之，在精神价值失落的九十年代，作者从社会伦理的层面切入小说叙事之中，并在此基础之上，对作品中所涉及的社会生活，以及相关社会价值观进行深入探讨。我们通过考察张炜在《柏慧》创作中所采用的非虚构创作手法不难窥见，其作品在精神话语这一层

---

　　① 张炜：《柏慧》，人民文学出版社 2010 年版，第 3 页。
　　② 吴义勤：《拷问灵魂之作——评张炜的长篇新作〈柏慧〉》，《小说评论》1996 年第 1 期。
　　③ 李永建：《寻找走近张炜的路径——从〈柏慧〉的家族观念看张炜的内心世界》，《当代作家评论》1998 年第 2 期。

面开启了小说叙事的深层维度。为此,有论者曾在评述《柏慧》时直言:"张炜以'非小说'化的方式对曾经被我们久久遗忘了的那些朴素的精神话语进行了虔诚的复活、倾诉、书写与阐扬。"①作者在小说中对知识分子话语的坚守,以及基于道德叙事立场对社会伦理启蒙的高扬,充分体现出以张炜为代表的一批作家在文学创作之中所融入的美学思考以及艺术追求。为此有论者甚至将该部作品视为张炜参加九十年代人文精神大讨论的"宣言"②文章,恐怕再合适不过。

张炜在其长篇小说《家族》中,主要讲述了一个历史与现实相互交叉却又不可分离的家族故事。作者通过小说这一文学体裁,传递了曲府和宁府这两个截然不同的家族的精神。这两种家族精神之中,一种是追求真理型。尽管这个家族中的成员,他们不断经历着失败、实验、再失败以及再实验,然而他们对真理的追求却始终一以贯之。而另一种选择是只关注现实功利,他们所追求的往往是财富利益的最大化。除此之外,作者也在小说中展现了这两个家族的多重较量,以及它们所各自标榜的人生哲学。从深层意义而言,该作深刻揭露了知识分子在这种多重复杂的斗争之中所经历的心路历程。正如有论者所言:"以宁周义、曲予和宁珂等为代表的知识分子,他们可称之为'为民众'的知识分子。"③当我们回顾《家族》中知识分子的个体命运,从宁周义最后的被判死刑到曲予的被暗杀,再到宁珂的入狱劳教时,尽管张炜作品中所代表的三类知识分子所采取的"救世"方案最后都以失败而告终,但《家族》这部作品,向我们抛出了一个关于知识分子批判意识弱化,以及知识分子精神失落的严峻问题。除此之外,对社会道德的追寻与抵达,也是《家族》这部作品的另一条路径。

---

① 吴义勤:《拷问灵魂之作——评张炜的长篇新作〈柏慧〉》,《小说评论》1996年第1期。
② 王培远:《走向精神和人格的高原——张炜〈家族〉〈柏慧〉读解》,《菏泽师专学报》1997年第1期。
③ 张光芒:《道德嬗变与文学转型》,昆仑出版社2013年版,209—210页。

从小说的叙述背景来看,作者首先交代了曲家和宁家的发迹史。原本曲家的先祖曲贞是当地通晓盐铁经济的地方官。曲贞当年曾协助一位京官在当地开采金银矿产,并一度成为京官的得力助手从而位列三大督办之一。后来,在曲贞晚年的时候,他金盆洗手辞官回家开始兴办实业。他不仅斥资兴办了铁厂,而且随着规模的扩大还陆续兴建了纺织厂和缫丝厂。再到后来,"曲府也就成了现在的曲府"①。小说的第二章,作者紧接着简述了宁家的发家史。与曲家发迹于官场以及商界不同,宁家的祖祖辈辈一直扎根土地。正如文中所述:"到了父亲的老爷爷这一代,他们已经是省内最有名的几个大地主之一了。……老爷爷兄弟三个分成三摊,于是大山的那一面一下就有了轰轰烈烈的三个宁家。"②由此可见,曲家从金银盐铁开矿而发家,而宁家则是在土地上做足了文章。以上叙述让我们对小说中的曲家和宁家这两大家族背后的发家史,有了一个直观而又立体的感知。

  以上是张炜这部《家族》的主要叙述脉络以及叙事线索。事实上,曲府和宁府这两大家族所选择发展道路的不同,在很大程度上源自社会道德启蒙层面的差异。曲府中的独子少爷曲予,爱上了自家的丫环闵葵。曲予最后打破了世俗之见,他勇敢地追求自己的婚姻自由,甚至不惜与父母决裂,带着闵葵一起私奔。而小说中的闵葵,始终保持着一份对曲家的感激之情,尤其是她一直以来将曲府的太太视为自己的亲生母亲。因此,当少爷曲予向她表明爱意的时候,她既欢欣又担忧。欢欣的是,去过省城上过洋学堂并且见过大世面的少爷,竟然喜欢自己这样一个地位卑微的穷丫环,而担忧的则是主仆有别,她不能够逾越身份的固有藩篱。只是后来在曲予的鼓励之下,闵葵终于决定勇敢地去追寻属于自己的爱情与婚姻并和少爷一起私奔远走。这里的曲予实际上充当了一个启蒙者的角色,而闵葵则无疑是被曲予启蒙的对象。

  曲予带着闵葵离家私奔的行为,实际上也具有了某种类似"五四"新文化

---

① 张炜:《家族》,作家出版社 2009 年版,第 14—15 页。
② 张炜:《家族》,作家出版社 2009 年版,第 32 页。

运动时期那些接受过新思想洗礼的青年们所具有的追求婚姻自主,并且反对父母包办婚姻的启蒙心态。事实上,曲予在读书期间也的确参加过几次学潮。也曾一度结交过几位志同道合的朋友。来到海北之后曲予决定再也不回去。他曾不止一次告诉自己的妻子:"我们再也不会回到那里了。为了谋生,他在当地一家荷兰人开的诊所里学医,其余时间帮闵葵补习文化,以便让她在不久的将来进入一所女子学堂。"①不得不说,曲予的身上具有某种反叛与冲决意识。曲予自立自强,他不仅通过自身努力获得了一份稳定的职业,而且还帮助妻子补习新文化。这样一来,闵葵便由一个仆人丫环逐渐转变为一位接受过新思想洗礼、具有文化的新时代女青年。因此,这里不仅涉及了知识分子的个体启蒙,实际上还有由当时的社会环境所带来的文化启蒙。譬如从作品中的"当时即便在海北这样的大城市也没有像样的西医,所以荷兰人的诊所颇受欢迎"②也可以看出,海北这样一座大城市不仅打开了曲予夫妇的视野,而且还赋予了他们更为多元的人生选择。

在《家族》这部小说中还穿插了几条感情线索。通过对这些叙事线索的考察,也可以从中窥见该部作品对社会道德的不懈追寻。第一条线索是同为曲家仆人的清滟在少爷向闵葵表白之前,对闵葵的爱慕之情。如文中所述,清滟在闵葵受到街上地痞无赖调戏时候挺身而出,得知闵葵后来跟着少爷私奔后,在晨练时对着石锁狠狠击了一拳。从这些都可以看出他对闵葵的一往情深,但是这种倾慕合乎礼法。它在后来也逐渐随着闵葵的身份由仆人到少奶奶的转换戛然而止。清滟始终对曲家忠心耿耿,因而他断然不会为自己的私情而逾越雷池半步。如文中所述:"清滟从小在曲府长大,老爷待他如同自己的孩子,但他仍然能够分毫不差地找到尊卑,一切合乎主仆礼法。可以说他是一个天生的仆人。他在曲府里是这样,离开了曲府也是这样。"③尤其是随着老爷去

---

① 张炜:《家族》,作家出版社2009年版,第477页。
② 张炜:《家族》,作家出版社2009年版,第477页。
③ 张炜:《家族》,作家出版社2009年版,第483—484页。

世,曲予携妻子回家成为曲府的新主人之后,清漪很快便摆正了自己的位置。而曲予也同样对清漪不辞劳苦地在曲府干了大半辈子而心怀感激。因此当曲予提出为清漪寻一门亲事之时,清漪认为自己"既是曲府的人,从灵魂到肉体都是,也就不能违抗这里的老爷。他只是不知道如何处置老爷交给的这一大笔钱。……这个秋末他买下了一片荒地,搭了一座茅屋,一有时间就在屋子前后植些果树。可是他手里的一大笔钱才花掉了一个零头。他把余下的钱装在了一个瓦罐里,然后埋在了院角的一棵桃树下"。[1] 从以上的这段描写,不仅可以看出清漪对曲家的忠诚。而且还分明可以切实感受到清漪对社会道德以及纲常礼法的严格恪守。

如上所述,在《家族》中所穿插的第二条感情线索,也在某种程度上是一种对启蒙道德与理性的追寻。这条线索叙述的是在丈夫杳无音讯之后,来到曲府帮忙搭理府中事务的远方亲戚淑嫂,她对少主曲予的爱慕之情。这一点也可在淑嫂后来得知曲予被谋杀之后,选择轻生追随曲予的描写中窥见一斑。应该指出的是,无论是清漪对起初还是曲府丫环但后来成为曲府少奶奶闵葵的暗恋,还是淑嫂对少主曲予一直以来隐藏在心底的爱慕之情,这两种感情实际上都是发乎情止乎礼。即便是后来淑嫂在一次受伤,曲予亲自为其手术之时,"不得已裸开的躯体散射出一束洁白的光,一下把疲惫不堪的曲予院长刺伤了"[2]后,淑嫂第一时间向闵葵坦白并决心收拾东西离开曲府,只是在闵葵的阻难之下而作罢。她们"经过一场推心置腹的交谈,赢回的是长久的安宁,一种夹带苦味的幸福。闵葵与淑嫂之间算得上是无微不至的关切和牵挂,相互安慰和鼓励,在那个多事之秋谁也离不开谁了。她们一起读书、呵护曲䒕,一起商量府中的事情"[3]。可以看出,无论是清漪选择终身未娶还是淑嫂选择不改嫁,这两人身上都具有某种人性的光辉。而作者在具体的刻画过程中,也并

---

[1] 张炜:《家族》,作家出版社 2009 年版,第 486 页。
[2] 张炜:《家族》,作家出版社 2009 年版,第 487 页。
[3] 张炜:《家族》,作家出版社 2009 年版,第 488 页。

没有因他们并非小说刻画的主要人物，而刻意遮蔽他们作为社会个体的鲜明个性。反过来，也正是通过对典型环境的塑造，展现了具有鲜活的个体生命意识的形象。这里充分体现了作者对社会道德的遵循，以及社会启蒙意识的不懈探寻。

关于这部作品背后所传递的精神懿旨，有论者曾指出："构成《家族》中心冲突的乃是张炜依据自身的道德乌托邦理想为标准而划分出来的、呈现为两种不同生存状态的人类群体，这两类'人'之间的矛盾对立从整体上支撑起了《家族》的基本叙事结构，形成了叙事动力。"[①]进而言之，张炜作品的深层意义在于提醒人们关于社会伦理道德的启蒙反思。同样，张炜也从文学叙事的维度为我们开掘出了一种别样的道德美学以及叙事伦理。

有论者曾坦言："张炜就是要通过《柏慧》与《家族》，对正义型知识分子的塑造去引导人们'找准自己的根性'，以抵抗世俗的堕落。"[②]因此，无论是在《柏慧》中，对以"我"为中心主线（副线即历史线主要写了徐苇出海的经历）的深刻描摹——譬如小说详细地讲述了"我"的童年在荒原上度过，少年在山地流浪到后来在地院、03所、杂志社，以及种植葡萄等先后的人生经历——还是作者在小说《家族》中，从历史线索的叙事视角出发（现实故事是副线，主要讲述了从事地质工作的陶明、朱亚在和平年代的悲惨遭遇），对"我"的父辈一代宁珂及曲予的家世，以及其后来革命历程的回顾，都可以看出，作者实际上采用的是一种将历史和现实融为一体的叙述手法。正如有论者所言："张炜的《家族》《柏慧》是有价值的文学作品，也是很出色的道德与美学宣言。它们之所以美，就是因为它们提供了不同于历史理性精神与工具理性精神的另一种尺度。"[③]由此可见，张炜的文学作品中对道德理性主义的歌颂，为我们提供了一种考察

---

① 王春林、贾捷：《神圣家族——从〈家族〉看张炜的道德乌托邦理想》，《山西大学（哲学社会科学版）》1997年第1期。
② 葛福庆：《寻找民族的精魂——读张炜的〈柏慧〉〈家族〉》，《淄博师专学报》1996年第4期。
③ 陶东风：《文化与美学的视野交融》，福建教育出版社2000年版，第296页。

九十年代小说中社会道德启蒙主题的理性参考。而在这其中,当然也融入了作者对历史与现实的深入反思。

阎连科的小说《耙耧天歌》,主要讲述的是因丈夫尤石头的父亲曾患过羊角风,使得尤四婆和丈夫尤石头连续生的四个(三女一男)孩子都是傻娃。丈夫在得知医治无望后自杀身亡,只留下妻子尤四婆一人将傻孩子们抚养长大。然而男大当婚女大当嫁,尤四婆最大的愿望便是孩子们都能找到归宿,她也能够尽到一位做母亲的职责。后来大姐嫁给了一个瘸腿,二姐嫁给了一个独眼龙,眼看着三姐已经二十八岁并且到了婚配的年纪。然而三姐的愿望是希望母亲能够给自己找一个全人①。作为母亲的尤四婆,看到大姐、二姐尽管已经出嫁,生活和日子却很不如意,因此,她希望这一次能够尽自己最大的努力,帮三姐找到一位健全人。于是,通过媒妁之言以及亲自暗访,尤四婆终于物色到了一位妻子刚刚去世但一贫如洗的吴树。吴树尽管贪得无厌,并且提出过诸多超出尤四婆家家庭条件的苛刻要求,但是为了女儿的终身大事,尤四婆几乎将家里所有值钱的家当都陪作了三姐的嫁妆,只求这位健全人吴树践行照顾好三姐的诺言。直至后来,当二女婿告知尤四婆,他梦见一位老中医说熬制亲人的骨头可能会治好二姐的傻病之后,尤四婆并没有犹豫,便同二女婿一道将死去近二十年的尤石头墓掘开。在取出骨头回家熬制并让二姐服用之后,她竟然恢复了正常。至此,尤四婆终于明白了她的宿命。为了儿女们未来的幸福,也为了四傻能够娶到一位全人媳妇,尤四婆选择了牺牲自己。小说篇末写到另外几个孩子,他们在食用尤四婆的骨血之后都恢复了健康。孩子们随后一起厚葬了他们平凡而又伟大的母亲。

其实,从社会伦理启蒙的视角来看,阎连科的《耙耧天歌》不仅仅是一部"寓言小说"②,而且在某种程度上也是一部涉及社会道德启蒙的伦理小说。小

---

① 全人,在小说中指的是健全(康)人。
② 邱红光:《当代寓言体小说的人物及情节结构模式——以贾平凹的〈猎人〉和阎连科的〈耙耧天歌〉为例》,《武汉理工大学学报(社会科学版)》2004年第1期。

说故事紧紧围绕着尤四婆替傻孩子们日夜操劳而展开叙述。特别是在篇末，当二姐食用了死去二十多年丈夫的遗骨痊愈之后，尤四婆为了孩子们的终身幸福，而毅然选择牺牲自己的行为令人动容。哪怕只有一次宝贵的生命，尤四婆也在所不惜。这里实际上也充满了母亲伟大而又无私的爱，感人肺腑。有论者也曾指出："只有尤四婆是清醒的，她拒绝对她在道德上的一切谴责和报复，并以毫不妥协的气概公然予以反击。"①譬如在小说之中，当村里的人试图干涉尤四婆家的大姐以及二姐的婚姻大事时，这位母亲奋起反击。一方面是为了争取孩子的婚姻幸福，而另一方面也是为了捍卫作为个体的基本生存尊严。正因如此，作者在小说中对尤四婆的描写和叙述，俨然已经超过了社会对个体道德的固有评判标准，而是从母爱的视角出发——尤四婆希望在行将就木之前尽自己最大的努力，替傻孩子们找到一个好归宿。

此外，就这部作品所传递的中心思想而言，该部小说主要讲述的是母亲救儿的故事。当然，尽管小说中的尤石头早已死去，但他往往能在最关键时刻以亡灵的身份出现。在小说中，已故的尤石头经常能够显灵，并与尤四婆商量如何安置四个傻孩子的事情。尽管此处描写颇具某种魔幻主义色彩，但是也可从中看出尤石头的慈父形象。事实上，该作之所以能够产生如此大的艺术感染力，也得益于作者善于在典型环境中塑造典型人物。譬如在小说篇末尤四婆交代了自己的身后事，她对亡夫尤石头说道："你没几根骨头了，轮着我了。……你今儿半夜把邻村的屠夫领到家里来，我听说他昨儿才死掉，还躺在他家上房屋的草铺上，趁他身子还热着，手上还有一把活人的力气儿，你把他领到家里来，他就啥都知道了。……把刀子磨快些。四傻的病最重，取下我的脑子趁热熬成汁儿给他喝。大姐、三姐的病轻些，把我的头骨从中间分开来，用生白布包上三层放在桌子上，待四傻脑子稍有灵醒了，他会给他大姐、三姐

---

① 宋红岭：《本真生存境域中的救赎之歌——评阎连科中篇小说〈耙耧天歌〉》，《当代文坛》2000年第6期。

送去的。"①小说的这段描写,虽然融入了诸多的神话以及魔幻主义色彩,但是母亲对自己孩子的那份无私而又真挚的情感却毋庸置疑。如果从社会伦理的视角而言,尤四婆为救孩子而不惜掘夫挖骨煮熟的行为,显然已经践踏了传统的社会伦理。如果说掘墓食尸的行为还不足令人震惊,那么她在小说末尾以一种牺牲自我的惨烈方式,这种祈愿孩子们永远幸福平安的行为,更是彰显出了超越人伦之上的母爱。

进而言之,阎连科的《耙耧天歌》这部作品通过一种挑战传统道德(掘坟食骨)以及牺牲自我的方式,为我们讲述了一个超越道德伦理之上的母爱故事。有论者曾指出:"与其说《耙耧天歌》是一曲伟大母爱的颂歌,毋宁说它与《年月日》《日光流年》等作品一样,是对厄难人生中坚韧、顽强抗争精神的赞美……是歌颂一个女人在不幸命运当中的奋进。"②可以看到,尤四婆的慈母形象其实早已深入人心。而对尤四婆这一人物形象的品读,俨然也已经成为进入阎连科的文学世界,乃至从整体视角去把握阎连科的一把钥匙。

回溯阎连科的小说创作,不难窥见其作品笔下经常会出现一些诸如傻子、瘸子等病态的人物形象。譬如,在《年月日》中的瘸子先爷,《黄金洞》中的主人公二憨,《耙耧天歌》中尤四婆家的四个傻子,《天宫图》中的瘸子路六命以及《平平淡淡》中洪文鑫的傻子老大等。虽然这些人物形象大多呈现出傻态或者病态的样子。进而言之,他们身体残缺,并非完完全全的健康人,但阎连科对上述病态人物的描写却独具匠心。可以看到,他们尽管身患残疾,但都不是什么坏人或者恶人。而且这群病态的人物形象、他们的所见所闻,都是作为真真切切的事实而存在,特别是比起那些外表上道貌岸然、心灵却无比肮脏的人要强上百倍。作者实际上在此采用了一种寓言现实主义的艺术手法。并在其中寄寓了作者的社会道德批评与伦理反思。而这种伦理反思,在很大程度上也

---

① 阎连科:《耙耧天歌》,见阎连科:《年月日》,新疆人民出版社2002年版,第394页。
② 焦会生:《抗争人生的诗艺呈现——读阎连科的中篇小说〈耙耧天歌〉》,《当代文坛》2000年第5期。

源自作者笔下的人物形象刻画,充分体现了阎连科在处理小说故事人物形象,尤其是在心理刻画等层面所具有的高超技艺。

如果说阎连科的小说《耙耧天歌》,主要是通过塑造尤四婆这一人物形象,来揭示该作的社会伦理道德启蒙主旨。那么刘醒龙的作品《生命是劳动与仁慈》则是主要是以城乡以及农村和工厂为叙事地点,紧紧围绕着故事主人公陈东风的人生经历而展开。作品深刻揭示了生命是劳动与仁慈这一哲理性寓言。在小说的叙述过程中,作者从多种维度暗喻了二十世纪九十年代由计划经济向市场经济转变的大背景。正如小说中剃头匠在为陈老小(陈东风的父亲)剃头时,回顾陈老小当年的丰功伟绩时所言:"当年你那么拼命地干,心里图的什么?就图那个披红戴花,开会坐在台上。……可现在四处冷冷清清,庄稼越种越瘦,青年男人成年累月在外面浪荡,种田的不是女人就是老人,谁会骗人骗钱谁当劳动模范。老小呀,这样下去,我们的人种真要退化哟!"[1]从这段话可以看出,陈老小在计划经济时代是劳动模范、先进标兵。然而随着经济体制改革的逐步深入,农村家庭承包联产责任制的稳步实施,农民的劳动积极性被极大地调动起来。这对于劳模陈老小一家而言,原本应该是一件利好的消息。然而天有不测风云,陈东风母亲的意外溺亡,使得家里的重担全部都落在了陈老小一人身上。因此陈老小经常喃喃自语,并时刻思考着如何从"劳动模范"向"赚钱模范"转换。实际上,这种转换也暗喻着对当时国家经济发展的主导模式,由之前的"集体经济"向后来的"商品经济"转型的一种影射。在计划经济时代,陈老小争当劳动模范以及发展先锋。而到了市场经济时代,自负盈亏而加之本身家庭的变故,使得"赚钱"成为陈老小改变家庭窘境,以及更好地适应时代的某种必然之选。陈老小希望能够多种植一些茯苓,以便在儿子陈东风二十岁的时候,能够帮他"盖一所新房子,然后就再用一年的时间为他找一个好媳妇"[2]。然而好景不长,陈老小几年之后积劳成疾患了癌症,弥留之

---

[1] 刘醒龙:《生命是劳动与仁慈》,人民文学出版社1996年版,第13—14页。
[2] 刘醒龙:《生命是劳动与仁慈》,人民文学出版社1996年版,第4页。

际牵挂的仍然是尚未成家立业的儿子陈东风。

首先,就小说文本的叙事线索而言,作者在叙述的过程中穿插了明暗两条感情线索。第一条线索叙述的是陈东风的父亲陈老小,与方月的母亲之间那段不为人知的爱情。这段感情直至陈老小弥留之际都未能释怀。正如小说所述:"方月的母亲一连唤了几声,老小,老小,我来送你了,我知道你是在等我来。……现在我来送你,是想你走时没有怨恨,像我们这种没有名分的关系,说出去会让外人耻笑几世的。"①原来在这之前,方月的母亲曾与陈老小在结婚前有过一段恋情,然而囿于当时的复杂情况而彼此错过。因此在陈老小在弥留之际,方月母亲的这段简短的话语情真意切且合乎情理,充分体现了人间的真善美。而小说的第二条线索是陈东风对方月的暗恋,以及高中同班同学翠姑娘对陈东风的一往情深。然而陈东风心中一直念念不忘的,仍然是已经嫁给陈西风的方月。后来在经过一系列波折之后,陈东风与翠姑娘喜结良缘结成了终身伴侣。

其次,就该部作品的主旨表达与艺术呈现来看,小说不仅探索了在工业改革以及经济发展时期,作为个体的人与社会之间的互动关系,而且还向我们展现出了社会劳动、社会仁慈与社会道德之间的密切联系。作者将小说笔触对准了在第一线从事生产活动的工人们。作品不仅深刻描述了他们实际的生产活动场景,如流水线工厂作业,仿佛将工人们变成了没有情感的"机器",而且还将大量笔触聚焦于这批工人们的个体生活,以及他们细微的内心活动。如作品中对农民工这一群体的关注,以及在实际的工厂工作过程之中,他们与正式工在观念以及心理等方面所具有的冲突。正如有论者所言:"《生命》表达的是一种对基本道德原则的关注。……揭示出我们这个正在向现代文明迈进的社会正在丧失某些基本的东西:劳动、仁慈。"②进而言之,刘醒龙的这部作品已

---

① 刘醒龙:《生命是劳动与仁慈》,人民文学出版社1996年版,第28—29页。
② 李鲁平:《生命的意义源泉及对劳动的审美——评〈生命是劳动与仁慈〉》,《小说评论》1997年第3期。

经涉及了探讨人与社会之间和谐关系的层面,尤其是在社会发展片面追求经济数量指标的当代,如何重拾所丢失掉的社会道德,以及如何在当代重塑公众的社会责任感与使命感,并在此基础之上,进一步重构人与人,以及人与社会之间良好和谐的人际关系等。《生命是劳动与仁慈》这部作品,都为我们提供了某种具有社会道德层面的哲理性思考。除此之外,刘醒龙的这部作品中所涉及的社会劳动、社会道德以及社会仁慈等启蒙主题,也在某种程度上为我们抛出了诸多值得反思与探索的新命题。而这些命题,在这一时期的作家如贾平凹等人的作品中也体现得较为明显。

贾平凹的长篇小说《废都》,主要讲述了二十世纪八十年代西京城里的四大文化名流("四大闲人")的故事。这四大闲人分别是作家庄之蝶、画家汪希眠、书法家龚靖元以及西部乐团团长阮知非。全篇以一位《西京》杂志社编辑周敏发表的一篇报告文学作品所引起的文学官司为主要线索,着重讲述了作家庄之蝶与他的妻子牛月清,以及恋人景雪荫、情人唐婉儿、柳月、阿灿等几个女人之间的情感纠葛。在小说最后,与庄之蝶有关联的几个女人都没有好结果,而他的朋友们也没有能够得到善终。庄之蝶在一系列的打击之下心力交瘁,最后在南下的西京火车站里中风倒下。

从人物形象塑造以及艺术手法而言,贾平凹的这部小说自诞生以来褒贬不一。围绕着庄之蝶这一人物形象的刻画,以及《废都》中的性描写等,学术界一度广泛关注。学界当时关注的焦点,其实主要集中于如何评价《废都》这部小说在当代文学史中的价值问题。在白桦看来,"《废都》实际上是写庄之蝶在幸运表象中裹隐的人生之大不幸的,作者严厉拷问了包括自身在内的众多文人的灵魂,也对桎梏庄之蝶们的社会文化氛围进行了含而不露的鞭笞"[①]。显然,论者主要站在知识分子的视角,对庄之蝶这一人物形象出现的时代背景进行综合考量。持白桦的这种观点的人并不在少数。雷达紧接着指出:"这在贾

---

① 白桦:《三读〈废都〉》,《人民政协报》1993-08-28。

平凹的创作上是从未有过的……作品披露灵魂的大胆、语言艺术的精湛、描摹世态人情的逼真。"①显然,论者在此主要强调的是《废都》这部小说与以往小说的不同点,即对知识分子心灵刻画之深刻。除此之外,小说在语言的呈现,以及人物形象刻画方面也具有较大的创新。这也是我们在解读这部作品的过程中应该注意的重要方面。

当然,有支持就必然会有反对。有论者指出:"《废都》是一种病态的、苍白甚至阴暗的心里写照。令人悲哀。"②显然,论者注意到了这部小说中的某些灰暗以及病态心理描写。然而文章最后得出的结论却有失公允。诚然,贾平凹的小说《废都》中充斥着诸多之前当代小说中不曾有过的描写,比如色情描写以及情欲描写等,但这绝没有沦落至当代小说发展已经穷途末路的险境。在胡发贵看来:"《废都》的基调是'抑郁、灰暗的'。它既对现实不满,却又未能积极建设性地进行批判与改造,相反是在怨恨中的自我沉迷、自行其乐的来逃避、来掩饰内心的痛苦与空虚。"③这种看法主要关注到了贾平凹的《废都》的确揭露了当时知识分子的某种心理问题,而且读者在阅读《废都》的时候,可能无法感受到正面积极的人生观以及价值观层面的引领。

实际上,该部作品之所能够引起如此大的热议,主要在于小说《废都》对社会伦理道德底线的挑战与反叛。这也是该作发表之后,能够引起广泛争议的重要原因。其实从某种程度而言,贾平凹的《废都》及其所引发的社会现象,反而提醒了我们关于九十年代社会伦理启蒙的深层思考,这便是将思想解放以及改革开放的思潮,自觉地融入九十年代的小说创作中。其实这种做法本身也无可厚非。但究竟应该如何去把握和衡量这一尺度,也成为摆在研究者面

---

① 张学正主编《文学争鸣档案——中国当代文学作品争鸣实录》,南开大学出版社2002年版,第490页。
② 张学正主编《文学争鸣档案——中国当代文学作品争鸣实录》,南开大学出版社2002年版,第493页。
③ 张学正主编《文学争鸣档案——中国当代文学作品争鸣实录》,南开大学出版社2002年版,第493页。

前的现实性问题。由此便涉及了小说开启民智,以及小说启迪民智的启蒙维度。换而言之,在关于《废都》的评价问题上,一方面,我们不能够被评论界"乱花渐欲迷人眼",而应该站在文学史发展的视阈去整体观照。而另一方面,还应该去探究《废都》这部作品背后所引发社会现象的深层原因。

在二十世纪九十年代社会文化转型的语境之下,是人文精神的失落,知识分子压抑苦闷无处释放。他们迫切需要通过一种方式来排解积郁。也正是在这一时期,贾平凹的《废都》横空出世。作者在该部作品的创作中,突破了之前的描写禁区。而当时的文学评论界,对贾平凹在《废都》中的性爱描写可谓毁誉参半。贾平凹的这部作品,恰恰道出了九十年代那一时期知识分子的积郁与无奈,这也在很大程度上是一种对社会的无声控斥与抗争。因此,小说《废都》的出现可谓恰逢其时,它满足了知识分子排解积郁心情的内在诉求。正如有论者所言:"庄之蝶的'出走',拉开了当代中国知识分子'出走'的序幕。"[①]那么知识分子究竟走向何方?他们中有的选择下海经商,有的走向了民间田野,有的走向了仕途官场,还有的则选择坚守在纯文学的固有阵地。因此从上述角度而言,《废都》在二十世纪九十年代的出现,实际上已经具有了社会启蒙以及"文化转型时代"[②]的某种特质。它扮演着作家打破创作禁区,以及破除思想禁锢牢笼的先驱角色。

从总体而言,社会伦理启蒙构成了九十年代小说中社会启蒙主题的重要阐释维度。而从社会平等以及社会道德等层面所开启的精神向度,则为我们通过小说去观照社会提供了某条解读路径。在这条社会伦理启蒙的道路上,不仅镌刻着平等与道德,还有对自由书写与女权主义的倡导。换而言之,对社会道德的考察,不应仅仅站在社会启蒙的层面去观照,还应真正深入文本之中,去探索社会启蒙的内涵与外延。也只有这样,才能够厘清九十年代社会道德启蒙的叙述逻辑及其内在肌理。

---

① 张光芒:《道德嬗变与文学转型》,昆仑出版社2013年版,第206页。
② 杨洪承:《中国当代文学的历史研究与"经典化"问题》,《中国文艺评论》2017年第8期。

第三节　自由书写与女权意识的觉醒

自由书写与女权意识的觉醒，是九十年代小说创作的一大特点。实际上，女权自由问题的提出，主要是相对于男性以及男权社会而言。卡西尔曾在《人论》一书中力图论证："人只有在创作文化的活动过程中才成为真正意义上的人，也只有在文化活动中，人才能获得真正的'自由'。"① 还有论者直接指出："西方文化传统中，男性优越、女性低劣的观点由来已久。……女性无论在社会生活还是家庭生活中都始终处于从属和次要的边缘地位，而男性则为中心，处于控制和主导的第二性。……整个社会要培养的精英是男性而不是女性。"② 由此可见，在西方传统的文化语境之下，男性在社会上往往处于一种绝对主导的地位。与之相反，女性的地位则长时间处于一种从属或者第二性的位置。

回到我国的本土语境之中。以往无论是从国家的社会制度层面来看，还是从社会伦理纲常所规定的范围而言，相较于权力社会的男性，女性的社会角色以及社会地位往往在无形之中被削弱或者遮蔽。而从社会理性发展的视角出发，破除男权中心主义的固有藩篱，并从中获得女性自己的话语权以及主体性，也逐渐成为一个涉及社会启蒙的现实问题。有论者曾指出："启蒙之要义是破文化专制、反思想垄断，其核心价值是人的自由。"③ 而康德也曾谈道："任何一个个人要从几乎已经成为自己天性的那种不成熟状态之中奋斗出来，都是很艰难的。……然而公众要启蒙自己，却是很可能的；只要允许他们自由，这还确实几乎是无可避免的。"④ 关于自由的内涵及外延，一直众说纷纭。如果

---

① ［德］恩斯特·卡西尔：《人论》，甘阳译，上海译文出版社1985年版，第5页。
② ［美］勒内·韦勒克、奥斯汀·沃伦：《文学理论》，刘象愚等译，江苏教育出版社2005年版，第5页。
③ 董健、王彬彬、张光芒：《略论启蒙及其与文学的关系》，《当代作家评论》2008年第5期。
④ ［德］伊曼努尔·康德：《历史理性批判文集》，何兆武译，天津人民出版社2014年版，第23页。

单从英语词源的视阈来考察,"自由"可以翻译为"Freedom"和"Liberty"。前者主要指的是一种原始"无拘无束的生存状态"①,探究的是一种存在的无约束状态,其所反映的是一种人与人之间关系。而后者则主要考察的是权利和义务,突显的是人和社会之间的联系。哲学家康德曾在其论著《判断力批判》中指出:"在三个纯粹理性理念上帝、自由和不朽中,自由的理念是唯一通过自由在自然中可能的效果而在自然身上,证明其客观的实在性的超感官东西的概念。"②由此可见,自由的理念在对社会启蒙的考察之中占据着重要位置。

无独有偶,也有论者在《论自由思想》一书中强调:"只要能自由思想,我们就可以理解万物的原因,并因此明白一切由迷信而产生的恐惧都是毫无根据的。……人们只需要进行自由的思想,就能知道,一个完美、正义、智慧和万能的存在者创造了世界,并管理着世界。"③进而言之,对自由的追求乃是启蒙理性的重要组成。九十年代的女性作家也往往通过小说创作的方式,自觉或不自觉地参与到社会精神生产等层面上来,而且在这一过程中,充分彰显了自由书写与女权意识的觉醒。当我们再次回溯这一时期她们的小说作品,无论是从一些生活细节的描写,还是从作品整体的叙事指向等层面,它们均体现了一种追求社会自由的精神。而这种书写潮流,也在某种程度上成为日常生活的一种反映与呈现。关于自二十世纪八十年代以来的女性写作,有论者认为其可以分为三种类型:"一是伴随历史和现实环境对女性婚恋、情感问题的思考,如张洁、谌容、戴厚英、宗璞、张抗抗、张辛欣、铁凝、王安忆的作品等;二是带有女性主义倾向的女性独白,叙写对象由历史层面向女性生理心理内部转移,讲述在更深的心理意识层面男权意识对女性的戕害,以及由此引发的胜利苦难,如林白、陈染、徐小斌等;三是将幽闭的女性内心重新掩藏,并对围困在欲望中的对象进行特立独行的书写,这些作家以内在愤怒的情绪,对男权意识和男权

---

① 祖国华等:《社会伦理学研究》,人民出版社2013年版,第95页。
② [德]康德:《三大批判合集》(下册),邓晓芒译、杨祖陶校,人民出版社2009年版,第349页。
③ [英]安东尼·柯林斯:《论自由思想》,王爱菊译,武汉大学出版社2010年版,第69页。

主义进行反讽。……这些作家大都出生于70年代以后,如卫慧、棉棉等。"[1]以上这段描述,将二十世纪八十年代年代以来的女性写作群进行了详细的界定和划分,因而具有一定的学理性。通过对九十年代女性写作的梳理、归纳和总结不难窥见,这一时期的女性书写一方面有着区别于之前女性群体的写作特征。另一方面,以陈染、林白、徐小斌等为代表的一批女性作家,她们的创作还呈现出了一系列新的叙事探索。这批作家往往更加注重女性个体自由的书写,强调其内心的真实感受。因此,她们笔下往往充满了对个体隐秘的自由书写。这种写作趋势,也一度成为九十年代年代小说叙事的重要成分。

事实上,早在二十世纪九十年代,女性写作便以其独特的叙述姿态登上文坛。陈染的《私人生活》、林白的《一个人的战争》以及徐小斌的《双鱼星座》是这群女性作家中的重要代表。从某种程度而言,自由书写与女权的倡导,实际上不仅是针对男权社会的一种无声反抗,同时也是对自二十世纪九十年代以来随着市场经济热潮的来袭,女性自主意识的呼声在文学创作方面的某种投射。正如有论者所言:"九十年代之后,女性写作终于形成了与此前截然不同的新向度:一种着重于表现女性自身特征、并且更加个人化的写作倾向。"[2]进而言之,九十年代以来女性写作出现了一系列新变。然而这些变化,往往直指创作者内心向度的转化。他们早已突破了八十年代固有的书写框架,并在此基础上更加注重探索个体的隐秘的自由话语,可谓开创了女性自由写作的新维度。因此,对九十年代小说的解读,也自然离不开从社会伦理启蒙层面,以及对女性自由意识觉醒的整体考察。

陈染出生于二十世纪六十年代初期,曾有过在高等学校中文系任教的经历。作者在小说文本里以主人公的生存体验为线索,叙述了一位女性在成长过程中的一些不寻常的个体体验。譬如在小说篇首,作者写道:"一年来,沉思

---

[1] 丁帆主编《中国新文学史》(下册),高等教育出版社2013年版,第378—379页。
[2] 陈思和主编《中国当代文学史教程》,复旦大学出版社2014年版,第350—351页。

默想占据了我日常生活的很大一部分。……日子像一杯杯淡茶无法使我振作。"[1]以上叙述与其说是一种自我告白,不如说是作者所宣告和标榜的一种以自我为主体的写作姿态。这一种书写模式,无疑突破了先前女性作家书写的某些禁区,从而深入到了探索个体自由,以及女性内心隐秘世界的层面。换而言之,二十世纪九十年代女性的自由书写,在某种程度上为我们开启了另一种阐释视角与话语模式。

为此,有论者曾谈到:"在《私人生活》中,倪拗拗极为厌恶卑鄙的T先生,但又积极配合了这个比她年长许多的男人无耻的诱奸。这里不仅有女性幽暗的生命欲望,更有源自内心深处长久以来对父亲般男人的渴望,反映了女性在男权社会中生存的困境——在对男性巨大身影的反抗与迷恋的互相纠缠和撕裂中饱含痛楚的成长。"[2]其实在《私人生活》里,不仅有对这种病态的师生关系的描写,倪拗拗与禾寡妇之间那段非比寻常的同性恋关系,也着实令人震惊。究其原因,这与倪拗拗的成长经历密切相关。倪拗拗父亲的"狂妄、烦躁与神经质"[3]与母亲的无助,在倪拗拗幼小的心灵里刻下深刻的印记。正是在这一情况下,寡妇禾对倪拗拗无微不至的关爱,使得拗拗仿佛在某种程度上找到了心灵的依靠。正如有论者所言:"禾寡妇不仅在精神上抚慰她,弥补了她情感上的残缺,同时在肉体上也加以欣赏和引导。陈染以此彰显女性意识,展现了女性主体对男权压迫的反抗。"[4]在二十世纪九十年代,陈染的小说以一种自我叙述姿态为艺术特点而横空出世。譬如在小说的第一部分,她将自己的胳膊和腿分别命名为"不小姐"以及"是小姐"。之所以将胳膊命名为"不小姐",是因为她觉得很多时候,"它代表了我的脑子"[5];将腿命名为"是小姐",因其在多

---

[1] 陈染:《私人生活》,江苏文艺出版社1996年版,第8页。
[2] 丁帆主编《中国新文学史》,高等教育出版社2013年版,第388页。
[3] 陈染:《私人生活》,江苏文艺出版社1996年版,第15页。
[4] 丁帆主编《中国新文学史》,高等教育出版社2013年版,第388页。
[5] 陈染:《私人生活》,江苏文艺出版社1996年版,第10页。

数情况下只能够代表自己的躯体,而"不代表我的意志"①。正是秉承这样一种言语逻辑以及话语模式,作者开始勾连其小说整体的叙事脉络以及具体线索。通过对其作品的整体考察,可以看出陈染早已摒弃了之前男权的写作模式。她以自由写作为特点,并从中宣告了女权的主体性。这种书写模式也为九十年代的个人化写作开启了某种新向度,即自觉摒弃了文坛所习见的那种将男权/女权作为一种二元对立式的书写模式,而是更多地将叙述视角聚焦于探索女性自身的主体性。其传递的深层意义在于女性主体性的获得,并非在一种对抗男性社会或者男权秩序中产生的,而是其本身所具有的一种存在哲学。

有论者曾谈道:"小说大胆直露地表现了女性对性爱的渴求……由文本具体内容显现出的对男权文化传统下男女两性角色定位的消解、颠覆和对女性角色模式的重新界定。"②进而言之,陈染的这部作品在某种程度上所展现出的女性个体解放意识相较二十世纪八十年代的那种女性个体解放,无论是其反抗的启蒙深度,还是女性主体意识所彰显的厚度,都无疑显得更加富有理性与批判精神。

无独有偶,这一时期徐小斌的小说《双鱼星座》,可谓谱写出了一曲女性个体自由书写以及个体解放的赞歌。该部作品主要讲述了在菲勒斯中心主义的主导下,女性所遭遇的种种生存境遇。小说中的主人公们为了实现自我救赎,不得不一次次地走上逃离之路。除了这种逃离的书写模式之外,徐小斌的小说中还弥漫着一种梦幻的神秘色彩。如作品所言,故事的主人公卜零在一家电视台"创作剧本"③。作者通过对卜零人物形象的刻画,以及内心世界的描摹,为读者讲述了卜零对于空间的感知以及内心的情愫。比如作品中写道:

---

① 陈染:《私人生活》,江苏文艺出版社1996年版,第10页。
② 王澄霞:《另一扇开启的门——从女性文学批评视角评陈染〈私人生活〉》,《扬州大学学报(人文社会科学版)》1999年第3期。
③ 徐小斌:《双鱼星座》,百花文艺出版社1999年版,第91页。

"有一次,一个同事借给卜零一本书。这是一本奇怪的书,上面画满了各种各样的图像……卜零于是开始冥想:或许她的某个祖先来自古埃及或古波斯……卜零浮想联翩不能自已,仿佛自己便成了那舞姬。"①小说中的卜零一直在现实与梦境之中穿梭。卜零分不清到底现实是梦境,还是梦境是现实。作者之所以融入梦境,在笔者看来,实际上是一种叙事策略。因为梦幻的虚虚实实,将很多在现实生活中不能够完成的事情赋予了无限可能。当然,如果单从该部作品的艺术技法而言。这篇小说的创作尽管并无明显的过人之处,却产生了较好的效果。究其原因,这与其女性主义视角密不可分。事实上早在小说的开篇部分,作者便通过对双鱼星座的描绘道出了故事主人公的个人悲剧。"假若她是女性,则有一种奇异的魅力,她异常渴望爱情,她的一生只幻想着一件事,那就是爱和被爱——爱情,是她生命的唯一动力。"②这段话便是对小说故事主人公卜零命运的一次概括与注解。一方面故事中的卜零渴望被爱,她希望能够得到一份完美的爱情。而另一方面,卜零的情感又十分敏感和脆弱。有论者曾指出:"这篇小说的独异之处在于,它以女性主义立场把现实与梦幻相融合而显示出对'真实'的别样追求,以及在无意识中对女性主义写作进行了审美超越。"③那些日常生活之中的小说素材进入了作者女性主义的独特视野。除此之外,梦境与现实的对比性映照和书写,也在某种程度上赋予了这部作品以别样的美学叙事特质与艺术追求。

林白的作品,主要讲述了在女性成长之中的诸多个体经验。而在这其中,作者对小说人物形象的刻画,以及人物心理活动的描写都颇具匠心。也正因对女性秘史无保留的暴露,该部小说也引发了诸多争议。小说的第一章名为"镜中的光",作者在篇首写道:"女人在镜子里看自己,既充满自恋的爱意,又

---

① 徐小斌:《双鱼星座》,百花文艺出版社1999年版,第94—95页。
② 徐小斌:《双鱼星座》,百花文艺出版社1999年版,第89页。
③ 庄爱华、陈夫龙:《游走于现实和梦幻之间的心灵之旅——评徐小斌的小说〈双鱼星座〉》,《昌吉学院学报》2009年第1期。

怀有隐隐的自虐之心。任何一个自己嫁给自己的女人都十足地拥有不可调和的两面性，就像一匹双头的怪兽。"①从这段话一方面可以看出，作者隐于文本中的自恋自怜自虐倾向。另一方面，也可以从中读出作者所标榜的女性的自我主体性。小说的主体叙述段落，则充满了少女成长中的隐秘书写以及个体感悟。作者以一种个人写作的方式介入了文本的生产之中。这样一来，不仅小说的类型题材选取有所创新，而且聚焦于日常书写本身也是对之前宏大叙事的某种反叛。因此从某种程度而言，林白及其小说《一个人的战争》，为我们展现了二十世纪九十年代女性主义书写的诸多可能。它仍然是一种对男权的反抗，以及对女权的捍卫。正如有论者所言："展示了年轻一代女性作家尖锐的思考和反叛的意识。"②当然，活跃于二十世纪九十年代的女性作家，也不仅限于以上文字中提到的这些代表作家。

然而，与陈染、徐小斌以及林白等在九十年代出场的女性作家不同，王安忆、迟子建、铁凝等作家并不以突出、强调反抗男权，或者标榜女性个人写作为特点，而是涉及了探索更为严肃并且更为深刻的写作层面。这一批作家通过自身的叙事姿态以及言说方式，丰富并参与了九十年代的小说创作。正如有论者所述："在女性意识激越张扬的过程中，西方女性主义批评理论界……提出了'超性别写作'这一设想。在中国也开始出现了这样的一批女作家，她们注目于社会和人生，一边营造着自己同样带着女性色彩的世界时，一边不断拓展着作品世界的深度和广度。"③而在这其中，王安忆、迟子建以及铁凝等人的创作尽管也属于女性写作，然而相较之前的陈染、林白以及徐小斌等作家的书写，有着更为显著的差异。王安忆、迟子建以及铁凝等人的书写，极大地脱离了女性阐释的局限，从而上升至一定的理论深度以及精神向度。

---

① 林白：《一个人的战争》，中国青年出版社2011年版，第1页。
② 丁帆：《重回"五四"起跑线》，人民文学出版社2004年版，第205页。
③ 朱晓琳：《女性主义诗学视野下的迟子建创作》，《太原师范学院学报（社会科学版）》2013年第4期。

其实,从"三恋"(《小城之恋》《荒山之恋》《锦绣谷之恋》)的书写开始到《岗上的世纪》等作品的陆续推出,王安忆有意识地在创作之中融入一种超越女权主义之上的言说策略。可以看到,无论是她在《小城之恋》中写无爱情的故事,还是她在《荒山之恋》里那段为爱殉情的叙事,抑或是《锦绣谷之恋》里所讲述的婚外恋,对性的描写都是以上这几部作品的重要叙述特点。这同样也预示着王安忆早已摒弃了她之前的书写姿态,而采用一种全新的女性感受去结构全篇。为此有论者曾指出:"作为作家,一个充满着活跃性思维的女作家,王安忆可以说是第一个自觉地用女权意识来营构她的小说世界的。"[1]由此可见,王安忆早已颠覆了之前的男性中心主义。她在自己的作品中自觉地树立起了某种女性的自我主体性。并以此为创作意旨塑造出一批具有典型性的女性形象。

譬如,在其九十年代的长篇小说《长恨歌》[2]里,王安忆主要通过讲述王绮瑶四十年的情爱故事,生动刻画了上海弄堂[3]里女人的理想、幻灭以及成败与辛酸史。其中也交织着上海这座城市将近半个世纪以来的历史文化变迁。小说中哀婉的笔调,配合上跌宕起伏的剧情设置依次展开,引人入胜。作品将主要的叙事时间聚焦于二十世纪四十年代的上海,讲述了出生弄堂的中学生王绮瑶因一次偶然的机会被选为"上海小姐",命运随之发生了重大转变的故事。首先,王绮瑶被当时的国民党要员李主任选为侧室,过上了锦衣玉食的生活。然而好景不长,随着李主任的意外坠亡,她的命运出现波折,而生活也再次回归普通。然而在与严家师母的交往之中,王绮瑶又仿佛看见了昔日自己所沉浸的浮华景象。在严家的一次牌桌上,她偶然结识了旧式富家子弟康明逊,他们很快便坠入爱河。在王绮瑶意外怀孕之后,康明逊因不想承担责任而选择

---

[1] 丁帆:《八十年代:文学思潮中的启蒙与反启蒙再思考》,《当代作家评论》2010年第1期。
[2] 王安忆:《长恨歌》,作家出版社1996年版。
[3] 弄堂:即小巷,是由连排的老房子(包括石库门)所构成的,并与石库门建筑有着密切的关系,这是江浙沪地区特有的一种民居形式。弄堂代表近代上海城市文化的特征,创造了形形色色风情独具的弄堂文化。

了离开。准备堕胎的王绮瑶在赴医院途中决心生下这个孩子。一次偶然的机会，怀着身孕的王绮瑶邂逅了宅心仁厚的程先生，而程先生也愿意接纳王绮瑶及其腹中的孩子。但是好景不长，程先生在动荡年代被迫自杀，只留下王绮瑶带着孩子度过了艰辛的十年。再到后来，当女儿薇薇出国留学之后，她当年入选"上海小姐"的往事也被人再次提起。始终沉迷于民国往事烟云中的王琦瑶，也仿佛在那一刻重获新生。王绮瑶在薇薇同学的推介下，开始频繁地出入于各类年轻人的聚会场所。她的言谈举止总是那么的优雅得体，很快便吸引了对旧上海同样怀有情愫的"老腊克"的青睐。在"老腊克"的爱情攻势之下，两人很快走到一起。其实在两人交往之初，王琦瑶也曾不断告诫自己一定要注意分寸。但是后来随着他们交往的逐步加深，王绮瑶在与"老腊克"的相处之中，向其倾诉所有而不能自拔，以至最后，"老腊克"极欲从王琦瑶所营造出的"旧上海"的梦境里重返现实。而当面对意欲从爱情漩涡中抽身的"老腊克"，王绮瑶不惜以重金相诺，希望他能够坚守彼此对爱情的承诺。殊不知这样反而更加坚定了"老腊克"离开的决心。一切因"上海小姐"这一虚名而起，而王琦瑶在小说篇末也因"上海小姐"之名死于非命。

其实王安忆的这部《长恨歌》，从某种程度上向我们展现了以王绮瑶为代表的一批女性，特别是她们欲挣脱枷锁，以便寻求个体自我解放的美好愿景。尽管文中的女主人公王绮瑶最后以悲剧性的命运而结尾，但是她自始至终都拥有着一种对自身所憧憬生活的执念。当然，王琦瑶的悲剧命运实际上是由多方面造成的。首先，她生长在上海弄堂这样一个环境之中。母亲的市侩，以及在她在成长之中父爱的缺失，使得王琦瑶在很早的时候便决心走出弄堂，去寻找属于她自己的幸福人生。哪怕是在后来，她找了一个比自己小二十多岁的"老腊克"，王绮瑶对自我爱情追求的执念也丝毫不减。其次，王绮瑶的性格以及人物所处的时代背景，也是造成人物性格悲剧命运的重要原因。事实上，在二十世纪四十年代的大上海，不单是王绮瑶一人充满了对富贵、权势等物欲的需求，这种对物质生活的向往，也是那一年代里大多数人的梦想。换而言之,它背后有着一个相当庞大的群体。从这个角度而言,也不难理解为何王绮瑶会在起初选择依附男性,哪怕是选择一个自己并不爱的人,为的只是能够留在上层社会了。从王绮瑶的人物形象及其最后的命运走向背后,也不难窥见在那一特定年代里,女性解放道路的艰难。

有论者曾指出:"王安忆更乐于为她的小说选择城市——一个开放而又繁闹的空间。这至少某种程度源于她的女性立场。"[①]进而言之,王安忆以女性的视角切入全篇展开叙述。通过《长恨歌》,她也从某一侧面为读者营造出了一种别样的叙事空间。在这个叙事维度中,作者以贯穿全篇的女性自由书写以及对女性自我主体性的追寻,呈现了别样的美学特质。

除了王安忆之外,铁凝在九十年代的书写里,也将女性的自省意识,以及对女权的捍卫自觉地融入作品的呈现之中。正如有论者所言:"随着铁凝小说不断对自身的超越,作家终于感悟到了一个全新情感世界的诱惑,作为一个女人,她的情感体验应该是有独立品格的。"[②]也正是自觉/不自觉地秉持了这样一种创作理念,铁凝将这种创作倾向从八十年代延续到了九十年代。这一点也在她的小说《对面》的创作中得到很好的突显。

铁凝的小说《对面》[③],以男性主人公"我"为第一人称叙述视角。作品主要讲述了"我"偷窥住处对面女性私生活的故事。在这其中,当然也穿插了"我"与多位女性的感情纠葛。关于这部作品的艺术形式,作者主要采取了一种对比性叙述的阐释模式。有论者曾指出:"小说以明与暗、白与黑、看与被看、窥视与被窥视的形式对称,来含纳真与假、美与丑、自由与禁锢的精神关系。"[④]不仅如此,小说通过男性视角的切入,详细叙述了"我"对这位"著名游泳教练、市政协常委"女性的长时间偷窥。在最后,"我"出于"嫉妒"与占有的心理,而将

[①] 南帆:《城市的肖像——读王安忆的〈长恨歌〉》,《小说评论》1998年第1期。
[②] 丁帆:《八十年代:文学思潮中的启蒙与反启蒙再思考》,《当代作家评论》2010年第1期。
[③] 铁凝:《对面》,河北教育出版社1995年版,第1—50页。
[④] 张光芒、王冬梅:《铁凝文学年谱》,《东吴学术》2013年第2期。

这位"教练兼常委的女性"见不得光的私生活公之于众。至此,小说刻画出了人性深处的阴暗面。作品中的男主人公"我",曾先后和多种类型的女性有过交往。然而这些经历非但没有令"我"更加成熟与稳重,反而使"我"更加不信任爱情与婚姻。小说中的男主人公,一直在不断地找寻生活的本质,如作品所言:"这一切其实是从她的背后而得,虽然她每天与我面对着面。原来人类之间是无法真正面对着面的。"[1]这段独白,一方面自述了自身的偷窥事实,这位被"我"偷窥已久的女人,也终于在我的"暴行"之下羞愧而亡。而另一方面,从这一偷窥举动及其所造成的后果,也可以得出人类彼此之间空间和距离都是隐形存在的客观事实。

事实上,铁凝在《对面》的书写里,自始至终贯穿着一条反男权主义的创作主线。正如有论者所言:"铁凝让男主人公和读者在'对面'的身体上获得的'一切都很棒'的妙不可言的感觉中,同时也让读者从中看到了作者对传统的男性社会意识形态的一种对抗态度。"[2]这种对抗的态度,体现为一种对男权的解构。进而言之,她在作品中通过具体人物形象——即小说中的男主人公"我",以及被我偷窥的女性"她"(即某市著名游泳教练、市政协常委)而展开。小说通过对典型环境下典型人物形象的塑造——譬如文中对女性身体的柔美进行了细致的描写——充分展现了女性的主体性。正如有论者所言:"她的作品发现没有被现代文明浸染的,或带有原始生命体验的女性的宁静,对他们的描述,也增添了恬淡与充盈的抒情因素;如《哦,香雪》中的香雪、《麦秸垛》中的大芝娘、《孕妇与牛》中的孕妇与怀孕的牛、《河之女》中的乡村女性群体。"[3]进而言之,描写女性性格、塑造女性形象并时刻关注女性命运的发展,始终是铁凝笔下小说创作的重要叙述特点以及阐释维度。

迟子建的《晨钟响彻黄昏》,主要讲述了一位大学讲师宋加文在与妻子结

---

[1] 铁凝:《对面》,河北教育出版社1995年版,第49页。
[2] 李琳:《论铁凝书写女性的独特方式》,《首都师范大学学报(社会科学版)》2000年第3期。
[3] 洪子诚:《中国当代文学史》,北京大学出版社1999年版,第311页。

束婚姻之后发生在自己身边的一系列感情纠葛。作品首先为我们叙述了作品主人公宋加文的人生经历。宋加文有一次在公交车上被扒,却意外地结识了这位偷窃的女贼刘凤梨,并与之长时间保持着一种不正常的男女关系。而宋加文的前妻巧巧在离婚之后,选择嫁给了一位"宏达时装屋的老板邵言"[1]。宋加文的儿子飞扬在父母离婚后,被判给了母亲巧巧。尽管宋加文每个月都给孩子打生活费,但未能完全尽到做父亲的职责。因而宋加文在孩子成长的过程中,始终处于一种"缺席"和不在场的状态。好在飞扬从小乖巧懂事,他并没有让父母过多的操心。但到后来,随着巧巧的改嫁,无家可归的飞扬在一次无意之中发现了继父的秘密,他自己也在与继父的冲突之中意外坠楼。小说还写了一位名叫刘天园的女学生,她在工作之初不幸被强奸,在自杀未遂后,竟惨死在某精神病院。小说篇末当宋加文感到绝望之际,自己深爱的女贼也离他而去。这部小说最大的特点是将都市社会的某些病态特征赤裸裸地展现在人们面前。小说中的主人公宋加文是一位任教于高等学府的知识分子,然而谁又能够料到外表道貌岸然的宋加文私生活混乱,他曾先后与多位女子产生情愫。譬如小说中宋加文中意的女子刘凤梨是一位切切实实的惯犯小偷。他们的相识,原本就是一场荒诞不经的闹剧,然而命运却偏偏将他们捆绑在了一起。小说文本中的巧巧尽管已经与宋加文离婚,但因为孩子的缘故,和宋加文也在某种程度上保持着一种亲人的关系。譬如在作品篇首,当宋加文的母亲及其外婆从远方前来探望他时,他去找前妻巧巧让其带着儿子飞扬回来一趟,好让母亲以及外婆看一眼孩子。而当昔日的儿媳妇巧巧带着乖巧的孩子回家后,巧巧得体的待人接物以及体贴的问候,自然使得宋加文在私下被母亲以及外婆责骂不懂得珍惜。以上这些都可以看出迟子建对该部作品中人性刻画的深度。这也是该作能取得好评的重要原因。诚如有论者所言:"她的作品从一开始就体现出女性写作的细腻、抒情特征,显示出她对自然之美、女性之美的

---

[1] 迟子建:《晨钟响彻黄昏》,江苏文艺出版社1997年版,第10页。

亲和心态。"①换而言之,迟子建对个体审美意蕴的凝练,不仅基于其一直以来在文学创作之中的孜孜探索,更源于她所秉持的文学创作理念。而且这种突显出她对女性个体意识,以及对自然之美的追索,早已内化为其独特的言说方式以及阐释视角。

从总体而言,相较之前的女性书写,九十年代小说中所体现的女性自由启蒙意识,其叙述逻辑更多围绕着自由书写,以及女权的倡导等多个维度而展开。如果根据这一时期女性作家作品中所涉及的题材与类型差异来看,实际上可以将这一时期的作家群分为两种类型。首先是以陈染、林白以及徐小斌等为代表的个体写作。她们的书写,往往较为重视小说人物个体内心的真实感受。然而无论是陈染在《私人生活》中对女性个体经验以及内心世界的描摹,还是林白在《一个人的战争》里对女性身体以及感官富有传记色彩的刻写,抑或是徐小斌在《双鱼星座》中通过女性主义的视角切入所表现出的对男权社会桎梏的冲决等,都表现出这一批女性作家身上所具有的追求女性个体自由,以及反抗男权社会的共同特点。

除此之外,该时期女性自由书写的另外一条线索,便是以王安忆、迟子建以及铁凝等为代表的一批作家。她们的书写为我们呈现出了九十年代另一种别样的女性叙事。概而言之,王安忆、迟子建以及铁凝等人的创作,尽管也具有女性自由书写的特征,但是她们并不以突出强调反抗男权,或是以宣传女性自我主体性的视角为特点。尽管这一批作家在八十年代出场的时候,是以一种超越性别之上的书写姿态(然而实际上还是具有女权主义色彩),然而到了九十年代,这一批之前就早已成名的女性作家,往往选择聚焦于更为严肃的题材以及更加严谨的命题,并从多个维度出发,充分表现她们对社会发展更为严肃理性的思考。因而这在某种程度上,具有了一种社会启蒙的品格和特点。譬如这一时期王安忆的《长恨歌》,便向我们展现了以王绮瑶为代表的一批女

---

① 丁帆主编《中国新文学史》(下册),高等教育出版社2013年版,第385页。

性,她们极欲挣脱枷锁以便寻求自我个体解放的美好愿景。而在铁凝的小说作品《对面》里,也始终贯穿着一条反男权主义的创作主线。迟子建的《晨钟响彻黄昏》,以细腻的笔法突显了对女性自然之美的追寻,极富现代都市化气息。在二十世纪九十年代的小说创作中,上述作家一起搭建起了关于社会女性自由书写的整体框架,极大拓展了社会启蒙的内涵与外延。

第三章 九十年代小说中的社会文化启蒙主题

社会文化实际上是一个集合概念,它通常指的是社会在建立、运行以及发展的历史过程之中,所积淀的属于社会的某种精神特质与文化传承。这种社会文化也往往具有稳定的结构与特质,不会随着历史的发展以及时代的变迁而随之改变,相反只会历久弥新。而这种经由时间和岁月积淀而成的社会文化,又多具有某种稳固的文化特质。因此,社会文化也随之成为相同历史背景群体之间相互联系与沟通的纽带。九十年代小说中的社会文化启蒙主题,主要考察的是这一时期中的人与社会(文化)之间的互动关系。具体到上世纪九十年代小说中的社会文化启蒙文本而言,大抵包含了对"社会历史文化""社会宗教文化",以及"社会民间语言文化"等方面社会启蒙主题的探讨。这些社会文化启蒙主题之间也是一种互补互通的关系,它们在某种程度上,构成了九十年代小说社会文化启蒙的整体框架以及阐释维度。

第一节 对民族历史文化的多元展示

著名哲学家海德格尔曾指出:"我们存在于存在的历史中,即是说,对于曾经显现的活生生的存在只知道它的痕迹,我们存在于只知道现在我们早就无法经验的事实这样的状况中。"①然而,文学不仅勾勒出了民族历史的发展线索,而且还深刻体现了其中内在演变的深层规律。米兰·昆德拉曾坦言:"世界是人的一部分,它是他的维度,随着世界的变化,存在也变化。自巴尔扎克以来,我们存在的'Welt'世界便具有了历史性,人类的生活发生在一个以日期为标记的时空里。小说也永远摆脱不了巴尔扎克的这份遗产。"②事实上,小说在某种程度上也成为作家摹写历史以及追忆时代的一种参照。

如果从整体的视阈而言,九十年代小说中的社会启蒙主题,不仅涵盖了对社会制度以及社会伦理层面的探究,而且还深入到了探索社会文化启蒙的内在维度。对民族历史的剖析和深掘,在这一时期体现得尤为明显。陈忠实的《白鹿原》、宗璞的《东藏记》、王火的《战争和人》、刘斯奋的《白门柳》、阿来的《尘埃落定》、邓一光的《我是太阳》以及王蒙的"季节系列"等长篇都是其中的重要代表。以上作品从不同的叙事视角与阐释维度出发,对中国民族历史发展的多重视角进行了全景式描摹。而这些创作,也为我们在新的历史时期观照本民族的文化心理以及创作源泉,提供了某种宝贵的借鉴与参考。

陈忠实的《白鹿原》,主要围绕着关中平原的白鹿村上,白家与鹿家这两大家族三代人之间的恩怨争斗而展开。这部作品中涉及了一个重要的概念——家以及家族。社会学家费孝通曾在《乡土中国》中关于家庭有过这样一段描述:"家族在结构上包括家庭,最小的家族也可以等于家庭。因为亲属的结构的基础是亲子关系,父母子的三角。家族是从家庭基础上推出来的。但是包括在家族中的家庭只是社会圈子的一轮,不能说它不存在,但也不能说它自成一个独立的单位,不是一个团体。家必须是绵续的,不因个人的长成而分裂,不因个人的死亡而结束,于是家的性质变成了族。"③显然,陈忠实之所以在《白鹿原》这部作品中详细刻画白鹿两个家族三代人的恩怨情仇,其中重要的一个

---

① [日]高田珠树:《海德格尔——存在的历史》,刘文柱译,河北教育出版社2001年版,第205页。
② [法]米兰·昆德拉:《小说的艺术》,孟湄译,生活·读书·新知三联书店1995年版,第34页。
③ 费孝通:《乡土中国》,人民出版社2015年版,第47页。

书写原因便在于作家通过这种家族之间内部的绵延以及扯不断的关系的梳理，能够在搭建小说整体的脉络的同时，使得其中内部那种绵长交融复杂的关系发展与家国发展弥合得更加自然。

当然，《白鹿原》之所以能够在首版之后多次再版，一方面是由于陈忠实在书写之初便下定决心准备推出一部足以传世的佳作，创作耗时将近六年，总计约为五十万字的《白鹿原》，也的确践行了作者提笔之初的誓言。另一方面，《白鹿原》的走红也确与全书饱含浓郁的民族历史文化内涵，以及具有社会文化启蒙的理性特质有着密切的联系。《白鹿原》以"民族志"的书写方式，为读者呈现了白鹿两家的恩怨纠葛，从某种程度而言，兼具了摄人心魄的真实感以及厚重的历史感。通读全篇不难看出，无论是作者对小说人物的逼真刻画，还是在具体的叙事之中对小说故事情节的精妙设置，均体现了作者对文字的感知有着高超的驾驭力。

《白鹿原》之所以在中国当代文学史上具有某种史诗地位，究其原因，在于该作在全景式再现民族历史文化的同时，也为我们客观还原了那一时期的家国争斗。事实上，陈忠实在创作《白鹿原》的时候主要采取的是一种客观独立、不带偏见的书写姿态。这种书写姿态，使得作者往往能够以冷静的笔调，将小说中的各色人等置于特定的历史环境中去考察。紧接着通过对典型环境中人物言行举止的考察来深究小说所处的文化背景，以及这种言说姿态背后的内在原因。因此，在《白鹿原》中不仅有对传统儒家仁义礼智信的恪守的描写，还有对封建顽固思想的某种批判。特别是在关乎国家存亡、民族大义以及党派行径的现实面前，小说也辩证地向我们展现出正反两方面的实际态度。如有论者所言："在党派信仰和革命问题上，小说既有对党派政治积极方面的肯定，也有对党派极端做法的否定和批判。"[①]由此可知，《白鹿原》全景式地再现了在某一特定历史时期里，由于阶层以及利益的不同所导致人们心理活动以及行

[①] 丁帆：《〈白鹿原〉评论的自我批判与修正——当代文学的"诗史性"问题的重释》，《文艺争鸣》2018 年第 3 期。

为模式的巨大差异。以上是从文学史的视角对这部小说进行总体评析。然而,这部作品之所以广受赞誉,无疑还与作者在小说中所采用的小说创作技法、人物形象刻画,以及主旨内容的阐发等层面密切相关。

首先从作品的命名来看,该部作品之所以题名为"白鹿原",是因为其中融入了作者的理性思考,具有某种隐喻的内涵。文中关于白鹿原的传说时常出现,譬如在文章篇首作者便写道:"很古很古的时候,这原上出现过一只白色的鹿,白毛白腿白蹄,那鹿角更是莹亮剔透的白。白鹿跳跳蹦蹦像跑着又像飘着从东原向西原跑去,倏忽之间就消失了。"[①]紧接着,一些不可思议的事情发生了。白鹿跑过的地方,一切都变得生机勃发。白鹿也在某种程度上给白鹿原带来了生的希望。如文中所叙述的奇妙变化:不仅有黄苗变绿、害虫毙命等奇特的景象,甚至连村里的瘫痪卧床不起的老娘、瞎眼半世的老汉、秃发的老二以及外表丑陋的女人,无一不恢复健康,成了一个个健全人。这些变化都是传说中的白鹿给当地百姓带来的恩泽。显然,白鹿原在某种意义上已被作者赋予了某种神秘的色彩。深根植于白鹿原千百年以来的农耕文化传统,无疑在这里烙下了民族文化的精神图腾。白鹿原上的乡亲父老在这片沃土上生存繁衍,生生不息。通读全文不难窥见,白鹿原之于陈忠实的意义,绝不亚于高密东北乡之于莫言,耙耧山脉之于阎连科。因此,白鹿原所构成的文学地理,在某种程度上俨然成为陈忠实笔下文学世界的一座地理标识。

其次,从人物形象的刻画方面而言,作者对白嘉轩的塑造可谓颇具匠心。小说开篇写道:"白嘉轩后来引以为豪壮的是一生里娶过七房女人。"[②]作者紧接着详细叙述了这些暴毙的前六房太太,她们出生的家境状况,以及她们究竟是怎样嫁进白家最后又如何惨死的结局。这些苦命的女人,她们或因难产(如头房巩增荣的头生女),或因痨病(如二房庞修瑞的奶干女儿),或因一些不知名的疾病(如第三房、第四房、第五房和第六房等)死去,白嘉轩由此也落下了

---

① 陈忠实:《白鹿原》,作家出版社2017年版,第22—23页。
② 陈忠实:《白鹿原》,作家出版社2017年版,第1页。

一个克妻的恶名。因为白家是单传,为了接续香火,白稼轩的父亲白秉德直至去世,都在为儿子的婚事奔波操劳。尽管小说中的白秉德老汉在文章开篇不久便已去世。但是作者通过反溯性视角,将这位勤劳持家的老者形象刻画得生动传神,并且毫无矫揉造作之感。如小说作品中对秉德老汉日常劳作场景的书写,颇具代表。文中写道:"那是麦子扬花油菜干荚时节,每天午饭后他都要歇息那么一会儿,有时短到只眨一眨眼睛盹一下,然后跳下炕用蘸了冷水的湿毛巾擦擦眼睑……整个后响,他都是精力充沛意志集中于手中的农活,往往逼得比他年轻的长工鹿三气喘吁吁汗流浃背也不敢有片刻的怠慢。"①小说中的这段描述,不仅全景描绘出了一幅农历四月麦子扬花油菜干荚时节的农作图景,而且还分明刻画出了一位老当益壮并且勤劳质朴的秉德老汉形象。

再次,从这部作品所揭示的主旨而言,这部小说将白家以及鹿家这两大家族置于民族发展的大背景中去整体考察。充分体现了国家民族历史叙述与个体家族历史叙述之间的双向互动。除此之外,对《白鹿原》的解读,也不能仅限于从作品文本的字面意义去考察,更应站在民族历史发展的维度去进行深入探究。倘若读不懂中国近现代历史发展的流变走向,便无法从民族历史的纵深处去理解《白鹿原》,更谈不上对这部作品进行社会启蒙层面的人文反思。因此,小说《白鹿原》中对中国民族历史文化的全景再现,以及基于文化立场对白鹿两家之间纠葛的民族志书写,则是该作能够经久不衰的重要原因。进而言之,陈忠实站在社会启蒙的价值立场之上,将个体层面的家族叙事与国家层面的民族叙事有机地融合起来,并将这种个体与家国的相互阐释较好地融进了《白鹿原》的书写之中,这是该作能够产生撼人心魄艺术魅力的重要原因。这种叙事策略在宗璞的"野葫芦"系列小说中也同样存在,然而宗璞笔下对民族历史文化的刻画,却与陈忠实不尽相同。她往往通过一种对特殊历史时期里那些具有代表性知识分子形象的生动刻画以及多维塑造来实现。

————————
① 陈忠实:《白鹿原》,作家出版社2017年版,第3页。

宗璞的《东藏记》,可谓其之前的作品《南渡记》的故事接续,但又可以独立成篇。故事以"二战"时期的中国抗战作为叙述背景,重点讲述了明伦大学在炮火声下南迁春城昆明之后,孟弗之一家以及其他师生在国破家亡、居无定所情况下的艰难生活。从社会启蒙的视角来看,这部作品充分体现了在那一特殊时期的知识分子,特别是当他们在面临国难的时刻所展现出的人生观与价值观。关于该部作品的创作初衷,有论者曾指出:"早在50年代,作家宗璞就怀有一个心愿,即把抗日战争时期知识分子的生活用长篇小说的形式反映出来。……亡国之痛、流离之苦,给少年宗璞留下了不可磨灭的记忆。"[①]在这部小说中,无论是从其所叙述的历史背景,还是具体到作品中的人物形象刻画都有一定的原型可鉴。也正因为作者曾切实经历过这段民族历史,因而作品中的诸多细节,譬如人物或者故事等层面,便在某种程度上被作者赋予了一种鲜活而又灵动的色彩。譬如1937年抗日战争爆发,北京大学、清华大学以及南开大学三校被迫南迁。这三校先是搬到了湖南长沙,组建了长沙临时大学。后来发现长沙频繁遭受日机轰炸也不安全,于是再往南迁直至最后抵达云南昆明。最后三校联合,在昆明组成了历史上著名的西南联合大学。宗璞小说中所描写的明伦大学内迁,以及通过对该校历史系教授孟樾(弗之)一家,以及当时内迁昆明师生们艰苦生活的刻画,便意在突显在山河破碎民族危亡的时刻,那一批知识分子身上所具有的民族气节和精神情感。

　　如果从艺术呈现的视角而言,宗璞为该部作品的创作倾注了极大的热忱并付出了艰辛的汗水。应该指出,《东藏记》无论是在语言方面的高雅洒脱,还是在情节设置方面的环环相扣,无不体现了作者深厚的文学功底。而且全篇作品结构完整并且叙述线索清晰,人物形象刻画得生动逼真。在某种程度上,宗璞的小说《东藏记》,可谓对那一段民族历史文化的投射与再现。有论者曾指出:"作者的笔致从容委婉含蓄,作品的风格外冷静而内热烈,它以孟弗之一

[①] 杨柳:《〈南渡记〉〈东藏记〉宗璞的心血之作》,《文艺报》2001-06-19.

家为中心,以明仑大学南迁昆明后的动荡生活为主体,网络般伸展开来……写出了国难当头下中国知识分子的多色调的人格图景。"①换而言之,小说对中国知识分子形象的生动描摹,不仅从某个侧面向我们展现了特定年代里知识分子的独立人格,而且分明歌颂了战争年代中华儿女不畏艰险,以及顽强拼搏的斗争精神。这种叙述,也成为我们理解那段时期民族历史的一种真实写照。正如有论者所言:"宗璞力图塑造一批具有中国力量的脊梁式知识分子,以重塑当下失落的知识分子崇高品格。"②换而言之,宗璞的这种"退守"姿态,一方面不仅捍卫了知识分子的独立人格,而且另一方面,通过对民族历史发展过程中知识分子宝贵精神的凝练与深挖,为我们谱写出了一曲中华儿女齐心协力同仇敌忾的民族赞歌。

至于该部作品的创作动机,宗谱的创作在很大程度上源于一种实际的生存体验。譬如在小说开端,有一段介绍高校内迁西南时期对当时联大学子的生活以及学习环境的描写,这正是基于作者当年的亲身经历。譬如,文章写道:"一排排板筑土墙、铁皮搭顶的房屋,整齐地排列着。……学生陆续从宿舍中出来,有的拿着面盆,在水井边洗脸,有的索性脱了上衣用冷水冲。有的拿着书本,傲然看着跑步的队伍。也有人站着两眼望天,也许是在考虑国家民族的命运。"③在这般苦不堪言的遭境,作者却能够超然物外。宗璞不仅于平实的叙述之中,寻找到人生的真谛,而且还能于战火纷飞之中,铭刻民族与历史的宝贵记忆。

从民族发展的历史来看,当时内迁西南的高校学子非但没有因国土的沦丧,以及民族命运的多舛有过丝毫抱怨,反倒是主动将自身的个体命运,与国家民族的兴衰荣辱紧密地结合在一起。回溯历史,在二十世纪三十年代的抗战过程中,当时西迁昆明的国立西南联合大学中的学子里,涌现出了一批又一

---

① 雷达:《宗谱〈东藏记〉》,《小说评论》2001年第6期。
② 张光芒:《道德嬗变与文学转型》,昆仑出版社2013年版,第206—207页。
③ 宗璞:《东藏记》,人民文学出版社2001年版,第13—14页。

批的青年才俊。这群在炮火声中成长起来的青年学子中,不仅诞生了一批后来在海内外都产生重要影响的著名学者,同样也诞生了不少在国家有难、民族危亡的时刻投笔从戎的中华儿女。即便在今天看来,他们当中的很多人也只不过是和你我年龄相仿,并且生命之花还未来得及绽放,便献出自身宝贵生命的青年人。也正是基于此,宗璞将自己的真实经历以及实际感受倾注进了文学作品之中。这样一来,这群为国家民族前途命运慷慨赴死的青年学子,便在某种程度上通过小说这种文学艺术方式而被民族历史铭记。当我们再次回望宗璞"野葫芦"系列的创作过程,我们也是在追随作者脚步去回望那段知识分子的心路史,以及作为社会存在的民族史。

与宗璞的《东藏记》中通过对知识分子心路历程的刻写,以便揭露特定历史时期里的民族历史文化记忆相似,王火在其长篇巨著《战争和人》里,主要以国民党内部为叙述主线。小说揭示了在特定历史背景之下,人物命运的发展以及民族历史走向的某种必然性,具有宏阔的史诗品格。在这部作品的书写中,王火通过讲述抗日战争前中后期中国时局的变化,将那段战争岁月里的民族历史全景式地展现在人们面前。正如文中所言:"有时候,一个人或一家人的一生,可以清楚而有力地说明一个时代。历史本身,我们未曾意识到、感觉到或者判定它的地方,那真是太多太多了!从人生去发现历史,常会更真实形象些。"①由此可知,该部作品的深层意义在于,将故事人物放置于一个民族历史发展的大背景中去考察。小说主要以国民党上层、法学家童霜威,及其儿子童家霆在抗战时期的人生遭遇为主要的叙事线索。作品深刻展现了从"西安事变"的发生,到1946年抗日战争胜利结束,再到国共内战即将爆发之际,中国社会的生活百态。小说作品中故事主人公的行迹,几乎遍布了解放区和沦陷区之外的国统区。在历史演变以及官场宦海之中,童霜威逐渐由之前的官场失意牢骚满腹,转变为民族大义面前的果敢勇猛。童霜威断然拒绝了各方

---

① 王火:《战争和人》(一),人民文学出版社1993年版,第1页。

势力的人情笼络,顺应了历史发展的潮流和方向。而儿子童家霆也在多重磨难之下逐渐走向光明。这部作品之所以备受赞誉(曾荣获第四届茅盾文学奖),主要在于该作将人物的形象塑造置于中国近现代特定的民族历史背景中去构建。从而赋予了作品深刻厚重的历史文化内涵以及撼人心魄的诗史品格,体现了作者在艺术探索道路上的不懈努力。

有论者曾指出:"他把再现历史的严格要求同诗意的创造、拓展很好地结合在一起,在历史风貌的细腻描绘的同时,运用各种艺术手段去创造一个诗意的人生境界、人生图景。这使读者感到,这是史,又是诗。"[①]进而言之,作者在这部作品的创作过程中,有意识地将民族历史书写与民族文学叙事融为一体,从而做到了"文中有史,史中有文,文史互证"[②],赋予了作品丰富的思想内涵以及哲理深度。事实上,《战争和人》这部作品的诞生也并非一帆风顺。首先是这部书的手稿在1966—1976年间不幸被毁,作者十几年的心血化为灰烬。这对王火而言无疑是一次沉痛的打击。然而,书稿的损毁却并没有令作者灰心。在中国青年出版社编辑黄尹的鼓励之下,王火决定学习谈迁[③]重写《战争和人》(初稿题目为《一去不复返的时代》)。他决心用笔将那一段亲历的民族历史,永远地镌刻在当代文学史中。而为了达到这一高远的创作目标,王火对自己的重写工作也提出了严格的要求。譬如为了更为真实全面地反映小说所发生背景。他不惜亲赴南京、苏州、重庆等地实地考察,并再次回顾了那段波澜壮阔的民族史,以便为接下来的重写工作找寻灵感。当然这种对故迹的找寻,更多是为了探求那段淹没在时光以及硝烟背后的战争和人。然而天有不测风云,王火在写作的过程中因一次救人而不幸导致左眼失明。这对作者而言无

[①] 冯宪光:《史和诗的一体化——评王火长篇小说〈战争和人〉》,《当代文坛》1992年第6期。
[②] 王彬彬:《中国现代文学研究与中国现代历史研究的互动》,《文艺争鸣》2008年第1期。
[③] 谈迁(1594—1658),浙江海宁人,明末清初著名史学家。他博古通今,尤重明朝典故,立志编撰一部翔实可信的明史。他从明天启元年(1621)开始,历时20余年,前后"六易其稿,汇至百卷",终于完成一部共计500万字的编年体明史,取名为"国榷"。然而到了清顺治四年(1647),《国榷》手稿却不幸被窃。他当时已经53岁,毅然决定发愤重写,经过4年的努力终于完成新稿。

疑又是一次晴天霹雳。然而即便遭此厄运,王火却丝毫没有动摇,反而凭借顽强意志,克服艰难险阻之后,终于完成了这部皇皇巨著。

其实,当编辑在得知王火的遭遇之后,也为他的身体感到担忧。正如有论者所言:"如果说,他毫不犹豫地救助小女孩,是他高尚品格的自然显露,那么,在精神和身体状况异常困顿的情况下,仍然不顾一切地奋力去完成一部小说的创作,这种精神和情操则更是撼人心魄、感人肺腑的。"[1]进而言之,王火在其创作之初便早已树立了一种知识分子对社会的高度责任感。他寄希望于通过笔触,将那一段在民族历史文化长河里所发生的历史事件,以小说的艺术形式尽可能地记录下来。也正是这种自觉秉承的社会启蒙意识,成为王火创作的动力源。换而言之,王火的创作从理论和实际两个维度,为我们呈现出了九十年代社会历史文化启蒙叙事的广度与深度。它也标志着在九十年代的文学创作队伍里,有一群以展现民族文化为使命的作家,他们始终对国家社会保持一种社会责任感以及历史使命感。

如果说王火的《战争和人》,主要采取的是一种家族小说模式去展现那段历史时期中作为社会的民族史,那么王安忆的《纪实与虚构》,则是通过对两个世界的对比性叙述,去深入探究作为个体的民族史。首先,从小说题材的选取以及作品主旨的阐发视角而言。王安忆的《纪实与虚构》,不仅是一篇寻根意味很强的家族题材小说,更是一部具有社会民族历史启蒙品格的文学作品。故事主要以第一人称为叙事主体,运用交叉叙述的艺术表达形式轮番讲述了两个虚构的世界。首先是以第一人称来虚构"我"的世界,并以此作为一种纵向轴。"我"突然穿越时空来到了金戈铁马的古代漠北,这是一种生命性质的探求。此外,主人公还虚构了"我"的世界和坐标,并将此作为"我"的横向轴,这是一种人生性质的找寻。最后,主人公选择了一种城市交给自己的总结方式,并对复杂的社会关系进行某种分类和整理。而在这其中,作者对先祖的叙

---

[1] 胡德培:《失而复得——关于王火及其〈战争和人〉》,《出版史料》2007年第2期。

述部分旁征博引,异彩纷呈。然而,作者对自我的叙述而显得较为日常琐碎。正如有论者所言:"《纪实和虚构》交叉写成长与寻根,客观上即形成两种生存的对照。……叙述风格的明显不同,正根源于两个世界本身的不同,而虚构一个世界与当下世界相对照,满足一下人生的各种梦想,尤为现代社会的一种文化病。"①其实,在上述所谈及的对祖先精神面貌的部分描摹之中,作者不仅注入了一种对民族传统文化的想象与夸张成分,而且还在某种程度上融入了自身对个体民族史的无限追思。如文中写道:"我总是想:我的祖先柔然灭亡之后,他们的血脉是如何传递至我,其间走过了什么样的道路?遥远的漠北草原的祖先遗族,如何来到母亲的江南家乡?这关系到我的祖先是否真是柔然这一个事实。我四下寻找这种可能性的依据,扎在故纸堆里。"②可以看到,王安忆在追寻自己的家族历史的时候,实际上采用的是一种史学与文学相结合的写法。一方面,作者不断去故纸堆中找寻关于"茹"姓起源,及其发展流变的蛛丝马迹。而另外一方面,在具体的行文过程中,作者并未完全局限于史学研究界既有的定论。而是充分调动了自由联想,可谓天马行空、汪洋恣肆。王安忆通过自身的文学加工,使对祖先历史的考证和追寻更为生动并更具有说服力。在这个叙述的过程中,作者也通过对作为个体"茹"姓起源先祖的考据,再一次向我们展现了作为社会历史重要组成部分的家族史。

　　然而有利也有弊,作者对自我历史的书写,也略微显得过于琐碎与平易,而不能扼要地抓住叙述的中心与重点。此外,即便是作者在具体的论述过程之中,力求弥合这两个世界之间的裂缝和间隙,但由于这种对比叙述本身所具有的阐释弊端,作者的这种弥合力量略显单薄。譬如文中写道:"'间大肥'这名字显然就是一个赐名,'间'字来源于'木骨间'这姓。我由此想到我母亲的姓,'茹'。'茹'字可能是'间'字的进一步汉化。可是做这样一个叛臣的后代,

---

① 张新颖:《坚硬的河岸流动的水——〈纪实与虚构〉与王安忆写作的理想》,《当代作家评论》1993年第5期。
② 王安忆:《纪实与虚构》,人民文学出版社1993年版,第134页。

实是一桩屈辱的事。间大肥叛逃,正是在社仑时代,是我祖先最兴盛的时期。……除了寻找历史发展的可能性,我还在遗传现象上寻找可能性。……我母亲身材高大,细眼长梢,额头扁平,显然是蒙古人种。我母亲常说自己是'南人北相',这话也被我拿来作一个证据。"[1]可以看出,作者对先祖生活的远古与自己所处的当今这两种世界之间间隙的弥合,即便稍显生硬和突兀,从全篇的脉络线索以及小说主旨的整体阐发而言,也的确达到了某种"纪实与虚构"的叙事效果,亦为读者呈现出了一种别样的叙事体验。

概而言之,作者意在记录并且追忆那段有关祖先逝去的历史。她期待着从这段历史之中汲取教训,或是获得某种对于当代发展的启示。也正如王安忆后来在小说篇末所提到的:"她以坐标的方法归纳成纵和横两个空间,让虚构在此相离又相交的两维之中展开。"[2]由此,王安忆的这部《纪实与虚构》的作品,便涉及了探索民族文化之根的哲理层面。在对作为个体历史的探寻之中,作者逐渐找寻到了作为社会历史的整体叙述。由此可见,该作也是一部饱富社会伦理启蒙品格以及阐释深度的佳作。

在九十年代推出的长篇小说中,同样具有社会民族历史启蒙主题意识的作品,还有刘斯奋的长篇小说《白门柳》等作品。《白门柳》这部作品,主要由《夕阳芳草》《秋露危城》和《鸡鸣风雨》这三篇组成。而在这其中,每个部分之间既相互关联而又独立成篇。《夕阳芳草》主要采用了现实主义的创作手法,作品主要描述了一幅在明末清初之际,面临农民起义军的虎视眈眈并且大明王朝摇摇欲坠,江南的士子们为自己的前途命运苦苦挣扎的全景图。而《秋露危城》则主要反映了在明朝覆灭之后,聚集于白门的江南士子们有些誓死抗清,有些仍然追求私利。一时间,各个阶层以及各种角色纷纷登场,在金陵古都上演了一场悲喜图的故事。《鸡鸣风雨》,则主要为读者讲述了在明代覆灭已成定局之后,江南的士子们也面临着抛弃名节而侍奉新主,或是放弃仕途而

---

[1] 王安忆:《纪实与虚构》,人民文学出版社1993年版,第138—139页。
[2] 王安忆:《纪实与虚构》,人民文学出版社1993年版,第460页。

选择退隐避世的两难处境。作者通过对典型环境下典型人物性格的描摹,生动地展现了多元的各色人物形象。

刘斯奋在《夕阳芳草》里,不仅为读者展现出了明末清初农民起义军的凶猛气势。而且还通过另一视角描绘出了内忧外困之际,江南士子们的身心活动。小说写道:"农民军像一股飘忽不定的旋风,冲决一切,扫荡一切,正在从王朝大厦赖以矗立的最底一层、也是最根本的一层的基础上,不屈不挠地破坏着、轰击着,使他们这些高高在上的老爷们也已经很分明地感到大地的剧烈震动。"[1]从小说中这段穿插的背景描写,不难看出当时明末清初所面临的内忧外患的实际处境,这样一来便为该部作品奠定了一个总体的情感基调。而当时身处江南的士子,他们都还在为自己的仕途而四处奔波。显然,他们并不能很好地预见明王朝的衰败,以及清王朝即将取明而代之的历史发展趋势。譬如文中的冒襄所言:"当今之世,风俗陵夷,廉耻道丧,积弊之多,多于牛毛。若就其中一枝一节而改革,徒然虚费时日,而难见效用。实不若以天雄、大黄之猛剂,治其根本。所谓根本,无非是正风俗,严纪纲。风俗正,则积弊消;纪纲严,则君信立。积弊消,君信立,则民不易为乱。……如此,则国内可定。国内定,朝廷便可专力而东向,建虏虽强,不足虑也!"[2]从冒襄的这段话,可以看出明王朝的岌岌可危。当时的江南士子们尽管手无寸铁,却都积极奔走。因为他们期待着能够为大明王朝的中兴而出谋划策。即便从历史发展的大体趋势而言,这种所谓的中兴谏言亦为徒劳。然而这些奔走疾呼,显然已经不能从根本上挽救明王朝于水火之中。我们仍然应该看到,他们在某种程度上通过自己的方式,不断思考着国家的前途命运以及历史走向。刘斯奋能够以一种代入性的视角,真正深入去描写那段时期里那群士子们的内心真实活动,真可谓抓住了作品阐释的一条重要线索。如果说刘斯奋在《白门柳》里,主要采用的是一种历史演变的叙述方法来结构全篇,那么阿来的《尘埃落定》,则是通过对民

---

[1] 刘斯奋:《白门柳·夕阳芳草》,人民文学出版社2004年版,第51页。
[2] 刘斯奋:《白门柳·夕阳芳草》,人民文学出版社2004年版,第53页。

族历史发展的长河中康巴藏族土司制度瓦解的细致描述，来揭示那段被遮蔽的历史。

首先从小说的叙述主旨来看，阿来的《尘埃落定》主要写的是康巴藏族的故事。作品讲述了一位地位显赫的藏族老麦琪土司，他因醉酒而与其汉族太太生下了一位傻儿子。这位在常人看来智商以及情商都有问题的傻子少爷，实则是一位聪明并富有远见的青年才俊。他在其他土司都种植罂粟的时候，建议改种小麦。结果阿坝地区的罂粟供过于求，毒品泛滥加上闹饥荒，致使当地的灾民都纷纷投到麦琪土司的麾下。一时间，麦琪土司的领地和人口达到了鼎盛。而作为始作俑者的傻少爷，不仅娶到了貌美的妻子塔娜，还帮助协调开建了康巴地区第一个边贸集市。后来傻子少爷在回到麦琪土司官寨的时候，受到了英雄般的盛情接待，但也由此引发了麦琪土司官寨中大少爷的猜忌。一场争夺土司继承权的斗争也悄然中拉开帷幕。最后，随着解放军围剿国民党残部的到来，麦琪土司官寨坍塌了。在这一刻，与之相关的土司大厦也随之土崩瓦解，继承纷争、仇杀乃至一切似乎都已经尘埃落定。

作者将这部作品的发生背景置于特定的历史时期，小说深刻再现了康巴藏族的土司制度，及其兴衰发展的历史进程。有论者曾指出："透过藏族土司二少爷的视野和命运……我们翻开这一部小说同时就如同翻开了历史的发展史。"[1]进而言之，这部作品有着宏大的历史结构和背景。从某种程度而言，也是对特定时期民族历史的一种现实反映。比如文中有一段对麦琪土司官寨的描写颇为精彩，同时也为读者提供了一种关于土司官寨的直观印象。小说写道："麦琪土司的官寨的确很高。七层楼面加上房顶，再加上一层地牢有二十丈高。里面众多的房间和众多的门用楼梯和走廊连接，纷繁复杂犹如世事和人心。"[2]从这段叙述，读者一方面可以从中窥见土司官寨生活的奢华，因为土司官寨在某种程度上，俨然成了权力的象征；另一方面，还可以从中看出土司

---

[1] 王丽：《个人史与民族史的融合——论阿来〈尘埃落定〉》，《名作欣赏》2010年第32期。
[2] 阿来：《尘埃落定》，作家出版社2009年版，第12页。

官寨所兼具的攻守功能,它亦是确保土司官寨的权力能够得以贯彻的坚实保障。在小说中,有一段对土司官寨中所谓"执法"部门的描写,让人印象深刻。作品写道:"我们参观的第一个房间是刑具室。最先是皮鞭,生牛皮的,熟牛皮的,藤条的,里面编进了金线的,等等,不一而是。……这样的东西装满了整整一个方面。"①从这段对刑具室的描述,可看到隐藏在土司制度背后的残忍和暴力。而为了达到所谓的有效控制,一座土司官寨往往也是一个"独立王国"。在这个"王国"里,土司则拥有着至高无上的权力。然而随着时代的发展,康巴土司制度也逐渐走完了它的历史。在文中的篇末,作者写道:"解放军听了(指哭声)很不好受。每到一个地方,都有许许多多人高声欢呼。他们是穷人的队伍。……他们都说,我是一个有新脑子的人,这样的人跟得上时代。"②小说中的这段话讲述了在建国前夕当解放军的大部队来到康巴剿匪并奋力追击国民党残余之时,康巴土司也迎来了一个崭新的明天。令人遗憾的是,故事的主人公却在最后惨死在仇人的手中。然而,正是这种悲剧性的结局,赋予了这部小说以更深层的社会文化启蒙内涵。

从总体而言,阿来的《尘埃落定》选取了康巴藏地土司制度的发展演变作为小说的叙事线索,而康巴地区的解放以及土司制度的瓦解,也正好与二十世纪五十年代我国边疆民族地区所面临的实际情形相吻合。譬如在政治上,当时的少数地区还肩负着围剿国民党残余武装以及解放的历史使命。而在另一方面,这些地区根深蒂固的土司制度,却严重制约了中央政府的行政效率。阿来的作品《尘埃落定》背后,所反映的正是这一段时期的特定历史。从某种程度而言,该部作品也绝不仅限于对个体启蒙层面的开掘,实则深入到了探索社会启蒙叙事伦理的方方面面,堪为二十世纪九十年代小说中极富代表性的叙事文本。如果说阿来的《尘埃落定》,是对康巴藏族历史发展过程之中土司制度瓦解的一种生动写照,那么邓一光的《我是太阳》则主要通过对关山林个体

---

① 阿来:《尘埃落定》,作家出版社2009年版,第77页。
② 阿来:《尘埃落定》,作家出版社2009年版,第376页。

经历的叙述,为我们揭示了在民族历史发展中这一特定群体背后的故事。

首先从叙述内容而言,回溯关山林的个体历史,自然避不开将其放置于民族历史文化发展的大背景之中去考察。当年勇猛善战的关山林,驰骋疆场时曾多次带领部队冲锋陷阵英勇杀敌,可谓经历了炮火的洗礼。然而,其刚愎自用的性格也最终导致了"青树坪"一役的失利。在抗战胜利之后的和平年代,如何实现自己角色的转变,也随之成为摆在关山林等军人面前的现实问题。而在与妻儿的悲欢离合以及世间的人情冷暖之中,关山林也在不断地调整自身的心态与角色,他期待着能够更好地融入社会生活。

其次,邓一光将叙述视野对准了这样一群曾在抗战时期骁勇善战、在解放之后却不得不进行角色转变的军人群像。小说的矛盾冲突点,聚焦于探索这群曾经经历过战火洗礼的群体。作品并不意在刻画单一的人物形象,而意在刻画以关山林为代表的这一优秀群体。作者讲述他们是如何在和平时期里,不断调整自身以便适应后战争环境的故事。当然在这其中,这种由战争环境向和平环境转变中身份的转变,是摆在这类群体面前的现实性问题。从这个角度而言,邓一光的视野不可谓不独特。如果单纯从叙事的表层来看,作者刻画的只是一个属于特殊年代逝去的人物。但事实上,作者却为我们揭开了一段被尘封多年的民族历史与民族文化。尤其是通过对《我是太阳》这部小说的阅读,也的确让人们多了一种多维透视的视野、增加了对这一群体的理解与关注。除此之外,《我与太阳》也开启了一扇由战争年代转为和平时期里,军人群体的内心嬗变及其角色转变的窗口。

有论者曾指出:"《我是太阳》的现实时代特色和社会历史意蕴,以及深入人物的精神和灵魂的艺术挖掘,能够给人许多启示和思索。"[1]进而言之,邓一光的这部作品有着极为丰富的史诗品格。从某种程度而言,作者并没有去刻意回避矛盾冲突,而是将典型人物置于作品中"重大的社会矛盾"[2]之中去描

---

[1] 胡德培:《一部难得的佳作——读邓一光的长篇小说〈我是太阳〉》,《当代》1997年第3期。
[2] 《当代作家评论》编辑部:《邓一光:〈我是太阳〉》,《当代作家评论》1998年第1期。

写。并且在这个过程中去尽可能展现并塑造典型的小说人物性格。

无独有偶,二十世纪九十年代出版的王蒙"季节系列"①小说,也是通过一种重写"经典"的方式。作者对作为民族史重要组成的个体史,进行全景再现以及细致描摹。具体而言,作者站在九十年代的审视立场去回溯历史。以上这四部作品之间既可以独立成篇,又能够相互关联,而且在某种程度上,搭建了文本之间的互文关系。从二十世纪五十年代初步入文坛时期所发表的《组织部新来的青年人》②开始,王蒙至今笔耕不辍。回溯其创作历程,从二十世纪五十年代初出茅庐时期发表的《组织部新来的青年人》到被打为"右派",自我离京赴疆,到上世纪七十年代末八十年代初期重返文坛,发表了《春之声》《夜的眼》《风筝飘带》《海的梦》等一系列意识流小说,再到八十年代推出的长篇小说《活动变人形》,以及九十年代后推出的"季节系列"长篇小说,王蒙的文学创作始终应和着时代的脉搏。

王蒙在九十年代推出的"季节系列"小说中,以其亲身经历为原型,叙述了自1949年中华人民共和国成立以来,不同历史时期里人们生存的物质以及精神状态。譬如在《恋爱的季节》③中,作者描写了主人公钱文在二十世纪五十年代初期这一特定的历史时期中的社会文化心理。主人公燃烧的激情与火热的青春,也在作者的笔端下肆意流淌,因而这部小说被视为王蒙对青年时期革命文学活动的一次回顾与追忆。《失态的季节》④主要写的是在那个批判与被批判的年代,是非颠倒黑白倒置。故事主人公在这样一个社会环境中,变得既圆滑世故又单纯透明,个体也在挫折与磨炼之中不断收获成长。《踌躇的季节》⑤主要以我国二十世纪六十年代初为叙述背景,较为全面深刻地叙述了人们在

---

① 王蒙的"季节系列"作品,含《恋爱的季节》《失态的季节》《踌躇的季节》《狂欢的季节》,均发表于二十世纪九十年代。
② 在1956年9月份发表之初,题目被《人民文学》编辑秦兆阳修定为《组织部新来的青年人》(原投稿题目为《组织部来了个年轻人》),后王蒙将其收入文集之时改回原名《组织部来了个年轻人》。
③ 王蒙:《恋爱的季节》,见王蒙:《季节》(上册),人民文学出版社2010年版。
④ 王蒙:《失态的季节》,见王蒙:《季节》(上册),人民文学出版社2010年版。
⑤ 王蒙:《踌躇的季节》,见王蒙:《季节》(下册),人民文学出版社2010年版。

这一历史时期中的彷徨与踌躇、清醒与迷茫。遭受苦难的人们,重新回到了正常的生活轨道中。事实上无论是年轻的或是年老的,他们都对未来的生活充满希望。《狂欢的季节》①则主要描述了二十世纪六七十年代,身处边疆的主人公钱文所经历过的恐惧、幻灭,期待,以及光明的曙光。

王蒙这四部"季节系列"小说,因其叙述的历史性以及反思性,而被视为王蒙对自身革命历程的回顾与追忆。有论者曾指出:"作品所表现的从50年代初期到"十年动乱"结束的长达三十年间,一群集革命者和知识分子于一身的'少年布尔什维克',在共和国的风雨历程中的命运沉浮,悲欢离合。"②由此可知"季节"系列题材的小说作品,不仅是对王蒙本人生活经历的一次摹写与隐喻,同时也是对社会民族历史文化的一次全景映射。小说故事中的主人公钱文的人生经历以及生存遭遇,在某种程度上与王蒙的个体经验较为贴合。不仅如此,作者在作品中善于通过典型环境塑造典型人物性格。尤其是对相关人物心理的刻画,也较为符合人物身份以及个体经验。因此让人读罢之后毫无矫揉造作之感,而是活生生的历史以及对逝去岁月的无限感怀。从某种程度而言,王蒙的"季节系列",已然成为作者重审其人生/文学历程的一次摹写。当然,以"此时"的王蒙的心态,来写"彼时"的王蒙的经历,这其中个体心态的变化以及所发生的视野转变自然很大。然而正是这种反溯性视角才使得逝去的岁月以及特定时期里人们的真实境遇,显得尤为深切和真挚。王蒙的这段重写经典,在某种程度上是对社会文化启蒙主题的一次呼应。它标志着二十世纪九十年代仍然有一批知识分子,他们始终坚持着对已逝民族历史的追忆,坚守纯文学阵地。

通过对以上列叙的作家作品的解读,可以对九十年代社会民族历史文化启蒙叙事有一个更为直观并且清晰的认识。对民族历史在某一段时间的叙述,体现了作家对国家以及社会记忆的一种强化和镌刻。同时这也是一种基

---

① 王蒙:《踌躇的季节》,见王蒙:《季节》(下册),人民文学出版社2010年版。
② 张志忠:《追忆逝水年华——王蒙"季节"系列长篇小说论》,《文学评论》2001年第2期。

于史家春秋笔法的叙述以及逻辑。它充分展现了作家对社会历史以及民族叙述的使命以及责任感。事实上,无论是陈忠实的《白鹿原》、宗璞的《东藏记》、王火的《战争与人》,还是刘斯奋的《白柳门》、阿来的《尘埃落定》,抑或是邓一光的《我是太阳》以及王蒙的"季节系列",这些作品均诞生于上世纪九十年代的大背景。尽管上述作家作品刻画的人物形象,以及故事情节的设置方面各有不同,但它们却有着同属于九十年代社会文化启蒙叙述的特质。尤其是在社会民族文化启蒙这一视阈,更是有着诸多的相通之处。在九十年代启蒙被后现代主义等思潮逼仄甚至削弱的情况下,这种基于社会启蒙叙事立场的阐释,便显得尤为深刻并且愈发宝贵。

第二节　对社会宗教文化的理性追索

在人类历史的发展过程中,宗教作为一种意识形态一直以来都与社会保持着紧密联系。而作为一门独立学科的宗教学,则最早诞生于十九世纪的欧洲。随着时代的发展以及学术的传承演变,出现了诸如"宗教人类学、宗教社会学、宗教心理学和宗教现象学等有影响的学术流派"[1]。马克思曾指出:"国家、社会产生了宗教即颠倒的世界观,因为它们本身就是颠倒了的世界。宗教是这个世界的总的理论。"[2]显然,马克思主要是站在辩证唯物论以及唯物辩证法的视角来梳理宗教的发展流变。其实无论是"从哲学思想到文学艺术,从政治经济到文化教育,从道德伦理到惯例习俗,从科学理论到音乐美术……还是个人的心态结构和行为模式,都同宗教有着起初是浑然一体,尔后又相互渗透的关系"[3]。可以看到,宗教在社会启蒙层面扮演着举足轻重的角色。

---

[1] 杨明:《宗教与伦理》,译林出版社 2010 年版,第 2 页。
[2] [德]卡尔·马克思:《〈黑格尔法哲学批判〉导言》,见《马克思恩格斯选集》(第一卷),人民出版社 1995 年版,第 2 页。
[3] 何光沪:《〈宗教与世界〉丛书·总序》,见[日]池田大作、[英]B.威尔逊:《社会与宗教》,梁鸿飞等译,四川人民出版社 1991 年版,第 1 页。

美国著名学者威廉·詹姆斯曾在《宗教经验之种种》一书中,对宗教的范围有过讨论以及清晰的界定。在他看来:"将宗教的领域分成两个部分。在这个分界的一边是制度的宗教(institutional religion);在另一边是个人的宗教(individual religion)。……宗教的一支最注意神,另一支最注意人。"①进而言之,如果说制度的宗教主要考察的是神性,那么个人的宗教则主要追寻的是人性。具体体现为小说作者在文章中直面内心,书写出了作为个体的人性。有论者曾指出:"低估宗教在中国社会中的地位,实际上是有悖于历史事实的。寺院、神坛散落于各处,比比皆是,表面宗教在中国社会强大的、无所不在的影响力,它们是一个社会现实的象征。"②而且这种宗教的影响往往也是潜移默化的,因为它在无形之中,早已经渗透进普通百姓的生活。譬如一般家庭大厅供奉的神龛,以及在不少地方随处可见的土地庙、关公庙、妈祖庙等,这些都是宗教在生活中的具体反映。正如有论者所言:"一般来说,人与人的相互关系构成了社会生活,这些相互关系往往是建立在一定的目的、原因与利益之上;在这些目的、原因与利益——确切说来即是社会生活的物质性方面——持续的过程中,社会关系的实现形式可谓千差万别,而另一方面,同样的形式与类型也可能包含最不一致的内容。我以为,在这些体现了人与人之间相互关系但其内容可以迥然相异的形式中,有一种我们只能称之为宗教形式的形式。"③此处的某种内指及个人化的东西,实际上与上述文中所提及的个人的宗教有着某种程度的相似性。这种个人的宗教,在九十年代的部分作家作品中体现得较为明显。

回到社会启蒙的学理层面,九十年代小说中的社会文化启蒙主题,除了对民族历史文化的考察之外,也包含对宗教理性的追寻。何谓理性,康德曾指

---

① [美]威廉·詹姆士:《宗教经验之种种》,唐钺译,商务印书馆2009年版,第26页。
② [美]杨庆堃:《中国社会中的宗教——宗教的现代社会功能与其历史因素之研究》,范丽珠等译,上海人民出版社2007年版,第24页。
③ [德]齐奥尔塔·西美尔:《宗教社会学》,见齐奥尔塔·西美尔:《时尚的哲学》,花城出版社2017年版,第70—71页。

出:"通过对理性本身的批判考察,确定它所具有的普遍性和必然性的要素……从而确定它能认识什么和不能认识什么,在这基础上对形而上学的命运和前途作出最终的判决和规定。"①进而言之,对纯粹理性批判本身的研究,也是对启蒙的一次再探索。而采用这种批评的视野来反观某一特定时期的文学作品,旋即成了一种判断尺度以及价值衡量的标准。

由此可知,社会伦理启蒙视阈下对九十年代小说中宗教理性的探究,主要是对这一时期小说中所体现出的人生观、世界观,乃至宗教哲学的深入考察。这种书写之中往往融入作者对宗教引人向善的积极思考。如果借用美国学者威廉·詹姆斯关于制度的宗教,以及个人的宗教的相关定义,并据此反观张承志、北村、石舒清,以及史铁生等人有关宗教的书写,他们显然应属于个人宗教的研究范畴。正如有论者所言:"一切宗教性都包含着无私的奉献与执着的追求、屈从与反抗、感官的直接性与精神的抽象性等的独特混合。"②进而言之,正是在这种独特混合的场域中,作家将自身所要表达的宗教情感内化为文字,在此基础之上,也使得主体的情感表达与客体的叙事伦理之间产生了某种和谐共生的内在关系。具体到九十年代的小说创作而言,对宗教题材的书写尤以张承志、北村、石舒清以及史铁生为代表。特别是上述作家作品,在某种程度上代表了九十年代的社会文化启蒙在宗教理性等层面所能达到的广度与深度。此处的"理性",往往指的是个人对欲望的控制力。正如有论者所言:"一个人的理性增长,同他的智力活跃程度和对他欲望的支配情况成正比。"③换而言之,宗教理性源于作家主体意识的觉醒,以及对客观世界的感知。然而这种觉醒和感知,也有赖于个体对欲望的控制能力。因而,个体能够在多大程度上运用自己的理性,并对事物的发展做出符合客观规律且较为平衡中立的判断因人而异。而在这其中,张承志、石舒清、史铁生等人笔下,关于九十年代小说

---

① [德]康德:《三大批判合集》(上册),邓晓芒译、杨祖陶校,人民出版社2009年版,第2页。
② [德]格奥尔格·西美尔:《宗教社会学》,曹卫东译,北京师范大学出版社2017年版,第5页。
③ [英]罗素:《罗素谈人的理性》,石磊译,天津社会科学院出版社2011年版,第240—241页。

中的社会宗教理性书写较为富有代表性。

张承志的《心灵史》，是一部讲述大西北西固海哲合忍耶教派历史故事的长篇小说。何谓哲合忍耶，它又拥有怎样的内涵与外延？作者在文中这样写道："哲合忍耶，是中国回民中的一个派别，一个为了内心信仰和人道受尽了压迫、付出了不可思议的惨重牺牲的集体。"[①]张承志在小说中对"哲合忍耶"这一宗教派别的历史进行了全面梳理。作者深刻揭示并颂扬了这群虔诚的信徒，他们尽管身处恶劣生活环境，却能始终坚守信仰先哲教义的宝贵品质。如果说王蒙笔下的边地叙事，主要是一种基于作者实际生活基础之上的美学体验，那么张承志笔下对边地西固海的刻写，则早已上升至一种宗教哲学的高度。而且从某种程度而言，《心灵史》可被视为张承志小说创作的一座高峰，亦可说《心灵史》是一个转折点。在推出长篇小说《心灵史》之后，张承志的文学创作文体也随之由小说转向散文，因为在作者看来，这部《心灵史》代表了其在皈依哲合忍耶之后，对生命的哲理性思考。

作者曾在该书序言部分写道："对于我——对于你们从《黑骏马》和《北方的河》以来就一直默默地追随的我来说，这部书是我文学的最高峰。"[②]而当我们真正静下心来品读这部《心灵史》，也不免被西海固哲合忍耶这一教派教徒的虔诚所打动。这种心灵的碰撞，在很大程度上源自作者对生命意志的探寻，以及对哲合忍耶教义的皈依。

具体从小说内容而言，全篇作品共分为"红色绿旗""真实的隐没""流放""新世纪""牺牲之美""被侮辱的"以及"叩开现代的大门"这样七个部分。作者在小说中将每一个部分称之为一个"门"。第一门为"红色绿旗"，讲的是何为哲合忍耶，以及这一宗派的形成发展与流变史。文中写道："怀着宗教感情、特别是怀着强烈的殉教感情与渴望奇迹的哲合忍耶常常不为人理解。……哲合忍耶从撤围走向华林山的那一刻开始，整个教派便永远地被一种强大无形的

[①] 张承志：《张承志文集·心灵史——长篇小说卷》，湖南文艺出版社1999年版，第4页。
[②] 张承志：《心灵史》，花城出版社1991年版，第11页。

悲观主义所笼罩。也许这便是哲合忍耶的魂。"①从上述这段节选的话语，可以看出首先哲合忍耶是一种穷人的宗教。它一方面怀着强烈的殉教感情与渴望奇迹的精神特质，另一方面哲合忍耶也因讲究天命，它具有某种殉道悲观主义的色彩。

因此张承志的《心灵史》，实际上也是一部关于马明心创立哲合忍耶教派，以及该派别发展的专门史，而在历史湮灭之后，宗教正在"宣布历史"②。进而言之，该作不仅是一部关于西海固哲合忍耶的宗教史，而且也是作者剖析内心，自我走向哲合忍耶深处的一部个体叙述史。除此之外，张承志也在与哲合忍耶忠实信徒的不断交往之中，逐渐由内而外地皈依了哲合忍耶。

而关于《心灵史》这部作品的评价，有论者曾强调应该从文明发展的层面去考察，特别是应该将《心灵史》放到张承志的系列散文，尤其是应该放到"资本主义全球化的语境"③里去进行整体的叙事体验。当然，我们不能孤立地看待张承志《心灵史》这一文本，而应该将其与作者在这一阶段前后推出的作品进行综合考察。事实上不只在张承志的《心灵史》中，我们可以找到作者关于社会宗教的理性思考，在二十世纪九十年代，张承志所陆续发表的如《清洁的精神》《大阪》《九座宫殿》《残月》《黄泥小屋》以及《西省暗杀考》等散文，也都是富有宗教理性色彩并且具有社会启蒙品格的作品。

除了张承志的《心灵史》之外，北村的《施洗的河》④也是一部通过宗教的视野讲述基督教世界观的长篇小说。在这部作品的叙事之中，主要刻画了主人公刘浪在医科大学毕业之后子承父业，干着杀人越货的非法勾当。刘浪尽管表面上看来风光无限，但内心无比空虚，以至于后来神经崩溃而无所寄托。在刘浪的潜意识里，他一直受到大学时代那位手捧《圣经》，并且信奉基督教的女

---

① 张承志：《心灵史》，花城出版社1991年版，第9—47页。
② 张承志：《心灵史》，花城出版社1991年版，第182页。
③ 旷新年：《从〈心灵史〉看张承志的写作》，《文艺争鸣》2015年第6期。
④ 北村：《施洗的河》，花城出版社1993年版。

信徒的影响。最后,刘浪在经历了无数次大风大浪之后,个体的心灵终于在基督教中皈依。至此,故事主人公的人性得以进一步深掘,文章主题亦得以进一步彰显。

有论者曾指出:"基督教把痛苦视作'原罪的苦果',人只有通过它才能赎罪,才能听到上帝的召唤,才能达到对上帝的皈依和从属,痛苦成了入圣超凡的解救之道。"[①]由此可见,基督教的这种解决之道往往将现实世界的挫折苦难,与"原罪的苦果"紧密联系起来。北村《施洗的河》中的刘浪,他的出生原本就是一场意外。而母亲卑微的出生,以及在刘浪成长过程中父爱的缺失使得他从小生性胆小,"唯一不怕的是鬼"[②]。其实在刘浪看来,人比鬼还可怕,因为鬼好歹是从未见过的东西,但是人心叵测总让人琢磨不透。

刘浪父亲刘成业年轻的时候,从贩卖鱼虾开始发迹,后来逐渐垄断了下游樟板的水产生意。可就在他的生意顺风顺水、如日中天的时候,突然告老还乡。生性胆小的刘浪,从小便被父亲轻视。在刘成业看来,刘浪没有男子汉气概,仿佛是一个女儿身。到后来,从樟板医科大学毕业回乡并且有志于从事医学事业的刘浪还是选择了子承父业。但通过实地亲身体验,他逐渐发现父亲刘业成发迹的樟板,只不过是一个道德低下并且秩序混乱的地方。刘浪后来凭借自身努力在樟板混得风生水起。正如刘浪在文中自述:"我在樟坂城当了一个时期的工匪(是土匪,与落草为寇的寨主一样),置办了一些家业。那时卖烟土利钱很高,利厚的还有军火生意,只要有人,就要打仗和杀人,所以后来我又兼营医疗器械的买卖,那时不能从德国进货,我就从伦敦运来。"[③]就这样,刘浪子承父业并凭着自己的灵活头脑,逐渐成了樟板颇具实力的首领之一。

即便是如此风光,刘浪在精神方面却如浮萍一样无可依附。而他之前引

---

① 李泽厚:《中国古代思想史论》,生活·读书·新知三联书店2008年版,第325页。
② 北村:《施洗的河》,花城出版社1993年版,第48页。
③ 北村:《施洗的河》,花城出版社1993年版,第47页。

以为傲的医学事业,也逐渐在与"马大十数年的周旋之中"[①]消耗殆尽。正如文中所言:"刘浪在征战中虽然不断充实了家财,成为地方一霸,但精神却遇上了严重危机,这种危机来自爱的缺乏和信仰的破灭。……他似乎看到:在人类的生存境域中,信仰、期盼和爱是不可缺一的,人必须有一个终生追求并顺服的崇高的绝对价值。"[②]由此可见,北村的书写俨然已经上升至启蒙的维度。一方面,北村直面了一系列在九十年代出现的严肃命题。譬如九十年代人们所面临的人文精神失落以及价值观的无可附着时,北村通过对基督教的皈依,从而找到了自身心灵的归宿。而另一方面,作者通过小说创作这种方式,寄予了自身对社会现实的理性思考。由此可知,北村在某种程度上已经担负起了作家的社会责任感与使命感。他期待以此重建社会信仰与社会批判。正如有论者所言:"在世俗的实利氛围甚嚣尘上之时……信仰或者神圣这样的问题早被当作古典遗物弃置不顾。北村力图告诉人们,这个生存维度不该遗忘,理性未曾解决这些问题,不等于这些问题可以放弃;即使理性的范围无能解决这些问题,这些问题依然至关重要。"[③]文中的刘浪最终在皈依基督教之后,内心得到安宁。

由此可见,此时的刘浪早已从之前杀人越货且无恶不作的地方一霸,成了一位无欲无求并且蒙受基督教洗礼的忠实信徒。他原先在道德精神方面的无可附着,也在信仰基督教之后得到了某种心灵的皈依。这实际上也是北村在九十年代,针对人文精神价值失落所开出的一剂良药。与其他作家走向民间(韩少功),或者融入野地(张炜)不同,北村选择的是转向内心。他期待从精神层面着手,从而去揭开隐于浮华背后,那些能够支撑人走下去的信念。

为此,有研究者曾指出:"从《黑马群》到《施洗的河》,北村完成了从社会理性批判——语言形式的极端探索——乌托邦的苦苦追寻——终极关怀的实现

[①] 北村:《施洗的河》,花城出版社1993年版,第47页。
[②] 北村:《施洗的河》,花城出版社1993年版,第1页。
[③] 南帆:《沉沦与救赎—读北村〈施洗的河〉》,《当代作家评论》1993年第5期。

的创作转换。只有对人类精神悲剧的坚定揭示这一点未曾变更。"①进而言之,北村自始至终都站在批判的立场上孜孜探寻。因为他不仅是从身体上服膺,更是由内而外地达到终极的彼岸。北村对社会宗教理性的追寻始终一以贯之。他通过自己的身心实践,为其文学和笔下的文字赋予了某种启蒙理性的色彩。而在这种理性之中,是北村多年以来对信仰的恪守,以及对人类精神层面不懈追寻。如果说北村及其作品中,寄寓了一种基督教的人生哲理,那么石舒清笔下的文学作品,则往往通过对西海固地区人民的日常生活的描写,诠释了他所理解的宗教与文学。

石舒清的《清水里的刀子》主要讲述的是一个关于宗教圣洁的故事。这部作品叙述了回族马子善老人的媳妇,为这个家庭操劳辛苦了一辈子。在她去世之后,亲人们(尤其是其子耶尔古拜)希望能够在母亲四十天日宰一头牛,以便搭救亡人(一种宗教习俗)。因为在他们看来:"有时候举念一枚枣,比举念一峰骆驼都贵重。但实际上人们还是看重骆驼,觉得骆驼贵重。人们也毕竟都是很世俗的,毕竟觉得宰一峰骆驼的搭救效力要远远强过宰一只鸡。"②无论是在马子善本人还是在其后代耶尔古拜的眼里,辛苦了大半辈子的马子善媳妇,她的四十天忌日都是一次值得认真准备的大事情。他们一家人也希望借此机会,尽可能举办一次能够实现最大搭救效应的盛典。然而这头即将被宰杀的老牛看见清水底下的刀子之后便不吃不喝,直至忌日仪式的那天被宰杀。正如小说中所言:"这了不起的生命,它竟然这样韬光隐晦,竟为人役使地度过了自己艰辛的一生。……像牛这样的大牲,看到清水里的刀子后,就不再吃喝,为的是让自己有一个清洁的内里,然后清清洁洁地归去。"③老牛的清洁精

---

① 谢有顺:《我们时代的心灵史——关于北村〈施洗的河〉的阐释》,《小说评论》1994年第3期。
② 石舒清:《清水里的刀子》,见人民文学杂志社:《第二届鲁迅文学奖获奖作品丛书》,华文出版社2002年版,第30页。
③ 石舒清:《清水里的刀子》,见人民文学杂志社:《第二届鲁迅文学奖获奖作品丛书》,华文出版社2002年版,第37页。

神,使得小说的清洁主旨得以进一步升华。作为大牲的老牛,似乎对古兰经相关教义的领会要胜过常人。当然,小说在此所采用的乃是拟人和隐喻的手法,它意在提醒人们关注并重视某些已经失掉了的宗教仪式与宗教信仰。石舒清这部小说《清水里的刀子》,也意在揭示某种超越民族宗教意识之上的清洁精神。究竟何为清洁？在笔者看来,这实际上是一种对生命的敬畏。不仅敬畏生命以及敬畏人性,更是一种敬畏某种超越生命意志之上的精神存在。然而,对宗教的个体哲理化诠释,也充分体现了史铁生以思想融宗教并且以宗教诠人生的美学追求。

史铁生的《钟声》,主要讲述了小B的父母亲在他还不到一周岁的时候便离开,留下他和爷爷相依为命。小B五岁的时候,在爷爷的带领下去了县城姑父家上学。姑父在教堂布道并始终坚信"上帝所应许的那个乐园正在实现,一个没有人奴役人,没有人挨饿,没有贫穷,没有战争、罪恶、暴行,甚至没有仇恨和自私的乐园就要实现了"[①]。故事中出现次数最多的当属向日葵,它一共出现了三次。第一次出现是文中在介绍小镇的时候所提及,第二次则是在小B和爷爷一起去城市姑父家上学时在路上所见到,第三次是小B在梦中显现。从某种程度而言,向日葵的出现乃是对美好生活的某种隐喻。而向日葵所象征的,也实际上是一个自由平等并且没有人被奴役的美好乐园。史铁生的个人宗教意识以及宗教情怀,在该部作品中也体现得较为明显。作者的这种宗教意识,不仅深入了小说的叙述主题,而且还内化为作品里人物形象塑造的内核肌理。

有论者曾指出:"他似乎找到了一条调和之路,因为所有宗教在根上是连着的,无非是从不同的侧面和不同角度去观看同一个世界解释同一个问题,就像时间分为白天和黑夜,而基督教是白天的宗教,佛教是夜晚的宗教。"[②]进而言之,在史铁生的人生哲学里,基督教和佛教都对其产生了重要影响。以至于

[①] 史铁生:《钟声》,《史铁生精选集》,北京燕山出版社2015年版,第375页。
[②] 陈朗:《佛陀的归来:史铁生的文学与"宗教"》,《当代作家评论》2018年第1期。

他最后发出了"昼信基督夜信佛"①的信仰宣言。可以窥见,无论是认为史铁生与基督教的联系紧密,还是考究其受到佛教的影响更深,这些研究实际上主要是从"功用论"的视角来总结所谓作家与某一特定宗教之间的关系。进而言之,也就是作家需要借用宗教以达到某种精神状态,才会选择寻求宗教作为庇护。因此当我们从整体研究的视角去再次审视史铁生与宗教之间的实质关联,不难发现其实宗教的某种教义,诸如"普度众生"以及"上帝与你同在",恰恰与作家在身残之后从内心迸发出来的"我与地坛"的心境不谋而合。由此可以看出,史铁生笔下的宗教,实际上属于一种作为个体的而绝非制度的宗教。正如有论者所言:"史铁生赋予宗教精神的涵义,其实是对人的理性、人的精神的赞歌,对人的意志,人的力量的赞歌。在宗教那里,人生的信念来自神,史铁生的宗教精神中也有一个'神',但这个'神'不是别的,正是人自身,是人的精神。"②换而言之,史铁生所信仰的乃是一种"个人宗教"③,即作者的主旨表达,在客观上与宗教的某些教义相吻合。

史铁生的小说《务虚笔记》,最早发表在1996年的文学杂志《收获》上。在这部由二十二个部分组成的半自传小说里,作者重点考察了二十世纪五十年代以来的社会嬗变,并着重讲述了这种变化给不同职业人群所造成的影响。在具体的小说创作过程之中,史铁生充分融入了对个体人生的哲理性思考。至于为何将小说的名字命名为"务虚",其实《务虚笔记》中的"虚"主要指的是哲学意义层面上的虚无,而"务"则主要指的是研究虚无的哲学。可见小说的重点,在于考察一种对生命的印象。因此,它并不要求真实地还原记忆,而是注重追求和抵达印象中的真实。史铁生在文中指出:"过去在走向未来,意义追随着梦想,在意义和梦想之间,在它们的重叠之处就是现在。在它们的重叠

---

① 史铁生:《昼信基督夜信佛》,北京十月文艺出版社2012年版。
② 胡山林:《史铁生作品中的类宗教意味》,《河南师范大学学报(哲学社会科学版)》2000年第4期。
③ 李德南:《生命的亲证——论史铁生的宗教信仰问题》,《南方文坛》2015年第4期。

之处,我们在途中,我们在现在。"①由以上的这段话,可以看出史铁生对生命的独特理解与感悟。他站在一种哲学的高度,对二十世纪五十年代以来所经历过的理想与现实的幻灭进行了一种全景式的描摹与再现。然而,从内心迸发出来的生命哲思以及灵性感悟不仅展现了作者敏锐的思维能力,而且体现出作者对语言文字的驾驭力。

实际上,史铁生所写的《务虚笔记》也就是生命笔记。他通过写二十世纪五十年代以来残疾人C、画家Z、女教师O、医生F、诗人L、女导演N以及未来的一个被流放者WR这些各色人物的人生经历,表达了自身在社会历史转变时期的哲理性思考。正如作者在文中所言:"我们从未在没有别人的时间里看见过自己。……有区别才有自己,自己就是区别;有距离才有路,路就是距离。欲望和梦想,把我们引领进一篇虚幻、空白,和不确定的真实,一片自由的无限可能之域。"②可以看出,史铁生在《务虚笔记》中倾注了自己对个体生命的独特感悟。甚至在作品的部分篇什里,史铁生径直跳出来与读者对话与互动。如文中所写:"如果你看我的书,一本名叫作"务虚笔记"的书,你也就走进了写作之夜。你谈论它,指责它,轻蔑它,嘲笑它,唾弃它……你都是在写作之夜,不能逃脱。"③这里实际上指的是当读者阅读《务虚笔记》的时候,也在某种程度上进入了作者所预设的语境之中,或许是以一种角色参与的形式,被史铁生构建到小说中去,或许是以一种旁观者的身份,来进行褒贬评判,你总有一种方式能够走进这部作品。类似这样富有哲理性寓意的描写,在《务虚笔记》中还有很多。作者通过一种独特的方式,构建出了一种专属于他自己的启蒙叙事。为此,有论者在评述史铁生及其作品之时曾指出:"在阅读史铁生的时候,常常会使我们想到加缪。……他意识到人生的困境和残缺,却将它们视作获得生

---

① 史铁生:《务虚笔记》,作家出版社2009年版,第6—7页。
② 史铁生:《务虚笔记》,作家出版社2009年版,第353—368页。
③ 史铁生:《务虚笔记》,作家出版社2009年版,第369页。

命意义的题中应有之义。"①概而言之,史铁生在残缺躯体之上负重前行。他的身残志坚不仅为自己寻觅到了一种言说与交互的方式,亦为中国文坛增添了一种别样的图景与画卷。

史铁生曾谈到:"我从虚无中出生,同时世界从虚无中显现。我分分秒秒地长大,世界分分秒秒地拓展。是我成长着的感觉和理性镶嵌进拓展着的世界之中呢,还是拓展着的世界搅拌在我成长着的感觉和理性之中?反正都一样,相依为命。"②史铁生的哲理书写融入了个体对宇宙时间的探索,以及对虚实世界的感怀,充分体现了作者在感性与理性之间的哲理思考,而这正是源于史铁生对生命的热爱以及对文学的渴望。

事实上,在中国当代有不少作家的写作中都浸透着神性的色彩,然而这些作家却与史铁生不尽相同。因为他们的信仰乃是一种服膺、一种选择的结果,而并非如史铁生的宗教哲学那样,乃是一种理性探寻之后的必然选择。正如有论者所言:"张承志之皈依伊斯兰教义,是他种族文化基因拨动的回归;北村的基督教信仰,是他一贯悲悯情怀应然的选择;高行健的迷恋禅宗,则是他近年戏剧的美学基础。……是他们信仰的指归,不是理性思考的结果。"③以上论述对史铁生及其笔下文学作品的神性品格进行了深入发掘,充分彰显了史铁生《务虚笔记》等作品本身所具有的启蒙特质。然而史铁生的宗教书写之所以被评论界忽视,其中一个重要原因是普通受众对宗教的误读。事实上,史铁生在《务虚笔记》中的书写,同样也可被视为一个不断探寻心灵的旅程。如有论者所言:"虽然史铁生一再提到'上帝'二字,但是他的悖论神学实际上最接近佛教,而不是基督教。小说中的理性人物,女教师 O、医生 F 不是殉教圣者,而是在涅槃中得到超脱的觉者。"④由此可知,神性的抵达并非一件易事。作者意

---

① 许纪霖:《另一种启蒙》,花城出版社1999年版,第196页。
② 史铁生:《务虚笔记》,作家出版社2009年版,第71页。
③ 赵毅衡:《意不言尽—文学的形式—文化论》,南京大学出版社2009年版,第135—144页。
④ 赵毅衡:《意不言尽—文学的形式—文化论》,南京大学出版社2009年版,第145页。

在揭露的往往是一种基于神性基础之上的理性求索,恰如张承志在作品中对哲合忍耶教义的不懈追寻。史铁生在小说中向读者传递的主题意旨,其所遵循的是彼岸永无止境。但追寻之旅并不在一时之境,而在于一种心灵的探寻。当然,其中还融入了一种对"自我主体性"①的不断建构,这是一个双向的过程。

从社会学的角度来看,宗教属于社会伦理的层面。其实从人类社会诞生伊始,宗教便一直存在。从张承志的《心灵史》的寻觅,到北村的神性小说《施洗的河》推出,从石舒清的《清水里的刀子》的书写,到史铁生《钟声》的呐喊。不难窥见,九十年代小说中对社会宗教理性精神书写,不只是体现在单一的文学现象以及作者的视野之中,还充分反映在九十年代整体的文学视阈里。书写宗教题材以及追寻无我之境,俨然已经成为作家对抗九十年代消费社会,以及商业文化袭扰的一剂良药。而这一批的文学作家以及批评家,他们并没有选择投身商业化写作的浪潮或者选择下海经商,而是自觉地秉持知识分子的基本立场,始终坚守着纯文学的固有阵地,并且积极投身第一线的文学实践。从这个角度而言,对以上作家作品的品读和解析,便从另一维度开启了对九十年代社会宗教的理性追索。

第三节　对民间语言文化的叙事探索

著名哲学家海德格尔曾指出:"语言是存在的家。……语言的本质存在是作为显示的说,语言之说的特征并不基于任何种类的符号;相反,一切符号都源于此一显示,在显示的领域,为了显示的目的,符号才成其为符号。"②由此可见,语言在时间与存在的维度之中占据着重要位置。除此之外,福柯也曾在1963年的《如是》杂志上,发表了一篇题名为《通往无限的语言》的文章。他在

---

① 袁文卓:《论王蒙与张承志笔下的新疆叙事》,《武汉大学学报(人文科学版)》2017年第5期。
② [德]海德格尔:《人,诗意地安居　海德格尔语要》,郜元宝译,广西师范大学出版社2000年版,第56页。

该文中指出:"语言永远不自己呈现自己;在它的话语的厚度中没有楔入那可能会打开它自己形象的无限空间的镜子。相反,语言在所说的事物与它所叙述的人物之间,将自己擦掉。"①由此可见,语言在事物以及其所叙述的人物之间实际上扮演着一种传播的角色。而对语言的理解与运用也成为我们探索文化意识与民族心态的一扇窗,这里便涉及了民间语言的概念。

所谓民间语言,主要指的是在社会发展以及历史演变的进程中那些具有民族精神特征,并且反映民间语言叙事艺术特点的言说方式。这种民间语言的言说方式,在很大程度上源自民间思想的建构。有论者曾系统地梳理了民间在不同时期以及语境下的特定涵义。"民间"在十七年文学时期,主要是作为一种艺术因素被融入该时期的文学创作。其目的在于通过融入"民间",以便冲淡政治干预文学的色彩。然而到了新时期文学,"民间"则被冠以新的美学阐释维度而逐渐回归到民间文学的本体。二十世纪九十年代转型以来,部分卓有成就的作家们将自己叙述立场自觉/不自觉地转向民间。他们用笔触为我们呈现出了九十年代民间叙事话语的另一种可能。

有论者指出:"他们深深地立足于民间社会生活,并从中确认理想的存在方式和价值取向。"②可见随着时代的发展,"民间"的概念及其叙事的内涵和外延,也实际上经历了一个由模糊到清晰的嬗变过程。事实上,"从新启蒙运动开始,知识分子便慢慢地从体制中心向体制边缘发展、向民间发展,开始建构起一个民间的思想界"③。由民间语言的发生开始追溯民间思想的起源及其发展流变,这一方面体现了知识分子批判意识的建构具有一种由内向外发展的嬗变轨迹,另一方面,它在从语言形式的考察到语言思想的深入探索中,也同样体现了知识分子对独立思想文化体系的不懈追求。

---

① [法]米歇尔·福柯:《声名狼藉者的生活:福柯文选I》,汪民安编,北京大学出版社2016年版,第33—34页。
② 陈思和主编《中国当代文学史教程》(第二版),复旦大学出版社2013年版,第363页。
③ 许纪霖:《另一种启蒙》,花城出版社1999年版,第11页。

考察二十世纪九十年代的社会文化启蒙主题,除了涉及社会民族历史的考察以及对宗教理性的追寻,还涉及对民间语言叙事艺术的探索。而这种语言叙事艺术的实验,无疑承续了二十世纪八十年代中期的寻根文学思潮。我们可追溯1985年的"寻根文学"的外因,它与当时国门的打开以及西方诸如作家方法论的大量涌入有着紧密关系。特别是当拉美作家如加西亚·马尔克斯的《百年孤独》等系列作品因采用一种本土文学的叙事视野而荣膺诺贝尔文学奖。这一成功实例,正好给当时正在苦寻中国文学出路的本土作家们一种深刻的灵感启发。进而言之,深挖民族传统文化之根,从中去概括和凝练出富有民族文化特质以及艺术品格的表达范式,并在此基础上进行多种文学叙事实验以及艺术探索,成为这一时期中国作家的不懈追求。在这其中,民族叙事语言无疑是反映民族因素最为具体而又生动的典型例证。也正是基于这样一种文化/文学背景,中国的本土作家们开始了对于民间语言文化的叙事实践。在这段时期比较具有代表性的作品主要有韩少功的《马桥词典》、刘震云的《故乡面和花朵》、格非的《边缘》、余华的《活着》《许三观卖血记》,以及张炜的《九月寓言》等作品。

关于九十年代小说中的语言所呈现的状态,基本有两种,"一种是传统的、规范的、为内容服务的;另一种是现代的、非常规的、自身独立性突出的"[1]。这种所谓传统的语言形式所沿袭的话语模式,即语言与思维之间的不可分割。而另一种现代的、非常规的基本形态,在相关论者看来又可分为两类:"一类是形式上返古;它只是在外部形态上返古,而在对语言本体地位的认识及语言美学意义的理解等方面均具有相当突出的现代性。主要代表有贾平凹和韩少功。再一类是前卫的:前有先锋派,之后的代表是新生代作家乃至'七十年代'以后作家。"[2]不得不说,这种概述已然触及了对九十年代小说中语言多样化探索的深层内核。然而论者关于九十年代小说中另一种语言基本形态的分析,

---

[1] 何明:《九十年代小说语言状态的哲学思考》,《写作》2000年第1期。
[2] 何明:《九十年代小说语言状态的哲学思考》,《写作》2000年第1期。

却值得进一步商榷。事实上,形式上的返古并非局限于从外部形态上返古。在语言的内在肌理等本体内部层面,作者也进行着某种努力与尝试。韩少功的《马桥词典》便是其中的重要代表,它从多个方面开启了对社会民间语言的叙述探索与美学追求。

韩少功的作品《马桥词典》,主要借鉴了南方某一被虚构的马桥村庄的方言进行小说艺术探索。作者创造性地将马桥的地方方言,与当地相关的民俗风土有机地结合起来,进而连缀成章。其中各个词条之间并非互不相关,而是具有某种程度的关联性。它们往往构成一个故事,并讲述了某一段历史。全篇小说糅合了文化地理学、文化人类学以及社会语言学等诸多元素,且融入了作者的叙事艺术实践。不仅如此,在小说中所出现的诸多民间日常用语,譬如"宝气"(实际上湖南长株潭地区就经常会用到该词,且与韩在文中表述的意思也很相近),更是从另一侧面提醒了读者关于对民间叙事语言文化的关注。在韩少功看来:"一块语言空白,就是人类认识自身的一次放弃、一个败绩,也表示出某种巨大的危险所在。语言是人与世界的联结,中断或者失去了这个联结,人就几乎失去了对世界的控制。"[1]也正是基于这样一种认识,韩少功在该部作品中虚构出了多个与马桥相关(或不仅限于马桥使用)的词条。譬如小说有个关于"贱"的词条,作者写道:"老人家互相见了,总要问候一句:'你老人家还贱不贱?'意思是你的身体还好不好。……在马桥的语言里,老年是贱生,越长寿就是越贱。尽管这样,有些人还是希望活的长久一点。"[2]作者紧接着在文中交代了这个"贱"字,后来在具体的方言记录中被替换成了健康的"健"字。上述这段对"贱"的描述十分生动,而由"贱"到"健",这其中实际也暗喻着人们的对未来生活的美好愿景,极富人文情感以及个体关怀。然而韩少功作品中所浸透和传达的主旨思想,却不仅限于此。《马桥词典》中还传递了一种对民族传统文化的坚持与守望。譬如作者在"醒"这一词条里,不但向读者讲述了

---

[1] 韩少功:《马桥词典》,作家出版社2009年版,第190页。
[2] 韩少功:《马桥词典》,作家出版社2009年版,第67页。

这一词出现在马桥的原因,还以此追溯了该词背后的历史渊源。小说写道:"在汉语的众多辞书里,'醒'字都没有贬义。"①直到后来,屈原发出了众人皆醉我独"醒"的呐喊。以自沉汨罗的举动,期待唤醒楚君。后来,人们在每年端午节的时候划龙舟,期待唤醒沉睡的诗人。如此一来,《马桥词典》不仅向读者很好地解释了作为词条意义的"醒"的内涵,而且进一步拓展了作为文化意义"醒"的外延,从普通字面意义上的"醒",到后来众人皆醉我独"醒"中的"醒",我们可以从中梳理出一条字根背后的民族文化发展的脉络线索。作为寻根文学的主将,韩少功不仅始终坚守着"寻民族文化之根"的使命,而且还亲身实践并坚守在文学创作的第一线。

在《马桥词典》中的"话份"一节,作者写道:"'话份'在普通话中几乎找不到近义词,却是马桥词汇中特别紧要的词之一,意指语言权利,或者说在语言总量中占份额的权利。"②进而言之,在小说中的"话份"实际上意指话语权利。一般来说,"握有话份的人,他们操纵的话题被众人追捧随……'话份'一词,道破了权力的语言品格"③。事实上,依据作者在文中的具体语境,"话份"一词所涉及的内涵与外延,绝不仅限于人与人之间交往过程中所产生的关系。它的引申意义还可以意指人与社会、人与自然,乃至国与国、地区与地区,以及发达国家与发展中国家之间在国际话语权等方面的争夺。如此一来,由马桥村庄习见的惯常民间话语,便引申至探寻人与人、人与社会以及人与自然之间关系的社会启蒙范畴。

有论者曾指出:"《马桥词典》对语言符号的探讨中也凝聚了韩少功对历史的沉思和悲悼、对人性的赞美与哀怜以及人类文化的反观与哲思等精神情感。……韩少功一直在启蒙文学的框架中孜孜不倦地担当着文学的启蒙责

---

① 韩少功:《马桥词典》,作家出版社2009年版,第35—37页。
② 韩少功:《马桥词典》,作家出版社2009年版,第141页。
③ 韩少功:《马桥词典》,作家出版社2009年版,第141页。

任。"①的确,当我们再次审视其文学创作,不难发现韩少功的这种启蒙立场由来已久。以其早期的寻根文学作品《爸爸爸》为例,我们无论是站在启蒙批判的立场对该作中所突显的文化现象及其背后的文化价值进行反思,还是从"语言和存在之间病象关系"②的视角对该作进行整体扫描以及散点透视,都可以看到,作者对民间语言叙事艺术的探索,以及基于叙事伦理层面的深层思考由来已久。这些也早已内化成我们解读该作,并且走进小说叙事主人公内心的一把钥匙。在文章的构思中,作者也有意识地通过对丙崽形象的多元刻画,对人们在传统文化中的某些固有思维方式进行了充分考察。不仅如此,韩少功也对小说中人们由于缺少正常思维方式而对丙崽顶礼膜拜的行径,进行了暗喻与讽刺。这一点实际上也是对村民愚昧并且缺失理性精神的一种深入批判。

回到文学界对这部《马桥词典》的评述与回应,当时也有论者指出:"韩少功以小说家的姿态敞开了一个迥然不同于普通话的语言世界。……马桥人是依据自己心中的词典生活的,而那些词语又规约了他们的心理乃至生存方式。"③进而言之,韩少功笔下的马桥及其马桥人,这两者所操持的乃是千百年来所沿袭的民间语言。这种语言不仅有着深厚的民间基础,而且在某种意义上也成为我们解读马桥人以及马桥文化的一扇窗。透过这扇窗,分明为我们呈现出了一种别样的言说体验以及叙事美学。

然而,即便是这些富有浓郁地域特色的日常用语,也并未被主流普通话语接纳或者沿袭,但它们却无疑以另外一种方式,丰富了中华文明自古以来"一体多元"的民族文化。换而言之,马桥的民间话语也在这种与外来文化不断的交互过程中获得了自身的主体性。譬如马桥人说"吃饭"的"吃"不是普通话说

---

① 叶淑媛:《人类学向度、文学新启蒙和文体创新——重论韩少功的〈马桥词典〉》,《现代中国文化与文学》2015年第1期。
② 叶立文:《言与象的魅惑——论韩少功小说的语言哲学》,《文学评论》2010年第3期。
③ 方长安:《对语言现代性的反思——韩少功的〈马桥词典〉新论》,《理论与创作》2002年第3期。

的"chi",而是"qia",但是它却拥有着一种专属于汨罗马桥这一地域的特有表达范式。应该认识到,当各个地域的话语方式都完全趋于统一的时候,也实际上是其地域自身特征逐渐被消解、蚕食乃至被泯灭的时候。究其原因,无非是追求趋同性,也往往意味着自我本体的不断消失。然而这种变化,势必会导致自我主体性的进一步消弭,甚至有可能会被完全同质化。因此从这个角度而言,《马桥词典》的创作,正是体现了作者对民族文化发展的深刻思考。尤其是在随着社会经济的不断发展,以及人们物质水平的不断提高的当代,在追求现代性的过程中忽视民间文化以及本土话语所造成的弊病也愈发明显。应该指出,韩少功的《马桥词典》在民间话语资源的深掘以及民间文化的弘扬等方面,都进行了充分的叙事实验以及艺术探索。

关于小说的语言探索,是我们解读韩少功及其笔下《马桥词典》中的一个重要维度。为此,有论者指出:"在《马桥词典》里,语言成了小说展示的对象,小说世界被包含在语言的展示中,也就是说,马桥活在马桥话里。韩少功把描述语言和描述对象统一起来,通过开掘长期被公众语言所遮蔽的民间词语,来展示同样被遮蔽的民间生活。"[①]可见,对民间叙述语言的熟谙和探索,在很大程度上已被作者融入具体的小说创作以及文本阐释之中。即便向读者解说这些民间话语的时候,采用了一些公众话语,但究其目的仍然在于突出强调马桥这一地域,尤其是其民间叙事话语自我的"主体性"。

因此,如果说韩少功的《马桥词典》是对民间语言文化的一次叙述实验与美学体验,那么刘震云的《故乡面和花朵》则是通过另外一种叙事方式对民间语言文化进行了多元探索。不同于传统的小说叙事结构,《故乡面和花朵》将叙事、议论以及抒情等创作元素有机地组合,并在其中融入了一种多元立体传统和现代相结合的模式。除此之外,这部小说还运用了书信、俚语、电传、歌谣以及附录等叙述形式,将全篇小说串联起来。从而赋予了作品更为深刻的内

[①] 陈思和主编《中国当代文学史教程》(第二版),复旦大学出版社2013年版,第373页。

涵。因此,该部作品的成功也得益于作品对叙事语言的拓展和深挖。然而这种延展,也绝不仅是一种单纯意义上的叙事策略。作者在打破传统小说创作固有技法之上,对小说艺术呈现效果进行了孜孜探寻。

张炜的长篇小说《九月寓言》主要讲述的是一群不停行走并追寻的人。这群人表面上看来似乎毫无目的,但实际上却在执着地追寻心中那盏永恒的明灯。即便是星火点点,也决不退缩。小说不仅寓言化了过去、历史并且展望了未来。首先,从《九月寓言》这部小说的脉络篇章而言,整部作品主要分为七个章节。每一个章节的名称也颇具有民间言语的色彩。在具体的叙述之中,作者也充分调动了诸多民间语言,为我们呈现出了别样的民间叙事。譬如在"夜色茫茫"这一章节里,作者写道:"大碾盘太沉重了,它终究留在九月的荒芜里。它是个永存的标记、长久的依恋。那时,只要吃饭就得寻它,所有的瓜干、杂粮都靠它碾碎,好做糊糊喝。全村的体面孩子都要在正午的阳光下蹲到碾盘上撒尿,让母亲看看它濡湿青石。"①这里的描写被赋予了某种生活的独特韵味。特别是"大碾盘""瓜干""杂粮""碾碎"这些日常生活元素的叠加,为全篇奠定了一个总体的民间叙事基调。再比如"黑煎饼"这一章节里写道:"每年九月都躲不开的雨啊。一地的瓜干眼看着半干了,哗啦啦一场雨落下来。全村男女老少都在雨中奔跑,嚷叫着,像求饶一样。雨停了,天上出彩虹了,他们还是站在地里,两脚沾满了黄泥。瓜干被雨水浸透了。太阳烤着湿地,水蒸气蒸着雪白的瓜干,半晌就该生出黑毛了。"②而这段中的"一地的瓜干""黄泥""雪白的瓜干""黑毛"等表述,都体现了张炜从民间汲取的创作素材与精神营养。特别是当雨突然降临,男女老少在雨中奔跑时的动作描写,以及后面两脚沾满了黄泥的叙述,它们从不同角度搭建起了一副九月乡间雨后的人文景观图。而在"少白头"这一章节:"长尾巴喜鹊、狐狸、鹌鹑、野獾,它们都等着月色下梳洗打扮,擦上花粉去喝老兔子王酿都老酒。据说老兔子王已经在荒滩上活了一百

---

① 张炜:《九月寓言》,作家出版社2009年版,第3页。
② 张炜:《九月寓言》,作家出版社2009年版,第42页。

七十二年了,如今只剩下一颗牙了。"①这段话语描写在叙述话语中加入了诸多民间神话传说,譬如老兔子王酿酒等。作者很好地将现实与虚幻相互交融起来,为这个看似平常普通的荒滩平添了几分灵气。

在"忆苦"这一章:

> 冰凉冰凉的雨水下个不停。树木给洗掉了绿叶,田野给洗去了藤蔓。冰凉的雨镪水一样狠喱,庄稼人可不喜欢。雨水又变成了雪面,大雪盖住了昏沉沉的土地和村庄。……他们都是出去找吃食的,在野地里奔跑,日头把他们晒得黑不溜秋。跑啊跑,头发晒鬈了,紧贴在头皮上,连小嘴唇都晒乌了,一张嘴小牙如白雪哩!渴了喝点脏泥汤,饿了可没有东西吃。小虫虫在地上爬,他们捏了吃进肚里疼得满地打滚儿。②

这段描写不仅突出了"田野""土地"和"村庄"这些看起来静止的民间人文景观。而且通过金祥的口吻,对过去的苦难进行了一次回顾。尤其是没爹没娘的孩子们,他们因为饥饿而在生命线上苦苦挣扎的描写,可谓撼人心魄。在这段描述中,出现了"喱""啊""黑不溜秋""打滚儿"等民间俚语,更是强化了作者的这一种书写民间的话语立场。作者紧接着在"心智"这一节开篇里,融入了诸多的民间因素和民间色彩。而"黑煎饼""红小兵的酒"以及"赶鹦"等特定意象的出现,还有"街巷的事迹"乃至"小村的秘史"等意象的提及,都在通过老年人对民间故事/传说的回顾之中娓娓道来,毫无逼仄之感以及斧凿之痕。在"首领之家"的这一章节:

> 秋天把树叶儿赶到沟渠里,一脚踩不透。多厚的叶儿呀,铺这么好,

---

① 张炜:《九月寓言》,作家出版社2009年版,第90页。
② 张炜:《九月寓言》,作家出版社2009年版,第127页。

还不是等咱躺上去？大旱天里，干涸的沟底茅草熟得也早，像白发哩。流浪人三三两两从南山上下来，背着黑乌乌的小布卷儿，男的牵狗，女的抱鸡。……光棍汉甚至带来了酒和咸菜，大家一边喝，一边讲着一个个村庄的轶闻和秘史。各种奇事让人激动，觉得生活充满希望。①

这段描述中不仅有对村庄景色的描摹，还将从南山下来的流浪汉作为主要的书写对象。作者通过对这一批在以往的文学作品中经常被忽略群体的深挖，也充分展现出他们身上所具有的乐观豁达的人生态度以及精神品格。当然，在这个书写过程中，作者同样采取的是一种民间话语以及"在民间"的书写立场。

而在最后一章的"恋村"里，文中写道：

年轻人用树皮把腰上的衣衫束紧，在田野上奔来跑去，抢镢头、推车子，吆喝声又粗又响。老人们在田边手打眼罩，满脸欢欣。这个季节没有人蹲在家里，年轻人一五一十全出来了。红小兵不紧不慢刨着瓜儿，前面就是宝驹赶鹦。她乌油油的辫子经过了漫长的春夏，如今又长了一截。"爸吔爸吔！"她一边割瓜蔓一边叫，镰刀一飞一飞，一溜儿年轻人直追上去。②

作者将这段极其富青春气息和生活味道的描写，放置于农村田野的叙述场景之中，让人仿佛阅读之后身临其境。特别是文中的部分动作描写，如"束紧""奔来跑去""抢镢头""推车子""吆喝声""打眼罩""刨着瓜儿""赶鹦""割瓜蔓"以及镰刀"一飞一飞"，均体现出了民间语言的生动形象以及丰富多元性的特点。

---

① 张炜：《九月寓言》，作家出版社2009年版，第199—200页。
② 张炜：《九月寓言》，作家出版社2009年版，第251页。

第三章 九十年代小说中的社会文化启蒙主题

在文章后记部分关于"融入野地"的那段自述,作者不仅从人与自然的关系出发,阐明了自己所坚持的民间话语立场,更是亮明了自身所秉持的社会启蒙叙述意旨。张炜写道:"只有在真正的野地里,人可以漠视平凡……一棵棵树就是这样生长的,它的最大愿望大概就是一生抓紧泥土。"[①]这种叙事语言的民间化,以及作品表达主旨层面的话民间,不由让人联想起莫言的《红高粱家族》中对红高粱的书写,以及阎连科笔下的"耙耧山脉"的描刻。以上这些作家作品笔下的文学地理,都无疑是一种对自然生命的敬畏与歌颂。也正是由于人与自然之间的密不可分,在某种程度上,以"野地""高密东北乡"以及"耙耧山脉"为代表的文学地理环境也成为作家笔下构建文学世界的关键。换而言之,以上这些文学地理坐标,一方面在某种程度上赋予了作者表达和阐释以无限的可能,另一方面,基于这种文学地理环境所创作出来的小说,也以一种整体出场的方式连缀成片,更加强化了作家笔下这种文学地理世界的影响深度与广度。从这个维度来看,也不难理解"高密东北乡"之于莫言,以及"耙耧山脉"之于阎连科的意义所在了。

作家莫言曾在其代表作《红高粱》里,讲述了余占鳌与九儿在高粱地里的野合。而阎连科也曾在"耙耧山脉"系列作品中,对先爷与土地之间那种深刻而又富有哲理的关系进行了诠释。此外,张炜也在《九月寓言》中对"野地"有着一种深深的眷恋,从以上作家关于人与土地之间亲密关系的书写中,可以看出人与自然之间的那种密切联系。尤其是作者在创作中所秉持的那种人与自我精神的解放,以及对土地的深深眷恋之情,让人肃然起敬。也正是这种对民间语言的不懈探索,赋予了张炜《九月寓言》的话语表达以更大的叙事张力。作者还在小说篇末坦言:"人需要一个遥远的光点,像渺渺星斗。我走向它,节衣缩食,收心敛性。……就为了精神上的成长。它在何方?野地是否也包括了我浑然苍茫的感觉世界?我无法停止寻求。"[②]张炜这种对自我内心的真实

---

① 张炜:《九月寓言》,作家出版社 2009 年版,第 295—305 页。
② 张炜:《九月寓言》,作家出版社 2009 年版,第 308 页。

剖白,以及对道德的苦苦寻觅,正代表了二十世纪九十年代知识分子的良知。或许作者要寻找的这种野地,就像无尽的彼岸一样。你只能无限地趋近,却永远无法真正地抵达。但这昭示着作者对自我心灵的敞开与澄明,亦是一种富有哲理的生存哲学。

融入民间大地,寻觅精神滋养,以此来对抗消费时代的人文精神的失落并捍卫知识分子的独立人格。有论者曾指出:"张炜在《九月寓言》中带有一个明显的情感意向——融入民间大地,在与民间的亲和、融合过程中,获得精神生长的力量,以抗拒当代社会给人带来的精神阻隔。"①进而言之,《九月寓言》在某种程度上体现了作者对文学的理性思考。当然,这实际上是作者用以对抗消费社会语境,对纯文学阵地蚕食的一种叙事反抗策略。通过对《九月寓言》中关于民间语言的深挖,以及基于民间叙事立场的考察,不难窥见推动小说叙事前进的背后是生命个体的内在动力。究其原因,张炜采取了一种深入民间,并且沉于民间的叙事立场以及言说姿态。他在阐释和言说的过程中,不仅充分融入民间的内在精神,而且也在具体的小说叙事技法层面上,很好地弥合了知识分子叙事与民间叙事之间的鸿沟,从而达到了艺术与技法这两种维度之间的和谐统一。有论者更是坦言:"《九月寓言》的基调,《九月寓言》的主旋律,是慨叹。《九月寓言》中,这个慨叹的叙事者已置身于小说的人物之中,与人物处于同一层面,与人物具有同样的情感,与人物具有同样的价值观念。"②这种评价,恰恰印证了张炜在《九月寓言》中所秉持的民间叙事立场,即一种放弃之前知识分子在小说创作中那种俯视一切的叙述姿态,而是选择真正嵌入人物内心并融入人物生活、站在同一层面相互对话的艺术创作手法。从这个角度而言,也不难理解作者笔下那种对土地的深深眷恋。正如有论者所言:"90年代以来,提倡'走向民间'的作家放弃了居高临下的姿态,采取尊重和理解的平

---

① 王光东:《民间的当代价值——重读〈九月寓言〉》,《文艺争鸣》1999年第6期。
② 王彬彬:《悲悯与慨叹——重读〈古船〉与初读〈九月寓言〉》,《当代作家评论》1993年第1期。

等视角,充分感受民间世界的丰富、博大,把民间大地视作自己灵魂的栖息地。"①由此可知,这种向"民间"自觉转向,一方面暗合着作为叙事主体由"知识话语"向"民间"底层话语的嬗变,而另一方面,也与文学的实际表达以及精神向度的深度阐发有着密切联系。正如有论者曾在评述二十世纪九十年代以来小说作品中所突显的启蒙现代性时指出:"90年代以降的启蒙精神的转向和延续不仅在批评界得以言说,而且以更加深层的方式在文学创作中延续着。《九月寓言》《马桥词典》等长篇力作中依然历历可见作者百折不悔的启蒙立场。"②可以看出,在九十年代的消费语境之下,即便是面临着作家分化以及商业化写作的侵扰,仍然有部分作家以笔为旗,他们始终延续着"五四"时期以来,知识分子的启蒙精神以及启蒙姿态。

如果说张炜在九十年代推出的《九月寓言》,被视为对民间语言艺术的一次探索与尝试,那么格非笔下的《边缘》可谓其进行叙事实验的重要代表。格非的小说《边缘》,主要以一位老者的返溯性视角结构全篇。作品通过故事主人公"我"的视角切入,进而展开叙述。可以看到,整部小说由一个个不同的故事组成,比如"道路""麦村""我失去了父亲""小扣""阴影"等,故事与故事之间的排序也并非遵循一般的秩序,而是选择打乱、重组,并将相关的素材进行了对调。因而当读者阅读的时候,可能遇到紧接着的下一段并未让情节接踵而至的情况。情节以一种乱序的形态,呈现在小说的篇中或者篇末。即便如此,格非的这种篇章排布以及叙事探索,却丝毫未曾影响到受众实际的阅读体验,反而这种叙事模式极大地调动了读者的阅读兴趣。值得一提的是,格非在《边缘》中所使用的民间叙事语言,取自乡村里常见的图景,比如在"麦村"中的这段母亲对"我"说过的话:"'这里的气候太潮了,'母亲对我说,'这些发霉的稻草里都长出了虫子,到了晚上,它们就会顺着床沿爬到你的脸上来。'我看见了

---

① 李松岳:《对"走向民间"的再反思——以〈九月寓言〉和〈心灵史〉为例》,《江西社会科学》2009年第2期。
② 陈力君:《代言与立言:新时期文学启蒙话语的嬗变》,浙江大学出版社2007年版,第53—54页。

那些肥胖的土鳖和深棕色的硬壳虫,它们在被压扁的稻草秆上爬来爬去。"①作者采用了一种民间的叙述立场,将上述这些意象连接起来。除此之外,从文中对民间场景的布设和安置来看,它也充分体现出了作者对民间叙事语言的熟稔。

关于格非在《边缘》中使用的语言策略,有论者曾指出:"《边缘》在语言上也有新的探索。……他的语言既不同于苏童的轻灵、余华的凝重,也不同于孙甘露、吕新的玄奥艰涩,而是呈现出一种梦幻般的纯净和透明。"②进而言之,格非在《边缘》中所运用的叙事语言融多种叙事特色为一体。作者在充分发掘民间的基础上,也尝试了从多个层面进行叙事实验。而这种基于民间生存体验之上对叙事语言的探索,也在很大程度上构成了格非个体的叙述特点。

刘震云的《故乡面和花朵》(四卷本)共计两百万字,历时八年之久,最早由华艺出版社于1998年9月首版,该作推出之后曾一度被视为世纪之交的精神长篇小说。如果单从叙事手法以及叙述主题呈现而言,作品采用一种不同于传统小说线性以及板块叙事而直接将时空交叉组合。作者杂糅进叙事与议论的元素,并在其中融入了歌谣、书信以及俚语等多样化等叙述语言。刘震云充分调动了自由联想,以及浪漫想象等诸多意识流的元素,并将故乡延津的"老庄"置于整个世界大舞台之中展开叙述,呈现出了别样的叙事效果。

从某种程度而言,刘震云《故乡面和花朵》中最显著的特色在于对社会民间语言的运用。尤其是作者别出心裁地融入了诸多民间叙述因素,这一方面不仅拓宽了该部小说的叙述视野,另一方面也极大地丰富了作品的表达内涵。比如作者在第一卷中设置的章节标题分别为"丽晶时代广场""瞎鹿叔叔""孬舅发给我的传真全文""小麻子和六指""冯·大美眼与我";第二卷为"打麦场""基挺·米恩与袁哨""瞎鹿和巴尔·巴巴""俺爹和白蚂蚁""莫勒丽和女兔唇"

---

① 格非:《边缘》,上海文艺出版社2013年版,第5页。
② 吴义勤:《超越与澄明——格非长篇小说〈边缘〉解读》,《小说评论》1996年第6期。

"第二孬妗写给我的三封信""刘老孬回忆录""披头士时代""一块石头、一副剃头挑子和一只猴子的对话"以及"收拾河山待猪蛋"。从中可以看出,作者对小说章节标题的选取并非参照传统的模式,而是具有一定的主观"随意性"①。从小说中那些具有诗意化的语言,或是前后章节具有逻辑关系的表述中不难窥见作者的叙事策略。在有关研究者看来,运用反讽叙述是刘震云这部作品的最大特点。该论者指出:"反讽叙述作为一种与此前叙述风格顺向的突破,成为《故乡面和花朵》叙述特征的重要层面。"②概而言之,这种反讽的艺术手法不仅迎合了作者意欲表达的主题思想,而且也在某种程度上更加促进了话语模式的生成。也有论者试图从反乌托邦的视角,对这部作品进行总体评析。在该论者看来:"《故乡面和花朵》所摹写的是历史的日常生活化和俗化。是一种淡化历史的时间因素,而重视历史本身的民间性质与生活内容的方法。"③毫无疑问,这种摹写历史的日常生活化与俗化,实际上依托的是作者对民间语言的熟稔,以及在实际的书写过程中所秉承的社会启蒙意识。有论者坦言:"刘震云想开辟一条语言的新路……使表达呈现出彻底陌生化的语义张力效果。"④该论者所谈及的语言的陌生化效果,实质上并非一种对现代白话的悖理。恰恰相反,刘震云在这部作品中运用了大量的民间叙事语言,特别是创造性地将电报、书信、回忆录以及对话等融入小说叙事之中,打破了之前传统小说叙事语言的固定框架。作者也在这种叙事中逐渐获得了自身表达与阐释的主体性。如果说语言是一种交往的工具,那么思想便是彼岸的抵达。因此语言的组合以及叠加,其终极目的是传播思想。著名语言学家乔姆斯基也曾指出:"没有语言,就没有思想。"⑤回到《故乡面与花朵》的文本叙述,该部作品充分将社会民间语言调动起来,并在将丰富的民间资源进行组合的过程中获得了自

---

① 刘震云:《故乡面和花朵》(卷二),华艺出版社1998年版,第1页。
② 傅元峰:《一种被推向极致的反讽叙述——试读〈故乡面和花朵〉》,《小说评论》2000年第4期。
③ 郭宝亮:《反乌托邦:〈故乡面和花朵〉试解》,《小说评论》2000年第4期。
④ 宫东红:《反思与突围——读刘震云〈故乡面与花朵〉》,《当代文坛》2000年第2期。
⑤ [法]弗朗索瓦·多斯:《解构主义史》,季广茂译,金城出版社2012年版,第13页。

身的话语资源。

小说《许三观卖血记》与《兄弟》,可谓余华带给中国当代文坛的重要收获。以往学界或集中于对其小说"叙述模式以及叙事结构"①的解析,或从底层叙事以及"平民视角"②的阐发维度进行考察,然而却忽略了从社会民间语言启蒙主题的视角进行切入。事实上,余华的《许三观卖血记》以及《兄弟》这两部小说之所以能够产生这样的叙事效果,其中最重要的原因便在于余华本身对民间叙事话语的熟悉,以及对民间叙事语言的灵活运用。

有论者曾提出过"欣赏文学就是欣赏语言"③的著名论断。的确,在余华的《许三观卖血记》中,可以看出作者对小说叙事语言的重视。比如在小说开头部分的那段许三观与他爷爷的对话:

"我儿,你的脸在哪里?"许三观说:"爷爷,我不是你儿,我是你孙子,我的脸在这里……"他爷爷问,"你爹为什么不来看我?""我爹早死啦。""我儿,你身子骨结实吗?""结实。"许三观说,"爷爷,我不是你儿……"他爷爷继续说:"我儿,你也常去卖血?"许三观摇摇头:"没有,我从来不卖血。"④

由此可见,余华所采用的问答的叙述方式,乃是基于平常习见的对话用语,这种对话用语看似普通日常,但勾连、搭建起了整部作品的叙述线索,并很

---

① 参见余玄:《重复的诗学——评〈许三观卖血记〉》,《当代作家评论》1996 年第 4 期;张闳:《〈许三观卖血记〉的叙事问题》,《当代作家评论》1997 年第 2 期;李今:《论余华〈许三观卖血记〉的"重复"结构与隐喻意义》,《中国现代文学研究丛刊》2013 年第 8 期等。

② 参见张琰:《以生拒死,以死求生——〈活着〉〈许三观卖血记〉的生存哲学》,《东疆学刊》2003 年第 4 期;王达敏:《民间中国的苦难叙事——〈许三观卖血记〉批评之批评》,《文艺理论研究》2005 年第 2 期;宋剑华、詹琳:《〈许三观卖血记〉:荒诞而真实的苦难叙事》,《齐鲁学刊》2012 年第 2 期;高春霞:《乡村文学本真的平民生存叙事——以余华〈活着〉〈许三观卖血记〉为例》,《西昌学院学报(社会科学版)》2013 年第 3 期等。

③ 王彬彬:《欣赏文学就是欣赏语言》,《当代作家评论》2018 年第 4 期。

④ 余华:《许三观卖血记》,作家出版社 2008 年版,第 2—3 页。

好地推动了小说故事的发展。不仅如此,这种直白的语言给了读者营造出了一种现实的在场感。让人仿佛置身小说的对话与叙事之中。除此之外,余华在《许三观卖血记》这部作品里还运用了的大量排比以及对偶句式。这些句式的运用,从整体上给全篇文章营造出一种具有叙述力度的言说效果。

再譬如小说的第七章,作者写道:"许三观经常对三乐说:'三乐,你走开……';许玉兰也经常对三乐说:'三乐,你走开……';还有一乐和二乐,有时也说:'三乐,你走开……'。"[①]类似这样民间口语话的排比句式,在余华这部小说中随处可见。显然,作者在创作的过程之中充分地调动了民间的话语资源。特别是作者擅长通过运用这种大众化的语言形式,在无形之中也为读者的品读平添了一种亲切感。

而在余华另一部作品《兄弟》中,作者也同样采取了这种叙事策略。《兄弟》主要讲述的是一个组合大家庭里的悲欢离合。李光头尚未出生的时候,他的父亲就因为偷窥女人而不幸跌落粪坑溺死,其母亲怀着一种羞愧的心情带着李光头独自生活。直至李光头六岁的时候,她的母亲才与丧偶的宋钢父亲宋凡平结合。这一年,宋钢也只有七岁。如此一来,李光头便与宋钢成为了异母异父的兄弟。然而好景不长,随着宋凡平被迫害致死,宋钢被送去乡下与爷爷一起生活,李光头则和体弱多病的母亲一起相依为命。至宋钢的爷爷与李光头的母亲相继去世后,这对异姓兄弟成了最亲密的家人。

余华将作品的叙述背景放置于二十世纪六七十年代。小说的叙事时间从六七十年代跨越至后来的改革开放初期,国家实现由商品经济向市场经济转换的时期。而推动整部作品的叙述动因,则紧紧围绕着李光头与宋钢之间的兄弟情谊,以及李、宋与在早年被李光头偷窥的女主角林红的感情纠葛而展开。如作品所言,长大之后的李光头进入了福利厂当工人,后来一直做到了厂长的位置,而宋钢则进入了五金厂成为一名普通工人。作为弟弟的李光头外

[①] 余华:《许三观卖血记》,作家出版社2008年版,第51页。

向激情的性格,与作为哥哥宋钢内敛儒雅的品质形成了鲜明的对比,而林红也更喜欢哥哥宋钢的平实稳重、温文尔雅。在经历一系列波折之后,宋钢与林红喜结秦晋之好。在工作上如鱼得水却在争夺爱人的过程中失败的李光头,则采取结扎的办法向自己的爱情表明忠贞。李光头后来辞去了厂长职务并投身商海,但初来乍到的李光头对当时的市场形势并没有一个准确判断。他集资筹办服装厂的计划失败之后债务缠身,靠着兄弟宋钢的救济勉强度日。后来,他跑去大闹政府部门要求恢复其厂长待遇身份未果,于是用垃圾堵住了政府的大门。富有戏剧性的是,靠收破烂发迹的李光头竟然成了破烂大王。紧接着,他还开始经营跨国业务,并包揽了县城旧城改造的所有项目,成为政府的座上宾。

与李光头经商大获成功相比,宋钢所在的五金厂倒闭后,他沦为了一名下岗工人。风光之后的李光头,面对不断有人上门妄称怀有其私生子的女性,向她们出示了当年为表示对林红爱情的忠贞而特地去医院结扎的结扎证。而下岗后的宋钢,先后干过码头搬运工以及水泥厂装工等底层苦工。后来,李光头突发奇想举办了全国性的选美处女比赛。而宋钢则是戏剧性地开始做起了售卖处女膜,以及增强丸的生意。为此,宋钢甚至不惜亲自丰胸,远赴海南做起了丰乳贴的买卖继而猛然发现自己的妻子林红早已和兄弟李光头生活在一起,不禁心灰意冷而选择了卧轨自杀。

以上内容是该部长篇小说的故事梗概。可以看出余华在《兄弟》这部作品里,无论是小说故事情节的设置,还是人物线索的梳理以及主题的彰显等层面,都充分体现出一位成熟小说家所具有的艺术探索能力。事实上,透过余华的这部作品,我们不难发现该作之所以题名为"兄弟",在于作者将李光头与宋钢做了某种对比性阐释。在这其中,作者有意地将兄弟二人置于九十年代由商品经济向市场经济转型的大背景中。其结果是果敢勇闯的李光头不仅收获自己的事业,还从兄弟宋钢的手中抢夺了自己的梦中情人。生性儒雅、敦厚老实的宋钢,后来不仅面临着失业的压力,而且还忍受着兄弟夺爱的痛苦。他因一时找不到出路而选择了自杀。如果从社会伦理的角度而言，李光头在小时候便和其父亲一样，是一位行为不检点、偷窥过女厕所的人。走上工作岗位之后，李光头也并未按部就班地在福利厂安心工作。而是在一次失恋后，毅然辞去厂长职务准备创业。作为兄弟的宋钢却并未萌生砸掉饭碗、另谋出路的想法。宋钢没有看到市场经济的大潮，以及自己所在的厂子很有可能在新一轮的发展中被淘汰。故而当宋钢真有一天下岗被裁，手足无措之中也只能够选择去码头做搬运工等体力活。可以看出，这兄弟二人的性格也决定了他们今后的命运。作为社会人的宋钢，遵守纲常，他在兄弟受难的时候伸出援助之手。然而李光头却抢夺兄弟之妻，可谓对纲常社会伦理的一种莫大讽刺。

以上是从小说的主题内容，以及叙事线索等方面对余华小说《兄弟》进行的评析。然而这部作品给人的最深印象，无疑在于通过小说这种文学体裁对民间叙事语言的运用和探索。譬如小说中对宋钢、李光头与林红之间爱情纠葛的一段叙述。作品写道："宋钢是当时的好青年形象，他总在手里拿着一本书或者杂志，文质彬彬风度翩翩，见到有姑娘看自己一眼就会脸红。李光头死缠烂打追逐林红时，宋钢都在一旁。……李光头追求林红追得满头大汗，不知道林红已经暗暗看上了一声不吭的宋钢。"[1]从这段话可以看出，作者所采用的是一种基于日常口语化的民间书写，而且这些大众话语习见于我们的日常对话以及叙述之中。因此当我们读到作品的时候，也丝毫不会觉得突兀，而是感到十分亲切，娓娓道来。从以上这段描述，也可以看出相较李光头对自己死缠烂打，林红更青睐宋钢的沉稳与儒雅。

关于这部作品的主旨，笔者认为可以从宋钢卧轨自杀之前写给李光头的那封诀别信中窥见一二。宋钢写道："李光头，你以前对我说过：就是天翻地覆慨而慷了，我们还是兄弟；现在我要对你说：就是生离死别了，我们还是兄弟。"[2]由宋钢诀别信可以看出，他是一位重情义且善良的好人。先是面对命运

---

[1] 余华：《兄弟》，作家出版社2008年版，第275页。
[2] 余华：《兄弟》，作家出版社2008年版，第606页。

的安排,宋钢并没有丝毫抱怨,他庆幸自己在短暂的生命里得到过林红的真爱,也感受过家庭的温暖。其次他对兄弟李光头始终怀有一颗悲悯之心,无论其贫困潦倒还是飞黄腾达,即便是知道了李光头与自己的妻子有染也始终将其视为家人。显然,作者在小说里将宋钢这一人物形象进行了神性书写(现实中很难出现此类人物)。一方面,作者赋予了宋钢善良儒雅的品质,另一方面又赋予了他某种超越社会伦理之上的情感。就连李光头最初得知自己的兄弟可能也爱上了自己追求的林红时,也不忘说道:"宋钢,我们是相依为命的兄弟,你明明知道我喜欢林红,你为什么也要喜欢她?你这是乱伦啊!"①可偏偏造化弄人,宋钢和林红喜结连理。直到后来,李光头飞黄腾达,宋钢穷困潦倒还远赴海南售卖丰乳贴的时候,李光头不顾一切得到了梦中情人——作为嫂子的林红。然而得知真相后的宋钢,如文所述:

> 脑海里杂乱无章,周不游的话和赵诗人的话已经让他感到发生了什么,一个是他曾经相依为命的兄弟,一个是他挚爱永生的妻子,他没有勇气往下去想。混沌了七天后,宋钢的思维终于清晰了。……林红不应该嫁给他,林红应该嫁给李光头。这样一想,宋钢突然释怀了。②

由此可见,宋钢对李光头和林红媾和的认识,实际上经历了一个由不知所措到逐渐清晰的过程。上述对宋钢内心心理活动的描写,也较为符合特定情形下人物形象的真实心理,以及真实的人物性格塑造。当然,我们亦可以从中窥见作者对民间叙事语言的熟谙,以及对相关话语的灵活把握与灵活运用。

从总体而言,在九十年代小说中的社会文化启蒙主题,尤其是在对民间语言叙事艺术的探索这一视阈,比较具有代表性的小说有韩少功的《马桥词典》、刘震云的《故乡面和花朵》、张炜的《九月寓言》、余华的《许三观卖血记》以及格

---

① 余华:《兄弟》,作家出版社2008年版,第281页。
② 余华:《兄弟》,作家出版社2008年版,第587—590页。

非的《边缘》等。以上这些作家,从不同的叙事层面对民间语言进行了充分的提炼、深挖和运用,从整体上为这一时期的社会文化启蒙主题平添了一种别样的美学风格。而对民间语言叙事艺术的探索与深挖,也反过来促进了这一时期小说的发展以及文学的繁荣,这是一个双向的过程。

第四章　九十年代小说中的生态启蒙主题

　　九十年代小说中的社会启蒙主题,除了对这一时期小说中的社会制度启蒙主题、社会伦理启蒙主题以及社会文化启蒙主题的考察之外,也包含对生态启蒙的关注与思考。有论者曾指出:"在现代世界中,精神与肉体、人与自然之间的割裂产生了一种新的瘾嗜:我们的文明实际上对消耗地球上了瘾。人与世界的交流能提升人的精神,但我们却远离了这种交流,而工业文明的喧嚣又掩盖了人类深刻的孤独。"[①]进而言之,对九十年代小说中的生态启蒙主题的探究,主要是从人与自然关系的层面着手去深掘该时期创作中书写生态反映社会启蒙的作品。如果以二十世纪九十年代中期为界,实际上可将这近十年的生态启蒙书写大抵分为前后两个时期。在九十年代前期,文学界关注的焦点主要集中于对环保题材的关注与聚焦,尚未达到探索生态尤其是人与自然关系的深层内核。紧接着,九十年代中期是以自然环境恶化为核心的书写。而这一时期的不少作家,也将自身的创作视野自觉地聚焦于该时期的自然环境恶化等相关题材,这也构成九十年代小说创作中生态启蒙的第二个维度。特别是到了九十年代中后期,随着经济水平不断提高,以及环境污染等问题的进一步加剧,作家创作中对人与自然和谐共生的深度阐发日益明显,对人地和谐共生的呼求,也成为这一时期生态启蒙的重要叙事导向。

---

　　① [美]阿尔·戈尔:《濒临失衡的地球——生态与人类精神》,陈嘉映等译,中央编译出版社1997年版,第190页。

第一节　对环境保护题材的关注与思考

随着二十世纪九十年代市场经济的飞速发展，人类从自然中过度索取资源以谋求经济短期发展的例子数见不鲜。从哲学的视角而言，这实际上是一种没有认清任何事物之间都是普遍联系的体现。有论者曾指出："在人与自然关系上主客二分的思维方式，就认识论和价值论而言，认识到自然物作为客体的有用性，然而，这种思维方式的不足也明显存在——没有认识到自然作为人的栖居与生产之处，与人类所具有的一种共生关系，即人与自然所有的生态系统关系。"①这种杀鸡取卵以及破坏人与自然和谐的例子，被敏锐的作家捕捉并运用于对自身作品的创作与阐释中。当我们再次回溯中国古代先哲关于人与自然之间关系的论述，不难窥见，人与自然的和谐一直是其中的重要叙述中心以及阐释要旨。有论者曾指出："就人和自然的关系而言，我们大概可以用'人与天地万物为一体'来概括中国人的基本态度。"②也正是秉承这样一种社会启蒙思想，九十年代的诸多作家自觉地将创作视野聚焦于人与自然关系的书写，并在此基础之上，进行了诸多创作阐释以及文学实践，譬如张炜笔下的《怀念黑潭中的黑鱼》、郭雪波的《大漠魂》，以及石舒清的《锄草的女人》等作品。

张炜的小说《怀念黑潭中的黑鱼》，最早发表于《上海文学》（1995 年第 7 期）。这部作品主要讲述了传说中黑潭里的水族与年老夫妇之间的故事。从整体而言，全篇小说颇具神话色彩，引人深思。小说故事里经常在老头子梦中出现的湿漉漉的老者，实际上是黑潭中水族的化身。水族从外地迁徙至此，它们通过托梦的形式，向老头表达了希望在此安居的愿望。作为回报，水族则答应每天都会为老夫妇准备一桌上好的饭菜，并且提供纸币现金等作为报酬。然而好景不长，面对捕鱼人的诱惑，老夫妇却违背了昔日在梦中对湿漉老者的

---

① 龚群：《社会伦理十讲》，中国人民大学出版社 2008 年版，第 408 页。
② 余英时：《中国思想传统的现代诠释》，江苏人民出版社 1995 年版，第 21 页。

诺言。他们不仅背信弃义,还告知了捕鱼人黑潭通往地下室之间的秘密通道。如此一来,捕鱼人得以将黑潭水的源头封堵住,进而将水族一网打尽。在老夫妇的告密之下,黑潭中的黑鱼被一锅端,水族损失惨重。后来,湿漉老者再次在梦中向老头表达了愤慨与不满,夫妇二人在水族的谴责之下先后离世。直至最后,黑潭彻底消失,仅仅封存于"我"的记忆中。关于黑潭的由来,小说曾有过一段神话般的描述。在篇末,文中的第一人称叙事主人公"我",也试着去寻找水族最后迁移的方向,最后得出它们可能迁移到大海的结论。这篇小说其实表达了一个关于人与自然和谐共处的主旨。如果贪得无厌、一味地向大自然索取,人类总有一天会自食其果。

关于该部作品的评论,有论者曾指出:"《黑潭中的黑鱼》从对人类欲望的极力批判、反观自身的忧患意识和对自然家园的守望这三个方面,表达了作者对人类自身和对人与自然关系的深刻思考及其忧患意识。"[1]进而言之,张炜通过对生态的书写,体现了他对社会经济发展中的生态环境以及生态平衡的担忧。这也是一位严肃作家对社会启蒙的使命感与责任感。应该指出,"融入野地"是张炜在上世纪面对消费文化浪潮,以及文学世俗化的严峻形势下所开具的一剂良药。张炜从自然与大地之中获取了这剂良药的药引。那种深植于土地的情感,以及对故土的深深眷恋,也成为张炜从事文学创作,以及获取文学精神养分的不竭源泉。

有论者也曾谈到:"与张承志皈依宗教不同,张炜把广袤的'野地'作为自己生活的根基和获取精神力量的不竭源泉,把人与自然作为文学思索的焦点。"[2]正是因为这样一种基于人与自然关系紧密的认知,张炜的自然书写不仅是对文学精神的探索,更是二十世纪九十年代的启蒙叙事,它寻找到了某种富

---

[1] 孙春风:《怀念:深藏在心中的守望——论张炜小说〈怀念黑潭中的黑鱼〉的生态思想》,《牡丹江大学学报》2008年第10期。
[2] 张治国、张鸿声:《启蒙的变异与坚执——20世纪90年代中国文学的一个侧面》,《江汉论坛》2006年第6期。

有社会启蒙特质的言说姿态以及话语模式。"融入野地"这种叙述姿态,俨然已经成为张炜笔下自然生态理念的一种最好阐释。

如果说张炜是以一种"融入野地"的方式,去自觉抵制消费文化对纯文学的袭扰,以便寻找滋养文学永久性的源泉,那么郭雪波则是以一种虔诚的态度去执着地刻写西部龟裂的大地。郭雪波在《大漠魂》的开篇有一段对多个民族一起祭祀祈雨场景的描写,场面宏大、颇为精彩。小说从宗教祭祀、民俗文化以及风土人情等多个方面,为读者展现了一幅中华民族多元一体的美好图景。文章开篇写道:"几百双光脚板,疯狂地奔踏在一篇炽热的沙土上。烈日炎炎,沙土滚烫。可这些个男男女女的光脚板,踩踏在这滚烫的流沙上,却似乎没有感觉,随着一旁的阵势奇特的伴乐不停地踏动扭摆。"[①]如果后文不交代这是一次祈雨仪式,很难想象究竟需要多大的耐力与勇气,在背灼炎天光的时候以血肉之躯踩踏滚滚热沙。由此可见,人在自然面前是如此地渺小。如文中所述:"这是发生在哈尔沙村的规模较大的一次祭沙祈天求雨活动。……然而,那年罕见的旱灾中,村里有五十一人饿死,两百多人逃荒,剩余的十五户人家和整个村落被沙埋进了地下。原来的哈尔沙村消失了。"[②]从这段描述,也可从另一视角看出当地自然条件的恶劣,以及人们面对自然灾害时的苍白与无力。究其原因,正是人类活动对自然环境的破坏。这种破坏也在很大程度上造成了土地的沙漠化,绿洲的消失反过来使得人类自身的生存环境受到了进一步威胁。因为土地被荒芜,草场的不断退化,对当地的气候生态系统也造成了不可逆的影响。也正是基于一种对西部龟裂大地的眷恋之情,郭雪波希冀通过自己的笔触,以便唤醒人们对自然环境保护以及生态和谐的重视。为此,作者聚焦于西部的自然以及人文景观,并在书写的过程中融入了对这片土地深层的爱。

正如有论者言:"在长期以来的文化传统中,人类在面对自然时习惯以主

[①] 郭雪波:《大漠魂》,中国文联出版社2001年版,第11页。
[②] 郭雪波:《大漠魂》,中国文联出版社2001年版,第14页。

宰和征服者自居……在人与自然这一话题上,郭雪波的作品发出了别样的声音:自然本身是有审美性和生命力的存在,而不只是人类奴役和征服的对象。"①因此,当我们再次审视其笔下的小说创作以及自然书写,作者对西部小说主体精神的弘扬其实早已深植于心。这种对自然本体的尊重,也在潜移默化中内化成小说创作的一种特定元素与叙述肌理。因而当我们翻开郭雪波的文学作品,我们会看见,无论是从他早期在《沙狐》等中短篇小说中对人与自然之间关系的思考,还是在《沙漠狼孩》等长篇小说中对人与自然以及人与社会之间双向互动的深度阐发,书写自然及其相关题材,并在此基础之上的人与大自然之间的关系,俨然已成为郭雪波小说阐发的重要维度。作者也在这种对自然题材的持续关注之中,逐渐探索到了生命的真谛。他通过自然书写的这种方式,站在了人与自然之间生态关系的层面,深入关注并拓展了生态启蒙的内涵与外延。

除上述作家之外,西北宁夏的作家石舒清笔下的自然叙事,以其空灵而又质朴的艺术美学特色而独具一格。石舒清的《锄草的女人》②,最早发表于《青岛文学》。在这部作品里,石舒清将笔触聚焦于一位西海固地区锄草的妇女。作者并不旨在刻画她的锄草过程,更重要的是营造出一种人与土地,以及人与自然之间的那种和谐共生的美感。在行文之中,身为作者的"我"也深深地因妇女与土地之间那种相互信任,以及相互哺育的和谐关系而倍感惊叹。作者的潜意识不断随之游走。这篇小说意在提醒人们,在人类改造自然的过程中,如果遵循自然规律便会得到自然的回馈和滋养;反之,如忽略环保以及破坏生态,只会遭到大自然的惩罚。石舒清笔下所塑造出的妇女形象,往往具有一种善良、质朴以及勤劳的可贵品质。回溯其文学创作历程,无论是在《果院》中对耶尔古拜这一形象的刻画,还是在《留守》里对旦旦媳妇性格的细致描摹,石舒清的刻画,往往生成一种具有吃苦耐劳的精神品格的妇女形象。而且在某种

---

① 李玫:《郭雪波小说中的生态意识》,《内蒙古民族大学学报(社会科学版)》2005年第1期。
② 石舒清:《锄草的女人》,《青岛文学》1995年第2期。

程度上，她们成为西海固精神的"负载者"①。有论者指出："果院是一个封闭的空间，却是现实与回忆交融之处，剪枝活动作为人与自然、人与人沟通交流的途径，是生命经历的重要组成部分。耶尔古拜的女人心灵敏感而丰富……除了人与自然，人与人之间的关系也是诗意的。"②换而言之，在石舒清的笔下，无论是人与人、人与社会，还是人与自然之间的关系，无不洋溢着和谐与静谧的美感，这得益于作者对西固海精神气质的独特领悟。这种理解，不仅是作者从空间物理的视角出发，对当地人文地理环境的一种熟稔，而且也是一种站在精神时间的维度去歌颂那群尽管身处贫瘠土地却依然保持着最原始本色人们的生动写照。

随着石舒清的小说《清水里的刀子》《果院》分别荣获第二届"鲁迅文学奖"（2001年）以及《人民文学》短篇小说奖（2005年），石舒清及其文学创作俨然成为宁夏回族，尤其是西固海那篇贫瘠土地上生发出来的精神象征。这亦是继张承志的哲合忍耶书写之后，对西固海文学地域版图书写所达到的另一高度。然而石舒清的书写，从根本上而言仍是一种对生态启蒙的呼唤。她站在理性启蒙的维度，对人与自然之间关系进行深入探寻。人生究竟在寻找什么，又到底探寻着怎样的存在？这是以石舒清为代表的一批作家在对宗教与人生之间关系的不断追索之中，所亟待回答并且解决的关键问题。因此，从生态启蒙的环保视阈这一维度去探寻张炜、郭雪波以及石舒清笔下的生态书写，不仅是从物质层面去凝练生态启蒙的内涵，更是从精神层面去拓展生态启蒙的外延。

第二节 对自然恶化现象的书写与聚焦

如果以二十世纪九十年代中期为界，按照历时性发展的维度来划分，九十

---

① 马梅萍：《西海固精神的负载者——论石舒清笔下的女人》，《民族文学研究》2011年第6期。
② 刘勇：《评石舒清〈果院〉》，《文艺理论与批评》2006年第1期。

年代小说中的生态启蒙主题大抵可以分为前、中、后三个时期。前期主要关注的是对环保题材的深入阐发；中期则是以自然环境恶化为核心的创作；后期是将研究视野聚焦于探索人与自然之间和谐共生的互动关系。在九十年代中期具有生态启蒙特质的文学作品中，陈继明的《在毛乌素沙漠南缘》、雪漠的《狼祸》以及张抗抗的《沙暴》等作品是重要代表。这一批小说作品不仅极大地拓展了九十年代小说中有关生态启蒙书写的广度与深度，而且也在某种程度上引发了人们关于人与自然之间学理层面的深入思考。

首先，陈继明的小说《在毛乌素沙漠南缘》主要以第一人称为叙事主体，讲述了"我"在毛乌素沙漠南缘的盐池县马儿乡支教的故事。作为毛乌素沙漠南缘马儿乡的一个"闯入者"，作品中的第一人称主人公"我"带着好奇的眼光打量这座地处沙漠南缘的马儿乡。因为是小说叙述主人公，"我"的所见所感所思便自然构成了推动该部作品故事情节发展的叙事动力。在故事开篇，有一段对当地恶劣生存条件的书写，给了读者一个关于毛乌素沙漠的直观印象。文中写道："车过吴忠不久，公路进入大片的丘陵区，不少地方被沙化了，形成形态各异的沙丘、沙梁。常常可看见被流沙埋掉的村庄的遗迹，如残垣、枯树。"[1]这段自然描写，让初来马儿庄的"我"印象深刻。如果说这还只是对马儿庄自然环境恶劣的一种外观描述，那么"我"刚到支教点的那天晚上，便切身体会到了这一点。文中写道："半夜，我感到口干舌燥，呼吸艰难，醒来后发现一嘴沙子，抬头的时候，感觉有沙子从额头和鼻梁上滑下来。仔细一听，外面有一种声音：浑浊、宽广、低沉，令人心惊，不像是刮风，倒像洪水在泛滥。"[2]由之前的视觉感官到自身的亲身经历，作者采用一种层层深入的叙述视角，仿佛带着读者一起去亲历当地恶劣的气候条件，以及在当地长期从事生产与生活的人们生活的艰辛。

不仅如此，作者还通过对所教授两位学生真实遭遇的实地考察，从另一个

---

[1] 陈继明：《在毛乌素沙漠南缘》，《朔方》1999 年第 9 期。
[2] 陈继明：《在毛乌素沙漠南缘》，《朔方》1999 年第 9 期。

视角展示了当地人究竟是如何与艰苦的自然环境做斗争。第一个孩子是王明,他在作者到支教点第二天升国旗的时候,只身爬上国旗杆顶部拴绳子的经历让"我"印象深刻。王明因家贫困而辍学,作为小说叙述主体的"我"也通过实地家访,对他们家的经济条件有了一个更为直观并且清醒的认识。王明的母亲长期卧病在床,王明则时常跟随父亲去琥珀挖甘草贴补家用。不幸的是,王明父亲在一次意外之中身亡。让"我"印象深刻的还有另一个女孩马珍珍。其父亲马小虎是个吸毒人员,母亲李蓉从南方来到马儿庄。刚开始时,他们夫妻二人在马儿庄开了一家在当地颇为时尚的歌舞厅。后来随着马小虎贩毒被抓,李蓉改嫁给了治沙能手牛作孚。紧接着,李蓉携款出走之后便杳无音讯,只留下马珍珍和牛作孚两人相依为命。小说中所提及的马珍珍母亲李蓉的出走,显然与毛乌素当地恶劣的自然条件密切相关。而在文章篇末,当牛作孚老人谈到珍珍母亲携款出走,庄里人都认为他被骗了的时候,老人动情地说道:"都说她把我骗了,我不这么看……我倒觉得,她是看得起我。退一万步想,她起码相信我是个厚道人,对不对?要不然,她咋敢把亲生骨肉撇下呢?……就算她是骗子,谁先骗的她?马小虎不是我们庄儿庄的人吗?是谁把姑娘骗到这种……烂杆地方的?"[①]由这段话可以看出,牛作孚老人对珍珍母亲的出走持一种体谅的态度,毕竟这里太贫困、自然条件太恶劣。不仅如此,我们也分明可以读懂在那一恶劣条件的地方,以牛作孚老人为代表的马儿庄当地人的淳朴与善良。

从全篇而言,小说的叙述紧紧围绕着当地自然条件的恶劣,及其由此引发的人的活动而展开叙述。譬如在小说篇首从"我"刚来马儿庄时的见闻感受,到篇中"我"的学生王明和马珍珍的亲身遭遇(王明因家贫挖甘草而亡,马珍珍因父亲贩毒被抓、母亲出走而与爷爷相依为命),再到"我"亲自去探寻深挖马儿庄背后的故事,作者采用这样一种层层深入且环环相扣的叙述方式结构全

[①] 陈继明:《在毛乌素沙漠南缘》,《朔方》1999 年第 9 期。

篇。这些无不从另一侧面反映了当地自然条件的恶劣,以及在这种艰苦自然条件下人们的实际生存状态。当然,这种结构安排也为全篇的叙述奠定了一个坚实的叙事基础以及情感基调。

雪漠的小说《狼祸》中的狼之所以成为祸患,在很大程度上源于人类破坏了它们的生存环境。人之所以会猎杀狼源于生活以及生存的需要。猎人们通过羊皮、狼皮以及狐狸皮等动物皮毛,以换取日常生活中的必需品。正如在小说中所言,孟八爷以前只要是被生活逼急了,他便会"提了枪进沙窝,问这天大地大的银行要钱。现在,一洗手,经济立马紧扎了"①。由此可见,这种残酷的自然条件以及生存法则,也无疑从另一方面迫使当地人向自然索取。至于是否会破坏环境或者影响生态平衡,这些后果在当地人看来无疑都是次要的。在小说《狼祸》之中,作者还不乏诸多对当地恶劣的景观的生动描述。譬如文中写道:"风越发猛了。没了遮挡的风,扯起恣虐的沙鞭,抽打着一切活物。移动的风沙,像飞动的砂轮一样,能把裸露的皮肤打磨得血肉模糊,能打碎衣服,打烂衣服,打去所有生的气息。若是有骆驼,叫它卧了,挡了风,挡了沙,人在侧面的港湾里蛰伏,会安全许多。"②这段对自然景观以及人文景观的描写,让读者对西部尤其是《狼祸》的背景发生地,有了一个更为直观清醒的认识。尤其是小说中对骆驼的叙述,生动形象地向人们诠释了骆驼被称为"沙漠之舟"的原因。

张抗抗的小说《沙暴》[3]主要讲述了一位知识青年辛健生在"上山下乡"时,被分配到了内蒙古大草原的故事。小说中的幸健生出于想吃鹰爪的私心,而给草原鹰带来了灭顶之灾。由于当地专业知识的普遍缺乏,他不仅煽动牧民诬陷草原鹰是猎杀小羊的罪魁祸首,而且还亲自带领大家大肆捕杀草原鹰,最终导致了草原鹰的数量骤减、鹰的天敌老鼠泛滥成灾的局面。由于老鼠的大

---

① 雪漠:《狼祸——雪漠小说精品选》,中国文联出版社2004年版,第119页。
② 雪漠:《狼祸——雪漠小说精品选》,中国文联出版社2004年版,第134页。
③ 张抗抗:《沙暴》,见张健行主编《中篇小说选刊》1993年第4期。

量繁殖使得大片的草场遭到了严重破坏,原本平衡和谐的生态环境也被人类的猎鹰行动所打破。由于作品中人对自然环境保护意识的淡薄,故事里的猎鹰举动最终使得人类自食其果。譬如小说中的草场被毁,致使荒漠化严重以及沙尘暴恣肆,甚至一度波及了首都北京。作者善于从人与自然环境之间的和谐关系着手,作品深刻体现了作者对环保题材的持续关注。除此之外,作者还提醒了受众关于人与人、人与社会以及人与自然关系的深入思考。正如作者后来在创作谈里所言:"人类、动物、植物、微生物,每一个环节都有着举足轻重的作用,践踏着其中任何一环都会殃及我们人类自身。"[1]进而言之,这部小说作品强调了人与自然的和谐关系,因而具有了某种生态启蒙的特质。而作品主旨所强调的是如果人类一味地破坏环境,不顾生态发展的长远而只求经济发展的一时之快,最后的结果很有可能是自食其果。由此可知,张抗抗这篇小说的叙事主题,俨然已深入到了探索人与自然之间依存关系的哲理深度。一方面,人离不开自然,人的生存与发展客观上需要从自然中获取。进而言之,大自然好比母亲,因为她哺育了人类本身。譬如小说中牧民的牲畜生长,靠的是草场的肥美而得以繁衍,而人则依靠牲畜获取生存的必需。但另一方面,如果不能以一种联系和发展视角来辩证地看待人与自然之间的和谐关系,而是一味地向大自然索取,不能使之休养生息,那么即便有再多的资源也无济于事,因为终有一天会山穷水尽。正如小说中由于人的贪婪(想要吃草原鹰的鹰爪),而不惜大量猎杀草原鹰的行动以至于后来草原鹰的数量骤减,草原上老鼠因为失去了天敌而大量繁衍,最后致使草场被严重破坏的恶性循环。所以在很大程度上,大自然本身便具有一条条天然的食物链,这一条条生物链之间往往环环相扣,一物克一物,它们拥有着自身发展的客观规律。这条自然规律,并不以人类意志的改变而转移。因此,小说意在提醒人们对自然环境生态的重视。从某种程度来看,对环境生态和谐的维护从长远而言,也是保护人类

---

[1] 张抗抗:《〈沙暴〉带给我们的沉思》,《文艺评论》1995年第2期。

自己。除此之外，对生态的多样性以及物种的多元性呼吁，也是以上这些作品欲传达给读者的中心意旨。在九十年代生态视阈的整体框架之下，类似的文学作品还有不少。譬如作家陈应松笔下对"神农架"系列生态作品的刻写等，均体现出了作者对社会的高度责任感。由此可知，在九十年代以陈继明、雪漠以及张抗抗为代表的一批作家，他们的自然书写突显了其本身的学理性与前瞻性。支撑这种学理性阐释的，乃是作者所秉承的启蒙意志以及启蒙使命感。这种书写也无疑给九十年代的中国文坛一种强有力的书写姿态。这便是知识分子自觉站到了历史的潮头，通过其文学作品彰显出了一种对纯文学的坚守。他们自觉抵制了消费文化的侵袭，及其对纯文学的反叛与消解。

第三节 对人与自然和谐的呼吁与倡导

有论者曾指出："人类与自然不是处于对抗状态，人类生活于自然之中。……我们所关注的问题不是控制自然及我们彼此，而是与自然及我们彼此的和谐相处。生态文明意味着我们给予家人、爱、艺术、愉悦和在荒野中漫步以时间，给予友好、健康、生机勃勃、适于居住的多样性城市以时间。"[1]由此可见，人与环境的和谐共处，不仅关乎生态文明的建设，而且在某种程度上也有利于人类自身的发展，以及物质精神生活水平的提高。

回到对九十年代小说中生态启蒙探索的第三个维度。这一时期的生态启蒙小说创作，不仅早已褪去了九十年代初期那种对自然环保题材的关注，以及九十年代中期的那种以自然环境恶化为主要书写对象的阐释范式，而且呈现出了一种对人与自然和谐共生关系的深度阐发。这阶段的典型作品，尤以迟子建的《逝川》《亲亲豆豆》《雾月牛栏》、铁凝的《孕妇和牛》、王新军的《农民》以及张炜的《九月寓言》为代表。以上作家将笔触自觉对准了九十年代被忽略的

---

[1] ［美］罗伊·莫里森：《生态民主》，刘仁胜等译，中国环境出版社2016年版，第6—7页。

人与环境和谐共生的书写,为读者呈现出了一种有别于消费文化背景下的生态启蒙美学。

迟子建的小说《逝川》,主要讲述了渔妇吉喜与泪鱼以及逝川之间的故事。其中融入了作者对时间、人生以及岁月的思考和拷问,饱富哲理。首先逝川被当地渔民视为母亲河,而泪鱼则是"逝川独有的一类鱼种,它全身呈现扁圆形,红色的鳍以及蓝色的鳞片,它们每年都是在第一场雪降临之后才出现,并且来临的时候都发出呜呜呜的声音"①。这种在特定时节特定地点才出现一次的泪鱼,被视为新的一年幸运和吉祥的象征,而捕捞泪鱼也被看作使渔民来年一切顺利的某种隐喻。有论者曾指出:"在欧洲历史中,人的观念是通过与动物的区别而表达出来的。人们用非理性的动物来证明人的尊严。"②小说中的泪鱼,显然早已被作者赋予了某种灵性与神性的色彩。而且文中的泪鱼与当地渔民之间是一种和谐共生的关系。究其原因,作者在小说中对泪鱼主体象征意志的隐喻,是一种出于叙事策略的需要。然而其表达意旨却绝不止于此,迟子建通过泪鱼这一意象实际上勾连并搭建起了整篇小说的经度和维度,为我们呈现出了生态启蒙叙事的另一种可能。

具体来看,小说叙事中的主人公吉喜是一位明眸皓齿、丰腴挺拔的勤劳渔妇。吉喜不仅会刺绣、剪裁,还会酿酒以及织网捕鱼,可谓是个多面手。她在年轻的时候也尤为受到欢迎。特别是当吉喜吃生鱼时候的表情,以及牙齿咀嚼雪亮鳞片和嫩白鱼肉时发出的奇妙音乐声,真可谓甲村一景。步入老年的吉喜尽管已经干瘦并且驼背,却仍然保持着年轻时候对生活的积极态度。全篇小说不仅刻画了吉喜这位渔妇的人生历程,更重要的是揭露了在甲村生活的人、逝川以及泪鱼之间的那种永恒而又富有生命哲理意义的轮回关系。正

---

① 迟子建:《逝川》,《微风入林——迟子建短篇小说代表作》,春风文艺出版社2005年版,第137页。
② [德]霍克海默、阿多尔诺:《启蒙辩证法(哲学断片)》,洪佩郁、蔺月峰译,重庆出版社1990年版,第279页。

如小说篇末所言:"吉喜想,泪鱼是多么了不起,比人小儿百倍的身子,却能够岁岁年年地畅游整条逝川。而人却只能守着逝川的一段,守住的就活下去、老下去,守不住的就成为它岸边的坟冢听它的水声,依然望着它。"①由此,小说在平实的叙述之中,将人与自然和谐共生的道理阐发得深刻而又饱富哲理。关于迟子建所秉持的生态观,作者曾自述道:"我觉得自然对人的影响是非常大的。我一直认为,大自然是这世界上真正不朽的东西。它有呼吸,有灵性,往往会使你与它产生共鸣。"②而这种共鸣也无疑从另一层面,生动展现了迟子建在小说中所一直秉持的人与自然和谐的生态哲学观。

如果说迟子建的《逝川》主要是一种通过对人与鱼之间、人与自然之间的和谐关系的描述来诠释她的生态启蒙思想,那么她的《亲亲土豆》这部短篇小说,则为我们叙述了一段人与自然相互哺育的故事。在迟子建的《亲亲土豆》里,作者讲述了秦山一家人受惠于土豆滋养的故事。故事中的男女主人公靠种植土豆而生。然而天有不测风云,男主人秦山意外身患癌症并且生命垂危。为了不给家里添负担,秦山在临终之前还不忘跑回家收获土豆。他在弥留之际替即将成为孤儿寡母的家人们燃尽了生命的最后一束光。从小说叙事的主旨而言,这是一部感人肺腑的作品。这部作品并没有刻意去叙述生活的艰辛,而将叙述的重点聚焦于秦山这一家感人至深的情感书写。小说质朴的语言以及饱富温情的主旨令人动容。作品开篇礼赞了土豆花卉的美妙:"如果你在银河遥望七月的礼镇,会看到一片盛开着的花朵。……你的灵魂却首先闻到了来自大地的一股经久不衰的芳菲之气,一缕凡俗的土豆花的香气。"③小说篇首这段对人与自然和谐共生的描写,也为全篇的叙事奠定了一个抒情的主基调。此段中写到的"你",指涉的是作品中因患癌去世的丈夫秦山。香气四溢的土

---

① 迟子建:《逝川》,《微风入林——迟子建短篇小说代表作》,春风文艺出版社2005年版,第150页。
② 迟子建:《自然化育文学精灵》,《疯人院的小磨盘》,新世界出版社2002年版,第404页。
③ 迟子建:《亲亲土豆》,人民文学出版社2012年版,第153页。

豆花,是秦山在去世之前亲手培植的土豆苗儿。作者以其妻子李爱杰的口吻,不仅道出了她对逝去丈夫的无限思念,也从另一维度巧设悬念搭建起了整篇小说的叙事框架。

事实上,小说中秦山对土豆的那种深层的爱,不仅体现出了农民对粮食的珍惜,更展现出了人与自然之间的和谐关系。人受惠于土豆,而土地而又滋养土豆,因此人与土地之间是一种相互依赖的关系。正如小说所言:"秦山夫妇是礼镇种土豆的大户,他们在南坡足足种了三亩。……到了秋天,也自然是他们收获最多了。他们在秋末时就进城卖土豆,卖出去的自然成了钱存起来,余下的除了再做种子外,就由人畜共同享用了。"[1]这段叙述不仅交代了秦山一家的经济来源,以及这家人与土豆之间的特殊情谊,也大致描绘出了一幅人与自然和谐相处的静谧图景。在小说篇末秦山去世之后,由于天寒地冻无法掘土下棺,最后在秦山的妻子李爱杰的要求之下,人们将秦山生前挖出的土豆覆于其棺木之上,以待来年开春冻土融化之后再次安葬。这段描写更是体现了人与自然的这种和谐美好而又相互哺育的关系。

这部小说生态启蒙主旨的阐发,主要体现在作者透过小说对温情这一人类永恒主题的温婉感人的精彩描述。首先是小说中丈夫对妻子的爱。譬如他们每每一起去劳作都肩并着肩走。而到后来,当秦山身患绝症将不久于人世之际,秦山还在为她们母女二人今后生活万般担忧。正如小说所言:"秦山听着妻子恍若回到少女时代的声音,心里有种比晚霞还要浓烈的伤感。如果自己病得不重还可以继续听她的声音,如果病入膏肓,这声音将像闪电一样消失。"[2]而当秦山被确诊为癌症晚期之后,作为妻子的李爱杰第一时间选择瞒着他,以便尽可能地延续丈夫的生命。但作为一家之主的秦山,他所考虑的并不是如何治疗自己的绝症,而是担心自己去世之后,她们母女无依无靠。这也就有了他的不辞而别,以及独自返回家中去帮忙收割土豆的一幕的叙述安排。

---

[1] 迟子建:《亲亲土豆》,人民文学出版社2012年版,第153—154页。
[2] 迟子建:《亲亲土豆》,人民文学出版社2012年版,第159页。

应该说，这种叙事结构不仅从情感方面交代了原因，更从实际物质性的层面勾连起了整篇作品的叙事线索，可谓独具匠心。

其次，小说中妻子对丈夫的爱也令人动容。小说中主要有两处可以看出：第一次是当妻子李爱杰在医生那里得知丈夫罹患癌症并且希望渺茫时，尽管她无法接受这一残酷现实，但为了平复丈夫的心情而故作镇定。第二次是当秦山去世后，因天寒地冻无法掘土下棺而要挖一板车煤来盖坟时，作为妻子的李爱杰坚持要用土豆来给丈夫垒坟，以待天暖之后再重新培土。这些都将妻子对丈夫深层的爱刻画得真挚而又感人，丝毫没有雕琢之感以及斧凿之痕。同时也能够让读者能够深切体会到秦山夫妇二人的情真意切。当然，作者在这其中所刻画的是一种人与人之间的亲情。特别是当一个人的生命即将耗尽，他仍然牵挂着家庭其他人今后的生计问题，让人十分感动。而另一方面，作者这部小说的题目名为"亲亲土豆"，不仅意在讲述人与人，以及人与自然之间那种和谐共生的关系，而且也充分体现了一种超越普通叙事之上的空灵叙事，即万物有灵，众生平等。秦山一家受自然恩惠，靠种植土豆维持一家生计。而待他去世之后，土豆也在某种程度上成为秦山的安身之所，主人公生前死后都受惠于自然的恩泽。作者在小说叙事之中，将人与土豆（所代表的大地）之间的密切关系，深掘到了探索人与人，以及人与自然之间深层关系的社会启蒙层面。正如有论者所言："爱连接着生死两极，使生与死相互渗透，使死亡给人们的重创化为淡淡忧伤；而土豆这个自然的象征物，承载着人们的爱，延续着人们的生命，是一艘渡往冥河的船，更是一方丰满的生命与爱之舟。"[①]也正因为如此，作者在小说中用有限的笔墨刻画出了写不完道不尽的浓浓暖意。这也使得小说故事的主旨深入到了探索人与人，以及人与土地/自然之间密切关系的启蒙维度。

无独有偶，迟子建的小说《雾月牛栏》，也从另一视角为我们描绘出了人与

[①] 郝凯利：《爱与哀愁——评迟子建的〈亲亲土豆〉》，《名作欣赏》2011年第8期。

牛之间的那种和谐关系。小说中的主人公宝坠,因一次无意间看见继父与母亲媾和而被继父失手伤了脑袋,成了一名智障儿童。宝坠的受伤,使得继父陷入了深深自责以致后来郁郁寡欢、抑郁而死。作者在文中不仅采用大量的篇幅,着重书写继父尽力补偿对宝坠创伤的描述,而且作品还将叙述视野聚焦于宝坠与他负责照看饲养的三头牛之间,那种人与自然和谐关系的刻写。譬如当小说中一头名叫花儿的牛怀了小牛犊时,宝坠在牵它出牛栏的时候温柔地对花儿说道:"今天你要慢点走,外面下雾了,你要是摔倒了,肚子里的牛犊也会跟着疼。花儿'哞——哞——'地叫了两声,温顺的答应了。"①这段对话可以看出宝坠并非傻呆,他只是在某种程度上关闭了自身的社会属性,但他的自然属性却依然存在。换而言之,宝坠仍然具有着探索自然的能力。比如文中的宝坠不懂为何牛总是倒嚼,他带着这个问题请教了曾当过兽医的继父。继父回答道:"牛长着四个胃,牛吃下的草先进了瘤胃,然后又从那里到了蜂巢胃,到了这里后它把草再倒回口里细嚼……咽下的草进了重瓣胃,然后再跑到皱胃里去。"②宝坠听了之后恍然大悟。他将"皱胃"听成了"臭胃",不由嘻嘻笑道"牛可真傻,倒来倒去,把那么香的草弄到臭胃里去了"③。从以上宝坠请教继父的这段情景描写,可以看出宝坠尽管被贴上了愚蠢傻呆的标签,然而他对动物世界的感知,却有着比普通人更强的探索能力。舍勒曾指出:"为达到一体感,人必须放弃他的精神尊严,听任其本能的'生命'行事。"④可见,在继父错打宝坠致其智障之后,宝坠实际上已然回归了作为动物的本能属性。在这一过程之中,宝坠关掉了其与社会产生关联的社会属性,完全听任自己的"生命"本

---

① 迟子建:《雾月牛栏》,《微风入林——迟子建短篇小说代表作》,春风文艺出版社 2005 年版,第 158 页。
② 迟子建:《雾月牛栏》,《微风入林——迟子建短篇小说代表作》,春风文艺出版社 2005 年版,第 155 页。
③ 迟子建:《雾月牛栏》,《微风入林——迟子建短篇小说代表作》,春风文艺出版社 2005 年版,第 155 页。
④ [德]马克思·舍勒:《同情感与他者》,刘小枫主编、朱雁冰等译,北京师范大学出版社 2014 年版,第 47 页。

能来行事。

有论者曾坦言:"尽管迟子建小说中关于自然景观和动物的描写无处不在,这里的自然和动物不是人物活动的背景和点缀,而是与人物相拥相携的对等物,它们有自己的喜怒哀乐和独立尊严。"[①]事实上,迟子建笔下的这两部作品在某种程度上具有着某种共同的美学指向,那便是一种基于生态美学基础之上,对人与自然之间和谐关系的深度阐发。而小说中作者对自然的感悟,也在作品的叙述之中展露无遗。正如有论者所言:"透过神性和灵性,成了迟子建小说文本的一个显著的美学特征。……我们很容易抓住迟子建的创作动因,即对故乡的山水风物和劳动在那片土地上的人民的无比热爱。"[②]这种从骨子里面生发出来的对自然的关切,以及基于生态启蒙层面对人与自然之间关系的深度阐发,无不体现出了一位严肃小说家身上所具有的宝贵品质。

铁凝的短篇小说《孕妇和牛》,主要讲述一位孕妇与牛的故事。作品写的是一位出生在山里的姑娘,她因模样俊美而嫁到比自己娘家更好的平原地区。夫家一家人对她很好,孕妇也对自己的生活十分满意。因为怀孕的缘故,夫家给她配备了一头黄色的名叫黑的母牛,供她外出赶集以及平时出行时使用。但考虑到这头牛也同样怀孕,孕妇心肠好而不舍得骑它。小说中孕妇对美好生活的向往,不仅体现在她对自己夫家所处地理与人文环境的满意,也体现在她对文化以及未来知识的渴望。这一点与铁凝在其成名作《哦,香雪!》中刻画的那群少女形象不谋而合。台儿沟里那群追着火车跑的年轻少女,对大山之外文明的向往,与《孕妇与牛》中孕妇对知识的尊重以及对孩子未来发展规划与渴望有着某种程度的契合之处。在铁凝的《哦,香雪!》里,小说的主人公少女香雪不惜以四十个鸡蛋、走三十里漆黑山路为代价,只为了得到一个漂亮的

---

① 洪永春、李永求:《生态视阈下的残缺人间——解读迟子建小说〈逝川〉〈雾月牛栏〉的思想意蕴》,《通化师范学院学报》2011年第11期。
② 程荣晖:《浅析迟子建的〈亲亲土豆〉兼及其它中短篇小说》,《江苏科技大学学报(社会科学版)》2016年第2期。

文具盒。在某种程度上,以香雪为代表的这一批台儿沟少女们尽管身处深山,却时刻充满着对美好生活的向往。与其说是这一种对大山之外世界的渴望,倒不如说是一种对现代文明的美好憧憬。

无独有偶,《孕妇与牛》中的孕妇尽管目不识丁,但是充满了对知识的渴望以及对未来世界的美好期许。她期待着自己肚子里的宝贝,将来也是受教育的一员。在这篇小说中,铁凝笔下所刻画的孕妇与牛之间的那和谐关系,也不禁让人肃然起敬。正如小说所言:"孕妇和黑在平原上结伴而行,像两个相依为命的女人。黑身上释放出的气息使孕妇觉得温暖而可靠,她不住地抚摸它,它就拿脸蹭着她的手作为回报。孕妇和黑在平原上结伴而行,互相检阅着,又好比两位检阅着平原的将军。"[①]小说中的这头名叫黑的大黄牛非常有灵性,其实这头名叫黑的牛,在某种意义上也是大地的隐喻和象征。小说中的孕妇从未鞭打或是欺压过这头大牲,而是随着它的性子。譬如文中说道:"孕妇从不骑黑,走快走慢也由着黑的性儿。……当她走得实在沉闷才冷不丁叫一声:'黑——呀!'黑停下来,拿无比温顺的大眼瞪着孕妇,而孕妇早已走到它前头去了。黑直着脖子笨拙而又急忙地往前赶,却发现孕妇又落在了它的身后。于是孕妇无声地乐了,'黑——呀!'她轻轻地叹着,平原顿时热闹起来。"[②]这段叙事体现了人与牛之间、人与动物之间关系的和谐美好。而且在某种程度上,这二者之间早已不是某种从属(或者主人与动物)地位,而是具有了某种平等亲密的关系。这体现了作者的人与自然平等的生态启蒙观。如果说铁凝在其小说《孕妇与牛》中,为我们营造的是一种对人与动物之间的和谐图景,那么王新军的小说《农民》,则是从人与自然那种互为依存关系的视角,为我们展现出了生态启蒙叙事的另一种可能。

王新军的《农民》,主要讲述了农民李玉山一家三口劳作的故事。全篇小说尽管没有什么激动人心的情节设置,但却在平淡的叙述之中直抵人心。小

---

① 铁凝:《孕妇和牛》,《对面》,人民文学出版社2013年版,第9页。
② 铁凝:《孕妇和牛》,《对面》,人民文学出版社2013年版,第4页。

说中人与动植物之间的关系,自始至终处于一种和谐静谧的状态,而且在这其中寄寓着作者的生态伦理与理性哲思。譬如在小说篇首作者写道:

> 粮食、儿子、女人,李玉山实实在在地看着这些。……李玉山就是这堆麦子的主人,这时候他就坐在一卷粮食口袋上,眯着眼睛抽烟。她的女人躺在不远处的一片树阴里,她身下垫着今年新鲜的麦草。他们的儿子正在河边为那只产下热羔的母羊洗澡,身后不远处,就是他们的家。①

文中寥寥数语,不仅清晰地交代了故事主人公的家庭构成,而且也由家庭的分工暗示人与自然的和谐共生的叙事指向。如小说所言,这一家三口中,李玉山和妻子主要是收割麦草,而他们的儿子则是在给母羊洗澡,人与自然之间是一种相互哺育的关系。因此,这才会有李玉山情愿待在清水绿树的室外,而不愿回拥挤的村落的想法。篇中那段儿子帮母羊洗澡的情景描写,更是一幅人与动物的和谐图景。只见文中写道:"儿子已经把母羊全身都弄湿了,羊羔在远出发出惊恐的叫声,……母羊湿淋淋的声音不时回应一声,咩——的叫声像河一样绵长。空气温热而黏糊,寂静的气氛中回荡着无尽的旋律。"②小说中对具体生活劳作场景的叙述,生动形象地摹刻出了一幅稚子和羊和谐静谧的乡村图景。在这幅图画中,人与动物之间、人与植物之间以及动物与植物之间的关系,是那么的自然并且富有诗情画意,让人读罢回味无穷。从王新军的这部短篇小说《农民》,也可以看出人与自然和谐美满的寓意几乎贯穿了整部小说的叙事,这种对大自然的尊崇在小说的叙述之中自然游走。作者曾有过切实的牧羊经历,因此羊儿也是王新军作品里时常出现的动物以及叙述对象。作家薛舒曾谈到:"散文般抒情的语言,素朴至于极美的句子,故事隐没在接天

---

① 王新军:《农民》,《大草滩:王新军短篇小说选》,上海文艺出版社2010年版,第38页。
② 王新军:《农民》,《大草滩:王新军短篇小说选》,上海文艺出版社2010年版,第40页。

的大草滩和头顶上的白云里。而他,就是那个一边放羊,一边写下梦想的青年。"[1]诚如薛舒所言,这种散文化质朴的语言以及对大自然由衷的热爱,构成了王新军乡土视阈小说中的主要基点。人与自然、人与人之间的关系,在王新军的笔下都显得那么的和谐自然,而又富有人情韵味。

如果说王新军的小说《农民》,为我们呈现出了一幅淡雅清新的、有关人与自然和谐相处的美好图景,那么张炜在长篇小说《九月寓言》中则为我们呈现出了生态叙事的另一种可能。在作者笔下,荒野的自然万物萌发生机,充满了灵气和生命的力度。如小说篇首写道:

谁见过这样一片荒野?疯长的茅草葛藤绞扭在灌木棵上,风一吹,落地日头一烤,像燃起腾腾地火。满泊野物吱吱叫唤,青生生的浆果气味刺鼻。兔子、草獾、刺猬、鼹鼠……刷刷刷奔来奔去。她站在蓬蓬乱草间,满眼暮色。一地葎草织成了网,遮去了路,草梗上全是针芒;沼泽蕨和两栖蓼把她引向水洼,酸枣树上的倒刺紧紧抓住衣襟不放。[2]

在篇首的这段话中,我们可以看出张炜对乡村生活的熟稔,以及对大自然的无比亲密之感。由于作者对农村生活的熟悉,他在描写乡土的时候能够充分地调动一切视觉、触觉以及听觉等感官器官,并且游刃有余。事实上,作者对大自然情感的真清流露,也在某种程度上源自其本身的生态理念。这便是一种尊重自然、爱护自然,以及与自然和谐相处的哲理美学。张炜在《九月寓言》的篇末写道:"当我还一时无法表述'野地'这个概念时,我就想到了融入。因为我单凭直觉就知道,只有在真正的野地里,人可以漠视平凡,发现舞蹈的仙鹤。"[3]从某种程度上,张炜所谓的"融入野地"意在回归生命大地的本真,并

---

[1] 薛舒:《牧羊人王新军》,见王新军:《王新军的小说》,甘肃文化出版社2014年版,第2页。
[2] 张炜:《九月寓言》,作家出版社2009年版,第1页。
[3] 张炜:《九月寓言》,作家出版社2009年版,第296页。

以此去寻找滋养万物的源泉。换而言之,"融入野地"也成为张炜对于人生的一次哲理化思考。不难发现在九十年代之后,张炜的叙事主要集中于对道德理性的追寻,以及对人文精神的不断找寻。他寄希望于通过融入大地以便找回文学的固有传统,并以此来重塑民族的精魂。从《黑潭中的黑鱼》中对环保生态题材的关注,到《九月寓言》中选择以"融入野地"的方式来找寻文学的固有传统,贯穿张炜九十年代书写的一条主线,是其对知识分子使命感的恪守,以及对生态启蒙主题的持续关注以及学理追踪。

一直以来,在谈及九十年代的小说创作的时候,人们自然回避不了对这一时期文学生产消费语境的具体考察。尤其是在商业文化袭扰之下,伴随着"人文精神的失落",八十年代以来原有的作家队伍在步入九十年代之后产生了分化。具体体现为:一部分作家选择下海经商,他们放弃了之前知识分子所肩负的"铁肩担道义,妙手著文章"的知识分子传统使命,将笔触对准了市场,并且服务于消费社会中数量受众庞大的大众文化。而另一部分作家,非但没有在商业文化的袭扰之下退场,反而一直坚守在纯文学的固有阵地。在这一批坚守纯文学固有阵地的作家中,又有部分作家始终坚持着启蒙的价值立场。他们时刻捍卫着理性以及批判的创作立场,以张炜、石舒清、陈继明、迟子建以及铁凝等人对生态启蒙作品的刻画为例。上述作家的积极发声,无疑为九十年代的小说创作注入了一股新鲜血液,他们笔下的生态启蒙作品,也时刻提醒着人们树立生态意识。尤其是在经济发展以及物质消费水平日益提高的当代,我们更不应该忽视从人与人,以及人与自然之间和谐共处的角度,通过文学去积极参与并服务到社会文化建设的使命之中。从这个角度而言,对九十年代小说中涉及生态启蒙主题类型作品的发掘以及价值提纯,也就具有了理论与实践的双重意义。

第五章 九十年代小说中社会启蒙主题研究的特点、本质及启示

九十年代小说中的社会启蒙主题,应和着这一时期的政治民主、经济转型以及文化发展等方面的多元律动。该时期所诞生的文学作品,无论是从社会制度启蒙到社会伦理启蒙精神向度的刻画,还是从社会文化启蒙到生态启蒙等层面的多维展现,充分体现了社会启蒙文学对九十年代社会生活多维的美学观照。尽管在九十年代的消费语境之下,社会启蒙及其相关命题似乎遭遇了自"人文精神大讨论"之后的低迷与踟蹰。然而事实上,社会启蒙非但没有退场,反而始终坚守在纯文学/严肃文学的固有阵地。在笔者所选取的系列文本之中,其大部分作者都在九十年代自觉/不自觉地抵制着消费文化的袭扰。与此同时,他们也时刻捍卫着自身被赋予的文化与历史使命。这群具有启蒙意识的严肃作家,不仅恪守着社会启蒙文学的价值观,而且还以此作为抵制消费文化的一种言说策略。这批作家作品在体现文学对社会启蒙的责任与使命感的同时,也充分彰显了九十年代社会启蒙主题的丰富性与多元性。除此之外,这一时期具有社会启蒙意识的作家也在自身的文学构思以及文学创作之中,有意识地融入了某种对社会的关怀以及对反启蒙的抵制。秉持着这样一种书写态度与启蒙追求,他们在社会政治、社会经济、社会法治,以及社会平等、社会道德、社会自由乃至生态启蒙等多个维度,进行了多元探索以及美学追求。如此一来,这不仅为我们提供了一种迥异于以往文学史视阈中有关九

十年代小说景观的视阈与参考,更为我们进一步厘清九十年代的文学创作以及文学批评,提供了某种可鉴的路径。

第一节　九十年代小说中社会启蒙主题研究的总体特点

考察九十年代小说中的社会启蒙主题的总体特点,离不开对这一时期文学作品创作及其嬗变规律的综合探究。应该指出,九十年代小说中的社会启蒙主题,大抵呈现出一种开放多元性、融合交叉性以及丰富延展性的特点。这三种特点之间,又是一种相互影响并且相互作用的关系。一方面,它们具有着专属于自身的艺术特点和美学特质;但另一方面,它们之间又相互补充并且具有了某种统一的属性。

首先,开放多元性:这一点主要体现为社会启蒙所涉及的内容,不仅涵盖了从社会制度到社会伦理等方面的研究内容,而且还涉及了从社会文化到生态启蒙等意识层面的多元考察。可以看出,无论是九十年代小说社会制度启蒙主题之中所探讨的"对政治现代性的追求""对经济改革的多维透视"以及"走向民主法治的艰难探索"等命题,还是在社会伦理启蒙里所谈及的"对社会平等的关注与书写""对社会道德的追寻与抵达",以及"自由书写与女权的倡导"等社会启蒙主题,还有无论是在社会文化启蒙中所考察的"对民族历史文化的剖析与深掘""对宗教文化的理性追寻"以及"对民间语言文化的探索"等维度,抑或是在生态启蒙层面先后梳理的"对环保题材的关注""对自然恶化现象的书写与聚焦"以及"对人与自然和谐的呼吁与倡导"等层面,都不难窥见,对九十年代小说中的社会启蒙主题的考察,几乎囊括了社会政治、社会经济、社会法治、社会平等、社会自由、社会道德、社会民族历史文化、社会宗教文化、社会民间语言文化,以及社会生态等方方面面。其所涵盖范围领域之广,所探究现实性问题之深刻,既体现了作家对于社会生活的敏锐度,也充分反映了作家对自身所肩负的社会责任感以及启蒙使命感的重视。因而,他们通过其笔下的文学创作与文学实践,从多个维度参与了国家发展以及社会革新的现实进程。

其次,融合交叉性:主要体现为九十年代小说中的社会启蒙,它所涉及的研究范围具有融合交叉性的特点。如果从主题学研究的视角而言,九十年代的社会启蒙主体研究,涵盖了社会制度、社会伦理、社会文化以及生态启蒙等方方面面,充分体现了九十年代小说创作的丰富性与多元性。这些具体的叙述层面,也随之搭建起了一座关于社会启蒙研究的整体框架。当然,即便它们本身作为独立的研究视阈,有着其各自的内在逻辑以及学术理路,但当我们将其置于九十年代小说中的社会启蒙背景之下去考察,就不难窥见,无论是从社会制度到社会伦理的探索,还是从社会文化到生态启蒙层面的拓展,九十年代小说中的社会启蒙研究视阈下各项子系统间呈现出了一种相互交融的关系。当然,以上各种论题之间的关系及其界限也并非十分固定,而是具有了某种交叉性,以及延伸性的特点。进而言之,或许就单篇的文学作品来看,我们也很难将其归结为某一种社会启蒙特质,因为它们分明已经具备了多重的社会启蒙属性。譬如,当我们对张承志的小说进行整体考察的时候,一方面离不开从社会伦理启蒙层面去整体把握(因为《心灵史》中涉及了大量的宗教题材,而宗教又属于社会伦理中考察的重要部分),而另一方面,由于宗教又属于社会文化中不可或缺的组成,因而从社会文化启蒙层面去解读张承志及其作品,也是对该时期社会文化启蒙考察研究命题中的应有之义。再比如对余华小说《兄弟》《许三观卖血记》《在细雨微风中呼喊》等作品的解读,一方面既可以将余华的上述作品纳入社会平等启蒙的阐释框架,另一方面,由于余华在小说中所使用的语言多源于民间,故而当具体谈论社会文化启蒙这一类别,尤其是关于社会民间语言文化这一视角的时候,自然也不应忽略民间话语这一视角。概而言之,社会启蒙主题研究所涉内容的多元广泛性,在研究初始便决定了我们很难采取某种单一方法,去对作家作品进行一个整体的归类与划分。我们需要更多地结合小说文本,去深入分析该文本诞生的具体语境,以及作者当时想要表达的中心意旨,并在此基础之上,去探究作品背后的美学意蕴以及启蒙思想。从这个角度而言,秉持一种社会启蒙的尺度对九十年代作品的文学价值进行筛选,这种研究活动本身就体现出了严肃文学对于社会历史发展的责任感。除此之外,这种梳理也是对九十年代纷繁复杂的小说作品中,那些经得起时间考验以及岁月洗礼作品的一种重审与深掘。这也从另一层面体现了文学在人们精神生活世界所占据的重要地位。

再次,丰富延展性:无论是对九十年代具体作家作品的筛择,还是对该时期社会启蒙与文学思潮的综合考察,从中不难窥见从文学史的角度重审九十年代小说中的社会启蒙主题,在某种程度上兼具理论与实践的双重意义。而且,因九十年代所处的消费文化语境,对这一时期文学作品的考察,也同样拥有着丰富性与延展性的特点。这具体体现为对相关作品评价标准,不仅要严格地遵循文学价值的美学尺度,以及独立批评的基本评判标准,而且对部分小说背后的价值判断,还必须具有一定的学术张力。进而言之,不应过多地拘泥于文学史既有定论。除此之外,笔者在论述之中对相关作家作品的分类与阐释,也并非解读九十年代小说中社会启蒙主题的唯一路径。它所提供的也仅仅是一种价值参考以及研究视阈。其目的是立足于文学的本体,并在此基础之上去重审九十年代的文学创作,进而深挖该时期文学作品背后所拥有的社会启蒙价值以及美学内涵。

社会启蒙话语的生成,不仅存在于九十年代的文学生产与文学创作之中,在当时的文学批评等领域,社会启蒙也同样发挥着重要的影响。这些都有赖于我们从文学思潮与社会启蒙双向互动的视角出发,进而去进行整体的美学探究。当然启蒙现代性主体地位的获得也并非一蹴而就。它确立自我主体性的过程中,启蒙对反启蒙的抵制,以及反启蒙对启蒙的攻击一刻未曾停息。譬如在上世纪九十年代,王朔的"痞子文学"便对当时的严肃文学,以及知识分子的固有叙述立场形成了某种强烈冲击。而且在九十年代商业文化浪潮的席卷之下,也有部分作家放弃了知识分子的启蒙立场,进而走向了商业化写作以及市场化写作。因此,在消费社会的语境下如何更好地坚守严肃文学/纯文学的固有阵地,仍然是值得我们不断反思并深挖的重点。从这个意义和角度而言,对九十年代乃至对中国当代小说中社会启蒙主题的探究,也必然应该随时代的发展而不断进行跟踪研究。

综上所述,对九十年代小说中社会启蒙主题总体特点的考察,无论是对其开放多元性、融合交叉性,还是丰富延展性,都不难展现这一时期社会启蒙主题本身所具有的学术张力。事实上,无论是对九十年代小说中社会制度启蒙的探索,还是对该时期小说创作中社会伦理启蒙主题的追寻,不管是九十年代小说对社会文化启蒙主题的阐述,还是对生态启蒙主题的历时性梳理,九十年代的严肃作家自始至终都未曾放弃自身的启蒙姿态以及叙述立场。概而言之,这一批富有启蒙理性的作家,一方面进行着知识分子的自我/个体启蒙,另一方面也始终肩负着启蒙他人的职责与使命。他们从启蒙先哲的手中接过接力棒,延续了自"五四"以来的启蒙火种,不断照亮远方前行的道路。从这个意义而言,对九十年代小说中社会启蒙主题的探讨,便突显了其内在的学术理性以及研究价值。

第二节　九十年代小说中社会启蒙主题的本质指向

九十年代小说中社会启蒙主题的本质指向为社会批判性,这种批判性源自知识分子所秉持的启蒙立场,具体体现为严肃作家对纯文学的固有坚守。一直以来,当学术界在谈及二十世纪九十年代整体的文学面貌的时候,出现最多的批评话语以及阐释关键词仍然离不开启蒙的"式微"[1],以及知识分子的"失语"[2]。殊不知,启蒙知识分子在九十年代非但没有退场,反而以其对转型

---

[1] 袁文卓:《西部精神·主体意识·人性话语——对20世纪80年代中期以来中国当代西部小说创作趋向的一种考察》,《广西社会科学》2018年第9期。
[2] 董健、丁帆、王彬彬主编《中国当代文学史新稿》,北京师范大学出版社2011年版,第384页。

时期社会各方面发展的敏锐感知积极参与到九十年代的文学生产之中。为此,他们不仅将笔触对准了社会启蒙主题所涉及的诸多方面(譬如这一时期小说中所体现的政治民主、经济发展、民主法治、平等自由,以及生态和谐等方面的启蒙主题),而且还以此为基础进行了诸多的文学创作与叙述实验。正如有论者曾指出:

> 启蒙塑造了一种不同于以往的价值观念体系,以及与此相关的生活态度和生活方式,例如自由、平等、人权,等等,这是价值领域的问题;其二,由于这些价值的出现,并且迅速地世俗化,导致对中世纪以来王权统治的挑战,民主正日益成为世界各个地区普遍追求的社会理念。[①]

进而言之,一方面社会启蒙涉及诸如社会政治、社会经济、社会民主法治,以及社会自由、社会平等、生态启蒙等多个方面的启蒙主题;另一方面,随着对社会启蒙研究与探讨的不断深入,社会启蒙这一概念的内涵与外延本身也得到了丰富的拓展与深挖。正是由于九十年代社会转型所面临的实际情况,从客观上为我们反思社会启蒙现代性提供了某种可能。除此之外,这种考察也为我们再一次重审九十年代那些具有社会启蒙特质的小说文本,拓展了某种具有社会现实意义的阐释空间以及话语维度。综合而言,九十年代小说中社会启蒙的总体指向大抵可以归纳为以下几个方面:

首先,启蒙的未完成以及社会启蒙的务实性。回溯启蒙在中国近现代的发展历程。"五四"时期的启蒙以其浩浩荡荡的阵势,涤荡了封建传统的伦理纲常。尤其是其标举的"民主"与"科学"大旗,极大地推进了中国迈向近代化的历史进程。但囿于当时的急迫局势,"启蒙"在某种程度上被"救亡"所取代。而三十年代由陈伯达、艾思奇以及张申府等人兴起的"新启蒙运动",也因

[①] 曹明珠:《启蒙的反思》,见哈佛燕京学社编《启蒙的反思》,江苏教育出版社2005年版,第2页。

其不合时宜的宣传方针以及内忧外患的现实背景,进而走向了反启蒙。到了七十年代末八十年代初,以人道主义为核心的启蒙叙述逐渐成了方法论上的主导。然而,就社会实践以及当时所提出的反封建任务而言,八十年代启蒙无疑是赓续传统,为了进一步完成"五四"启蒙的未竟之业,特别是随着九十年代消费浪潮的来袭,知识分子人文精神的失落,加之后现代等理论对启蒙的质疑等。这些都从不同的层面深刻影响着对启蒙命题研究的拓展与深挖。即便是有"新儒学""新左派"以及"后现代"等论调对启蒙及其合法性提出了质疑与消解,但这并不意味着反启蒙已经"压倒"了启蒙,或者说启蒙已经退场。时至今日,"'启蒙的未完成'情结,仍然是笼罩在坚持和捍卫启蒙的知识分子心中的阴影"[①]。有反对的声音,就必然会有启蒙的呐喊,为此,先后有诸多学者对反启蒙的代表论点进行了批驳与反击。而这一批学者,他们也通过详细论证并且严谨考察,进一步向世人厘清了启蒙的学术脉络及其存在的合法性问题。特别是就九十年代小说中所涉及的社会启蒙主题而言,它在社会政治、社会经济、社会法治、社会平等以及社会自由等层面,尚具有着较大的言说空间以及阐释维度。除此之外,社会启蒙的研究还具有着务实性的特点。而且就九十年代小说中的社会启蒙主题来看,实际上已经有相当一部分作家,他们以笔为旗并且时刻秉持着小说开启群智的启蒙目标。这些作家笔下所关注的重点,又往往成为推动社会进步以及国家发展在社会政治、民主法制以及公平正义等方面的具体体现。概而言之,九十年代仍然有部分严肃作家,他们并未随波逐流,而是自觉扛起了知识分子对社会的启蒙责任感与使命感。

其次,启蒙的现代性以及社会启蒙的前瞻性。对启蒙"现代性"的追求,几乎是贯穿中国近现代史的一条重要线索。回溯历史,自1840年鸦片战争以来,中国的知识分子便一直在寻求国家之富强,以及民族之独立的道路上积极奔走。譬如十九世纪六十年代至九十年代所兴起的以"自强"为口号的洋务运

---

① 赵黎波:《新时期文学批评的启蒙话语研究》,中国社会科学出版社2008年版,第20页。

动。而到了后期,洋务派又提出了"求富"的目标。这些都无不体现了在面临抵御外侮的关键时刻,中国内部自身①所积极实现的努力与转变。尽管在中日甲午海战之中,伴随着中国的战败,洋务运动宣告彻底破产,但这次改良运动,却在某种程度上开启了中国迈向"现代性"探索的崭新历程。在洋务运动时期所创办的新式企业、新式学堂,兴办近代海军,架设电报,修建铁路,以及公派留学生出国等举措,无不对中国后来的经济发展、社会的民主进步乃至国家的伟大复兴起到了某种深远的影响。到了"五四"时期,中国知识分子则再一次站在了历史的潮头。他们寄希望于通过发动"新文化"运动,以便让中国迅速地摆脱贫困,快速地迈向独立自主、国家富强,以及民族独立的道路。然而囿于内忧外患的现实背景,最后不幸以失败而告终。直至二十世纪七十年代末,重新发现人、尊重人以人为本以及人道主义等口号,逐渐成为新时期文学对抗"文革文学"时期对人性压抑的重要思想武器。也正是在这一时期,反封建的新启蒙主义文学再一次扮演着破除思想界固定思维以及打破僵局的先锋兵角色。而在当下,伴随着经济的可持续发展,以及国民可支配收入的不断提高,人民的精神世界却显得愈发匮乏。如果从发生与发展的背景而言,这实际上是自二十世纪九十年代"人文精神大讨论"以来,文坛由八十年代文学"共名"主潮转向九十年代文学"无名"主潮的某种体现。也正是在这样一种情形之下,启蒙知识分子再一次扛起了理性与批判的大旗,并自觉肩负起被赋予的历史使命。换而言之,随着九十年代消费社会的到来,尽管启蒙受到了来自各个方面的质疑和挑战,但一个不争的事实也同样成为摆在国人面前的现实问题。那便是对启蒙"现代性"的追求,以及对社会启蒙所涉及的诸多命题的预判,仍然是关乎中国发展以及民族振兴的重要命题。从这个角度而言,九十年代小说中的社会启蒙具有着前瞻性的特点,它充分体现了作家自身所肩负的启蒙使命。

---

① [美]柯文:《在中国发现历史——中国中心观在美国的兴起》,林同奇译,中华书局2002年版。

最后,启蒙的反思性以及社会启蒙的当下性。对启蒙的反思以及社会启蒙当下性的认知,不仅基于启蒙历次被迫中断的客观事实,同样也源自中国当下发展所面临的现实性问题。在社会启蒙现代性的发展语境之下,去重审启蒙以及社会启蒙发展所受到的局限,以及在当下所面临的实际挑战,这无疑是恰逢其时且十分必要的。正如有论者所言:"在价值领域中,同情、宽容、公平等一些具有普世性的价值观念,在当代生活中越来越发挥重要作用。由于近百年来的掠夺性开发,生态环保的问题愈来愈突显。同样在民主的领域中,民主实践出现了很多事与愿违的困境。"①以上所列叙的当代社会出现的新情况与新特征,无不昭示着启蒙的未完成,以及社会启蒙当下任务的急迫性。对启蒙的反思以及社会启蒙的追索,一方面需要梳理启蒙在中国近现代史中的发展流变,另一方面还应该审时度势,时刻关注并聚焦于社会启蒙主题所涉及的现实问题。特别是当社会启蒙在政治、经济、法治以及自由、民主等层面所出现的诸多议题。而以上这些命题,也在九十年代被敏锐的作家们所捕捉并刻写。这些均体现了启蒙的反思性,以及社会启蒙的当下性。

概而言之,要想从根本上扭转自二十世纪九十年代以来,人文精神的失落以及公众批判力的减弱的现实困境,就必然需要知识分子再一次肩负起自身的文化与历史使命。具体而言,不仅应从根本源头上对反启蒙思潮中的诸多论点进行驳斥。而且还应重返九十年代的文学现场,基于那一时期的小说创作实际去对那些涉及社会启蒙主题的作家作品,进行一次整体的发掘以及重评。当然,在具体的评判过程中,也决不能拘泥于文学史上的既有定论。而应该牢固树立一种具有独立批判意识的启蒙文学观。除此之外,还应该敢于提出新观点和新问题,并以此去重审九十年代的文学创作。也只有这样,才能够真正地回归文学创作的本体。

---

① 曹明珠:《启蒙的反思》,见哈佛燕京学社编《启蒙的反思》,江苏教育出版社2005年版,第2—3页。

第三节　九十年代小说中的社会启蒙主题的启示意义

　　九十年代小说中的社会启蒙主题，大抵涵盖了社会制度、社会伦理、社会文化以及生态等多个启蒙主题。而各个社会启蒙主题之间，也是一种相互影响相互作用的关系。如果从叙述脉络而言，九十年代小说中的社会制度启蒙主题主要从人与社会之间互动关系的层面着手，深入探讨了该时期小说创作中的社会政治、社会经济以及社会法治等启蒙主题。在这其中，周梅森、张平、陆天明以及莫言等人笔下的作品，分别从"政治性"与"人民性"等多个维度，对社会政治启蒙主题进行了深入探讨。与此同时，刘玉民、高晓声、肖克凡以及贾平凹等作家，则主要从"社会城市改革""社会农村改革"以及"社会民众观念转变"等维度展开，对九十年代的社会经济启蒙主题进行了细致描摹。此外，陈源斌、张平、余华以及刘醒龙等作家分别从"公民依法维权""官员廉政勤政""司法体制漏洞"，以及"个体法治意识"等多个视阈，对该时期的社会民主法治主题进行了深入思考。九十年代小说中的社会伦理启蒙主题，主要从人与人、以及人与社会之间互动关系的维度展开，大抵涵盖了社会平等、社会道德以及社会自由等论域。其中，以余华、阎连科、史铁生等为代表的作家多聚焦于对"社会平等主题"以及对"底层苦难的书写"，为我们开启了九十年代社会平等启蒙主题叙事研究的多重向度。与此同时，以张炜、阎连科、余华、刘醒龙以及贾平凹等为代表的小说家，则将视野聚焦于"人文精神失落"背景之下，作家的个体/社会道德、理想信念以及知识分子独立人格等叙述维度，对九十年代的消费语境进行了自觉抵制。此外，以陈染、林白、徐小斌，以及王安忆、铁凝、迟子建等为代表的一批女性作家，分别从"自由书写"与"理性反思"两个叙事向度出发，为我们呈现了自由书写与女权倡导的新维度。九十年代小说中的社会文化启蒙主题，主要从人与社会之间互动关系的角度出发，对该时期涉及民族历史、宗教理性以及民间语言主题的作品，进行了社会文化启蒙层面的美学研究。在这其中,以陈忠实、宗璞、王火、阿来以及王蒙为代表的作家,聚焦于民族历史文化启蒙的理性书写,而以张承志、北村、石舒清以及史铁生为代表的一批作家,展现了作家对社会宗教理性的孜孜探索。此外,以韩少功、刘震云、张炜、余华以及格非为代表的小说家,多从民间叙事语言的视角出发进行阐释。九十年代小说中的生态启蒙主题,主要是从人与自然之间互动关系的视阈着手,对该时期小说中的生态启蒙论题进行了梳理与反思。在九十年代前期,以张炜、郭雪波以及石舒清为代表的一批作家,向我们展现了对环保题材书写的关注与思考。九十年代中期,以陈继明、雪漠以及张抗抗为代表的一批作家,以自然恶化现象作为书写核心,对自然破坏给人类带来的危害进行了深刻反思,并且暗喻了人与自然和谐共处的叙述指向。九十年代后期,以迟子建、铁凝、王新军以及张炜为代表的一批作家,则向我们阐述了人与自然和谐共生的中心意旨。

　　以上对九十年代小说中的社会启蒙主题进行了一个大致的勾勒与梳理。可以看到,在九十年代的小说创作过程中,社会启蒙主题几乎涵盖了从社会制度到文化意识研究的方方面面。而且对现代性的追求和建构,也始终是贯穿其中的一条重要的叙述主线。正如有论者所言:"中国的现代性仍需启蒙的精神指引,所谓反思启蒙会危机中国的现代转型的说法,是不合时宜的。消除误解,使启蒙的反思在中国成为健康的现代转型所必需的思想前提,成了一个艰巨的理论工作。"[①]换而言之,中国的现代化建设,亟需发挥社会启蒙的价值引领以及文化导向作用。而在当下中国的发展语境之下重提启蒙,并从历时性和共时性的视角,去充分地梳理社会启蒙的发展流变,不仅切合时宜,而且也是十分必要的,因为上述启蒙命题都是中国在追求现代化进程中所亟待解决的现实问题。尤其是随着九十年代消费文化的来袭,知识分子的人文精神问题也日益严重。正如有论者所言:"政治上的犬儒主义、人生观上的物欲主义

---

① 曹明珠:《启蒙的反思》,见哈佛燕京学社编《启蒙的反思》,江苏教育出版社2005年版,第3页。

和道德上的虚无主义,这就是当今中国精神状况的现实。"①正是在这样一种文化语境之下,启蒙以及相关命题的研究也显得愈发急迫。换而言之,对启蒙现代性的追寻一直是一个永恒的命题。当然,期待之物也有可能带来苦果。正如哈贝马斯所言:"现代性本身引发进步,同时造成反进步。"②由此可知,现代性好比一个事物发展的两面。如果因势利导可能会使得劣势变为优势,反之,也有可能走向启蒙的对立面——沦为反启蒙。

还有论者强调:"哈贝马斯的任务是如何以批判反思改造交流原型,以促成社会的合理化。我们必须'找回'初始形态的民族共识上去。"③这里所谓的"找回"更为根本的、初始形态的民族共识,实际上指应该对启蒙进行不断反思。然而,这种反思并非一种单纯的感性反思,而是一种基于理性思考基础之上对社会启蒙的不懈探索。在这其中,势必涉及启蒙反思的主体——知识分子。

> 在葛兰西看来:在社会中履行知识分子作用的人可以分为两类:第一类是传统的知识分子(traditional intellectuals),例如老师、教士、行政官吏,这类人代代从事相同的工作;第二类是有机的知识分子(organic intellectuals),这类人与阶级或者企业直接相关,获得更多的控制。有机的知识分子主动参与社会,他们一直努力去改变众人的心意、拓展市场;老师和教士似乎多多少少停留在原处,年复一年从事同样的工作,而有机的知识分子则一直在行动,在发展壮大。④

---

① 许纪霖:《当代中国的启蒙与反启蒙》,社会科学文献出版社 2011 年版,第 148 页。
② [德]尤根·哈贝马斯:《现代性:一个未完成的方案》,赵千帆译,见高建平、丁国旗主编《西方文论经典(第六卷):后现代与文化研究》,安徽文艺出版社 2014 年版,第 11 页。
③ 赵毅衡:《意不尽言—文学的形式—文化论》,南京大学出版社 2009 年版,第 150—151 页。
④ [美]爱德华·W.萨义德:《知识分子论》,单德兴译,陆建德校,生活·读书·新知三联书店 2002 年版,第 26 页。

以上是葛兰西笔下对知识分子的定义。然而在班达看来："知识分子是一小群才智出众、道德高超的哲学家——国王（philosopherkings），他们构成人类的良心。"①显然，在中国本土的语境之下，九十年代从事社会启蒙文学的知识分子，应该属于葛兰西笔下的有机知识分子，以及班达笔下这一类能够代表社会良心的群体。

具体而言，在九十年代的消费语境下，该时期的知识分子群体本身也发生了分裂。一批知识分子选择下海经商，一批知识分子则是主动改变创作方向，自觉迎合了消费文化并迈向了商业化写作。还有一批知识分子，如张炜、张承志等，则高举理性主义与启蒙主义的大旗，并且时刻捍卫着知识分子的固有立场。一时间，启蒙似乎遭遇了重大的挫折。然而事实上，启蒙在九十年代并未退场，而是以另一种方式自觉参与到九十年代文学的生产之中。而随着本论题相关研究论题的不断深入，一批相关的作家作品也逐渐被发掘并重评。因此，对九十年代小说中社会启蒙主题的考察，实际上也是一次重返九十年代的文学现场去打捞那一批作家及作品的过程。通过对九十年代社会启蒙主题作品的梳理与探究，一批具有社会启蒙主题的文学作品也随之浮出水面。在这其中，有部分作家作品在先前的文学史著中，基本上处于一种缺失或者"不在场"的状态。譬如在笔者看来，柳建伟的《北方城郭》、鬼子的《被雨淋湿的河》、史铁生的《务虚笔记》以及张炜的《怀念黑潭中的黑鱼》等作品，它们都具有着不可替代的文学意义，以及社会启蒙价值。然而上述作品自二十世纪九十年代发表至今，并未取得与其相匹配的文学史地位。即便有些足够敏锐的批评家对此有过关注，也只写出零星的评论，并未产生足够的影响力以及传播效果。正如有论者所言："《务虚笔记》是中国文学中第一部真正的宗教哲理小说。此书至今受到冷遇，并不是读者和批评界有意忽视史铁生，而是我们无法

---

① ［美］爱德华·W.萨义德：《知识分子论》，单德兴译、陆建德校，生活·读书·新知三联书店2002年版，第26页。

理解如此顶真的追求。"①

从这个角度而言,对九十年代这批被遮蔽的文学作品价值的深挖与开掘,便突显出了文学史本身的意义与价值。而本论题对九十年代小说中的社会启蒙主题的研究,主要立足于九十年代的小说文本去考察。力图在此基础之上去深掘该时期文学历史发展的本质,以及文学思潮发展的内部规律。对这一时期文学作品的重审和深掘,也的确为我们呈现出了一种有别于以往文学史视阈中关于九十年代文学史的整体叙述。综合来看,考察九十年代小说中的社会启蒙主题,给我们的启示意义主要体现在以下方面:

首先,应该立足于文学文本自身,做出独立并且符合文学史本来面目的判断。尤其是在考察九十年代小说的时候,不应仅仅局限于文学史的既定立场以及固有的评判标准,而必须立足于小说文本,深入文本之中对小说做出独立、平衡、客观并且合乎文学史本来面貌的判断。尤其是当面对文本的时候,不应人云亦云,而应具有自身独立的评判标准。特别是作为批评家的视野,必然应该高于作为读者的广大受众。也只有秉承这样一种价值评判标尺,批评家才能够读到更多隐藏于文本深处的作品内蕴。如此,也才能够更加深入地发掘九十年代小说中那些具有社会启蒙特质文本的美学价值以及史学意义。

其次,还要坚持启蒙批判的价值立场,探寻科学的理性精神。尤其是当我们站在当代的研究视阈去重返九十年代,更应该秉持一种启蒙的批判立场,以及理性的批判标准。如何确立这样的评判尺度?可以尝试从以下方面进行考察:一方面要求立足于文学本体,并在此基础之上去重审一批在文学史叙事之中已有定论的文学作品。而另一方面对于被文学史遮蔽的部分,譬如被忽略的作家作品,如果实属文学评论未及时跟进致使该作被湮没的,更应该以冲破阻力的勇气,以及文学评论家自身的使命感,予以重审和重评。也只有这样,

---

① 赵毅衡:《意不言尽—文学的形式—文化论》,南京大学出版社 2009 年版,第 135—144 页。

才能够重新树起启蒙理性的大旗。有论者曾指出："二十世纪的两次启蒙都没有能够深入西方启蒙的理性精神。……科学精神实际上就是理性精神，包括怀疑精神和逻辑精神。"①进而言之，无论是"五四"启蒙，还是上世纪八十年代初的"新启蒙"，两次启蒙运动对科学技术的推崇，实际上都还仅仅是停留在器物层面。它们并未从启蒙理性的深层次去探寻中国的启蒙辩证法，因而也就从根本上失去了探寻科学的理性精神。而到了九十年代，由于受到消费文化的影响，一批具有社会启蒙特质的文学作品，也逐渐被淹没于商业文化的浪潮之中。所以说，其文本本身的文学价值以及文学史地位并未得到充分的深挖以及公允的判定。这里其实从客观上呼吁我们坚持启蒙批判的价值立场，并在此基础之上进一步去探寻科学的理性精神。

再次，突破思维框架，探寻中国的社会启蒙辩证法。具体到九十年代小说中的社会启蒙主题而言，决不应囿于文学史中的既有立场以及评判标准，应该突破思维框架，更多地立足于具体的小说文本，并从中总结出某些具有共性的特质。譬如九十年代小说中涉及社会政治启蒙的作品，与这一时期作家描写经济改革以及民主法治的作品，它们同属社会制度启蒙的阐释框架。而且从社会制度到社会文化，从社会伦理到生态启蒙等层面，这些社会启蒙主题概念的生成并非臆断，而是基于该时期具体的文学创作实绩。换而言之，只有立足于九十年代文学作品的创作本身，才能凝练出这一时期具有共性的美学特质，从而去进一步探寻中国式的社会启蒙辩证法。

最后，对九十年代社会启蒙主题这一论题的深挖与总结，不仅有利于我们以一种社会启蒙的视角去看待九十年代的小说创作，而且从某种程度而言，也进一步厘清了社会启蒙与文学思潮之间互动的学术线索。更为重要的是，随着对九十年代小说社会启蒙主题研究相关论题的不断深入，也再次开启了关于启蒙命题的理性思考。换而言之，启蒙现在仍然是学术界研究的重要论域。

---

① 邓晓芒：《中国当代的第三次启蒙》，《粤海风》2013年第4期。

正如有论者所言:"启蒙作为人类文明发展的理念现在受到很大的质疑……同时,它仍然在继续发展也是毋庸置疑的事实。"[①]不仅如此,还应该看到仍然有一批启蒙知识分子始终坚守着启蒙文学的固有阵地,他们的文字到处闪耀着理性的哲理光芒。尤其是在九十年代小说创作的视阈中对社会启蒙主题的考察,应该更加注重探讨人与人、人与社会,以及人与自然之间的多元关系,并在此基础之上,去不断反思这些多元关系背后的学术理路。正如有论者所言:"启蒙反思主要集中在人类中心主义、理性的傲慢、社会工程的权威心态,以及对科学的迷信……这些方面相互纠缠所形成的宰制性的世界观,突出影响了人和自然的关系、人和宗教以及超越世界的关系、人与社会的关系、西方和西方以外的其他族群及文学传统的关系。"[②]的确,如何处理好社会启蒙主题命题中所涉及的各个社会启蒙子项,如何更好地破除人类中心主义、理性的傲慢主义、社会工程的权威主义,以及破除科学迷信等。这些正在发生并且以后可能出现的社会启蒙新命题,都是我们在当代重提启蒙,并且反思社会启蒙与现代性之间关系之时所应该考虑的重要层面。

马克思·霍克海默以及西奥多·阿道尔诺曾在《启蒙辩证法:哲学断片》一书中直言:"启蒙绝不仅仅是启蒙,在其异化形式中,自然得到了清楚的呈现。精神作为与自身分裂的自然,在其自我认识中,就像在史前时期一样,自然呼唤着自我。"[③]也就是说,如果一旦放弃思想,便意味着启蒙的终结。其实在霍克海默以及阿道尔诺看来,"启蒙由于其自身内在的矛盾,必然走向自身的反面"[④]。然而事实上,霍克海默和阿道尔诺只不过寄希望于通过对二十世纪三十到四十年代美国社会现象的考察,进一步揭示启蒙的本质,及其在工业

[①] 曹明珠:《启蒙的反思》,见哈佛燕京学社编《启蒙的反思》,江苏教育出版社2005年版,第13页。
[②] 曹明珠:《启蒙的反思》,见哈佛燕京学社编《启蒙的反思》,江苏教育出版社2005年版,第19页。
[③] [德]马克思·霍克海默、西奥多·阿道尔诺:《启蒙辩证法:哲学断片》,渠敬东、曹卫东译,上海人民出版社2003年版,第37页。
[④] 方晶刚:《走出启蒙的神话——霍克海默社会批判理论研究》,复旦大学出版社2013年版,第88页。

时代的内涵与外延。概而言之,霍克海默和阿多诺视阈中的"启蒙辩证法",一方面是基于欧洲启蒙运动的充分发展,而另一方面则是在"二十世纪三四十年代,欧美社会所追求的文化进步正在走向其对立面,呈现出欺骗人的繁荣假象"①。而国内启蒙现代性的发展却并未经历像西方社会如此漫长的准备期以及发展期,而且国内的"现代理性"也尚未发展至"理性神话"的阶段。然而这种基于欧洲发展实际基础之上得出的"启蒙辩证法"论调,被国内部分反启蒙者用来批判本国启蒙已经"式微",并且中国已经步入"后启蒙"时代的重要理论依据。不得不说这种论调不仅十分荒谬,而且也从实际上脱离了启蒙研究的本土语境。

当然,也有论者指出:"思想用数学、机器和组织等物化形式对那些把它忘在脑后的人们实施了报复,放弃了思想,启蒙也就放弃了自我实现的可能。"②换而言之,我们必须牢记思想在社会启蒙的过程中所扮演的关键角色与重要地位。一方面,不应抱残守缺故步自封,而另一方面,还应该看到当代社会启蒙所存在的缺陷与不足。而且,当我们将研究视野聚焦于二十世纪九十年代社会启蒙文学创作的时候,也必须指出有相当一部分作家始终坚守着自"五四"新文化运动以来知识分子的启蒙立场,即便是在最困难的年代,他们也从未放弃过自身肩负的启蒙使命。

著名的启蒙学者、汉学家舒衡哲曾在其代表作《中国启蒙运动:知识分子与五四遗产》一书中指出:

> 启蒙主要是一种工具,借助这个工具,知识分子可以确认自身的价值。他们摒弃了过去把士大夫与官僚帝国捆绑在一起的封建愚忠,成为现代所谓的知识分子。在争取自主的长期斗争中,知识分子重新定义"解

---

① 张光芒:《"本土化"的根基:当下问题与理论原创》,《文汇报》2018-07-13。
② [德]马克思·霍克海默、西奥多·阿道尔诺:《启蒙辩证法:哲学断片》,渠敬东、曹卫东译,上海人民出版社2003年版,第38页。

放"一词的涵义,甚至它在中国的环境中成为某种确切的东西。与保守势力对他们的攻击相反,启蒙知识分子并非要全盘抛弃本国传统,他们至少希望在科学事实的基础上评判传统。……因此,知识分子的自我解放,可以视为整个中国之更广大的文化觉醒的一部分。①

舒衡哲在此所谈及的知识分子的自我解放,实际上指的是知识分子的自我启蒙。换而言之,当代知识分子只有首先完成了对自我的启蒙和重塑,才有可能去肩负起启蒙他者的职责和使命。正如有学者所言:"自我启蒙是一件痛苦的事情,但是只有完成了自我启蒙,他们才有资格担任民众启蒙的社会角色。"②不同于个体启蒙强调个人的解放以及个体的启蒙,社会启蒙更加注重的是探讨人与人、人与社会,以及人与自然的关系。与个体启蒙强调感性启蒙不同,社会启蒙更加偏向于理性启蒙。在启蒙学者哈贝马斯看来:"启蒙的理念还没有完成,一定要扩大理性的层面……所谓理性的向度。"③不难窥见,哈贝马斯的基本精神"属于德国理想主义(康德、黑格尔)和马克思的思路"④。社会启蒙则在某种程度上强调了决不能单纯地从工具理性着手,而应该更多地基于对价值理性的判断与思考。

秉持这样一种理性启蒙的判断价值以及判断标准,重审九十年代的小说创作:无论是从社会制度启蒙到社会文化启蒙,还是从社会伦理启蒙到生态启蒙,有一批严肃作家始终以笔为旗,不断地刻写着社会发展的方方面面。他们或是通过对社会政治发展、社会经济改革以及社会法治题材,进行基于社会制度、启蒙主题上的深挖,或是通过对社会民族历史、社会宗教理性以及社会民间语言的探寻,来观照九十年代的社会文化启蒙主题,或是通过对社会平等、

---

① [美]舒衡哲:《中国启蒙运动:知识分子与五四遗产》,刘京建译,新星出版社2007年版,第350页。
② 丁帆:《重回"五四"起跑线》,人民文学出版社2004年版,第5—6页。
③ 曹明珠:《启蒙的反思》,见哈佛燕京学社编《启蒙的反思》,江苏教育出版社2005年版,第14页。
④ 曹明珠:《启蒙的反思》,见哈佛燕京学社编《启蒙的反思》,江苏教育出版社2005年版,第14页。

社会道德以及女性自由书写的总结,进一步探寻九十年代的社会伦理启蒙主题,抑或是通过对九十年代生态启蒙的书写,以一种知识分子对社会的责任感与使命感,间接提醒人们构建人与自然平等的和谐关系。这些都是当代作家,他们身体力行,不断去探寻中国式社会启蒙辩证法的最好例证。

启蒙是一项长期的事业,而启蒙者自身也是一个肩负着自我启蒙,以及启蒙他者使命的复合体。如论者所言:"中国的知识分子什么时候,并以什么方式才不再流于学究式的空谈及矫揉造作,他们什么时候才可以真正算得上是'人民的保护者'。"[①]概而言之,启蒙以及社会启蒙所涉及的诸多议题,乃是我们当下所直面的现实问题。这客观上需要我们重拾知识分子的启蒙立场以及社会批判性。何为批判?正如福柯所言:"批判是主体对权力的质疑,是主体的反抗和反思,是对主体的屈从状态的解除。从根本上来说,批判是不被统治的艺术。"[②]进而言之,启蒙在很大程度上也是一种批判,因而社会启蒙更是一种社会批判。它一方面对社会发展中不好的社会现象/文化行为起到了一种鞭策作用,另一方面也起到了一种文化价值观的引领以及表率作用。从这个角度而言,站在九十年代的文学视阈去重评这一时期小说中的社会启蒙主题,便突显了其本身的学术价值和理论意义。

[①] 张穗华:《作为"事件"的启蒙与作为"文化"的启蒙》,《中国图书评论》2012 年第 7 期。
[②] [法]米歇尔·福柯:《什么是批判:福柯文选Ⅱ》,汪民安编,北京大学出版社 2016 年版,第 170 页。

结　语

围绕启蒙以及相关命题的研究,一直以来被视为学术界的重要热点与研究命题。正如有论者所言:"启蒙运动没有最后一幕:如果人类的思想要解放的话,这是一场世世代代都要重新开始的战斗。"①由此可知,启蒙也始终是一项未竟并且永恒的事业。在九十年代消费语境之下重提启蒙,这对于我们找回自"人文精神失落"以后知识分子的独立人格,并且重塑中国当代知识分子的启蒙批判立场等方面,均具有着重要的指导意义。如果以二十世纪新文化运动先驱们所发动的"五四"启蒙为开端,中国现代意义上的启蒙及其相关研究已经走过了将近百余年的历史。在这百余年的历史发展进程之中,启蒙也经历了多次坎坷。与启蒙相关的研究,伴随着这一研究对象地位的起伏变化而不断进行着调整。特别是在九十年代消费社会的语境之下,如何以一种严肃的立场与启蒙姿态,去审视这一时期的文学创作与文学评论,这不仅是一个学术难点,同时也是我们深挖启蒙以及探寻社会启蒙主体性的关键所在。

通过对九十年代小说中社会启蒙主题的深入考察,我们能够以一种社会启蒙的研究视角去重审九十年代的小说创作。与个体启蒙所不同的是,社会启蒙更加强调从深层次去探讨人与人、人与社会,以及人与自然之间的互动关系。相较于个体启蒙注重感性研究,社会启蒙更加关注的是对启蒙论题的理

---

① [英]阿伦·布洛克:《西方人文主义传统》,董乐山译,生活·读书·新知三联书店1997年版,第127页。

性思考。而从社会制度启蒙到社会文化启蒙的考察，从社会伦理启蒙到生态启蒙层面的探讨，也突破了以往文学史叙述视野之中关于九十年代文学史叙述的固有模式。这种研究和考察，不仅为我们发掘出了一批在中国当代文学史上尽管被遮蔽却具有着启蒙立场以及社会启蒙姿态的文学作品，而且让我们能够更好地站在百年启蒙文学史的学术视阈，去重审九十年代的小说创作，并在此基础之上，尽可能地还原这一时期小说创作的整体面貌。

在对文学史的重审以及梳理的过程中，特别是当采用社会启蒙的视角切入九十年代的作家作品时，一批之前被文学史遮蔽的作家作品，如张炜《怀念黑潭中的黑鱼》、史铁生的《务虚笔记》、陈继明的《在毛乌素沙漠南缘》以及刘醒龙的《合同警察》等，逐渐走入九十年代小说中社会启蒙考察的学术视野。特别是在这之前，部分作品在文学评论界被谈及的并不多。即便有些作品曾被学术界谈及，也只是一笔带过，并谈不上从社会启蒙的叙事维度去深入探讨和研究。从某种程度而言，启蒙的未完成以及社会启蒙的急迫性，一直是笼罩在启蒙知识分子头上的重要命题。而这些命题的提出，也充分彰显了纯文学/严肃文学对社会的使命感以及责任感。

在论文的写作过程中，笔者也同样遇到了诸多难题。特别是在九十年代的消费语境之下，去讨论该时期小说中的社会启蒙主题。这一方面不仅需要能够历时性地梳理启蒙的发展流变，而且另一方面，又要能够站在社会启蒙的视角去发掘九十年代小说中那些具有社会启蒙特质却被遮蔽的文学作品，应该说具有一定的理论难度与实际挑战。即便如此，问题意识的不断突显无疑对厘清这一时期文学思潮与社会启蒙之间的互动关系，进而站在九十年代的文学场阈去反思当代文学大有裨益。譬如对启蒙的重评以及对相关社会启蒙文本的甄选，不仅要时刻秉持一种社会启蒙的价值观，而且还应该站在文学史的宏观角度，对诸多文学史中已有定论的作品进行重审。除此之外，在涉及具体文本甄选之时，更应该秉持一种客观、中立以及平衡的立场，并以此为原则去深入发掘那些被九十年代文学史遮蔽掉的启蒙文学作品，并在这其中，赋予其应有的文学意义与学术价值。

应该指出,对九十年代小说中社会启蒙主题的考察之中,自始至终贯穿着的一条基本立场和指导原则便是文本至上。因为只有通过对具体文学本体的考察,才能够去深挖并探究隐于小说背后的叙述背景、叙述线索、小说人物塑造乃至社会启蒙主题。故而在论题的写作过程之中,笔者始终以作品文本为基础,并将精读和泛读有机地结合起来。不难窥见,九十年代尽管面临着消费文化语境的巨大冲击,而且启蒙的环境也日益严峻,但仍然有一批严肃的作家始终坚守在纯文学的固有阵地。除去这一批作家在具体的文学创作过程中,有意识地融入了自身对社会发展以及民族文化历史的深层思考,还有一批具有启蒙使命感的文学批评家,也始终以引领社会文化的健康发展为目标,通过文学批评这样一种在场介入的方式,对该时期的文学生产进行着无形的规约与引导。

其实,不仅文学界对启蒙及其相关命题进行着持续研究以及不懈探索,与启蒙命题相关的其他社会学科,也都进行着一系列相关探讨。譬如李孝悌的《清末的下层启蒙运动:1901—1911》[1]、吴熙钊的《中国近代道德启蒙》[2]、马德普的《论启蒙及其在中国现代化中的命运》[3]以及邹诗鹏的《再论唯物史观与启蒙》[4],这些作品分别从社会学、历史学、伦理学,以及马克思主义等各自学科的视阈出发,对启蒙及其相关问题进行了深入探讨。进而言之,他们自觉捍卫着启蒙的固有立场,并从理论和实践等多个方面,与当时流行的反启蒙论调进行着坚决斗争。特别是九十年代所涌现的"新儒学""新左派""后现代"以及"后殖民"等,由于强行移植西方理论而忽略本土启蒙语境,其反启蒙的论调和立场本身并不经得起严格的论证与推敲。

---

[1] 李孝悌:《清末的下层启蒙运动:1901—1911》,河北教育出版社2001年版。
[2] 吴熙钊:《中国近代道德启蒙》,吉林文史出版社1990年版。
[3] 马德普:《论启蒙及其在中国现代化中的命运》,《中国社会科学》2014年第2期。
[4] 邹诗鹏:《再论唯物史观与启蒙》,《哲学研究》2011年第3期。

结 语

当我们再次回到九十年代的文学现场,启蒙知识分子始终将社会启蒙视为自身所肩负的重要使命。而这种社会启蒙书写,也充分地体现在他们这一时期的文学作品里。譬如在周梅森、陆天明等作家的视阈中,他们将视野聚焦于政治现代性的理性书写。而在张承志、史铁生以及石舒清等人的作品里,我们读到了作家对社会启蒙宗教理性的不懈追寻。在余华、鬼子以及苏童等作家笔下,我们感受到了作家对社会平等启蒙的关注。而张炜、迟子建以及雪漠等人的创作,则再次提醒了我们关于人与自然和谐关系的人文反思。可以看到,九十年代的消费语境之下仍然有一批作家,他们始终坚持着自身的文化立场与启蒙姿态。这批作家对社会政治、社会经济、民主法治等议题进行了多维考察与哲理思考,或是通过小说创作隐晦地展现其启蒙思想,或是在文学作品里大声疾呼,直接亮明自身的启蒙立场。譬如张炜、张承志等作家对道德以及信仰的追寻。这些无不是知识分子对社会责任感,以及使命感的深刻体现。当然,对九十年代小说中的社会启蒙主题考察的文本,也绝不仅限于上述列叙的作家作品。还有一批自觉坚守了纯文学创作的作家,他们也通过文学实践,从多个维度展现了对九十年代的人与人、人与社会以及人与自然之间互动关系的深入思考。

在今后的研究中,笔者将继续对社会启蒙这一论题进行研究与深挖。一方面,不断对九十年代小说中涉及社会启蒙主题的作品进行充实和完善,另一方面,将对九十年代小说中社会启蒙主题的考察,延伸至新世纪以来的小说创作,并力图厘清新世纪前后,社会启蒙主题的流动脉络以及叙述线索。从这个角度而言,对九十年代小说中社会启蒙主题的研究,便突显出了其本身的学术意义与理论价值。

参考文献

一 理论著作类

[1] 陈国恩:《文学批评与思想争鸣》,中国社会科学出版社2011年版。

[2] 陈来:《传统与现代:人文主义视界》,生活·读书·新知三联书店2009年版。

[3] 陈力君:《代言与立言:新时期文学启蒙话语的嬗变》,浙江大学出版社2007年版。

[4] 陈思和主编《中国当代文学史教程》(第二版),复旦大学出版社2013年版。

[5] 陈晓明:《中国当代文学主潮》(第二版),北京大学出版社2009年版。

[6] [德]格奥尔格·西美尔:《宗教社会学》,曹卫东译,北京师范大学出版社2017年版。

[7] [德]海德格尔:《人,诗意地安居——海德格尔语要》,郜元宝译,广西师范大学出版社2000年版。

[8] [德]黑格尔:《法哲学原理》,范扬、张企泰译,商务印书馆1961年版。

[9] [德]卡尔·马克思:《〈黑格尔法哲学批判〉导言》,《马克思恩格斯选集》(第一卷),人民出版社1995年版。

[10] [德]康德:《三大批判合集》(上下册),邓晓芒译、杨祖陶校,人民出

版社 2009 年版。

[11] [德]马克思·霍克海默、西奥多·阿道尔诺:《启蒙辩证法:哲学断片》,渠敬东等译,上海人民出版社 2003 年版。

[12] [德]马克思·舍勒:《同情感与他者》,朱雁冰等译,北京师范大学出版社 2014 年版。

[13] [德]伊曼努尔·康德:《历史理性批判文集》,天津人民出版社 2014 年版。

[14] [德]尤根·哈贝马斯:《现代性:一个未完成的方案》,赵千帆译,见高建平、丁国旗主编《西方文论经典(第六卷):后现代与文化研究》,安徽文艺出版社 2014 年版。

[15] 邓晓芒:《思辨的张力——黑格尔辩证法新探》,商务印书馆 2008 年版。

[16] 丁帆:《重回"五四"起跑线》,人民文学出版社 2004 年版。

[17] 丁帆主编《中国新文学史》(上下册),高等教育出版社 2013 年版。

[18] 丁守和主编《中国近代启蒙思潮》(上中下卷),社会科学文献出版社 1999 年版。

[19] 董健、丁帆、王彬彬主编《中国当代文学史新稿》,北京师范大学出版社 2011 年版。

[20] [法]茨维坦·托多罗夫:《启蒙的精神》,马利红译,华东师范大学出版社 2012 年版。

[21] [法]弗朗索瓦·多斯:《解构主义史》,季广茂译,金城出版社 2012 年版。

[22] [法]居伊·珀蒂德芒热:《20 世纪的哲学与哲学家》,刘成富等译,江苏教育出版社 2007 年版。

[23] [法]卢梭:《卢梭说平等与民权》,张溇勋译,华中科技大学出版社 2017 年版。

[24] [法]罗兰·巴特:《批评与真实》,温晋仪译,上海人民出版社1997年版。

[25] [法]米兰·昆德拉:《小说的艺术》,孟湄译,生活·读书·新知三联书店1995年版。

[26] [法]米歇尔·福柯:《声名狼藉者的生活:福柯文选I》,汪民安编,北京大学出版社2016年版。

[27] [法]米歇尔·福柯:《什么是批判:福柯文选II》,汪民安编,北京大学出版社2016年版。

[28] [法]米歇尔·福柯:《自我技术:福柯文选III》,汪民安编,北京大学出版社2016年版。

[29] [法]让·鲍德里亚:《消费社会》,刘成富等译,南京大学出版社2014年版。

[30] [法]让·雅克·卢梭:《论人类不平等的起源》,张露译,台海出版社2016年版。

[31] [法]热拉尔·热奈特:《叙事话语新叙事话语》,王文融译,中国社会科学出版社1990年版。

[32] 费孝通:《乡土中国》,人民出版社2015年版。

[33] 高建平、丁国旗主编《西方文论经典(第六卷):后现代与文化研究》,安徽文艺出版社2014年版。

[34] 高林:《皇帝圆舞曲:从启蒙到日落的欧洲》,东方出版社2019年版。

[35] 高宣扬:《流行文化社会学》,中国人民大学出版社2010年版。

[36] 龚群:《社会伦理十讲》,中国人民大学出版社2008年版。

[37] 曹明珠:《启蒙的反思》,见哈佛燕京学社编《启蒙的反思》,江苏教育出版社2005年版。

[38] 贺桂梅、倪文婷:《回家的路,我与中国——美国历史学教授舒衡哲口述》,北京大学出版社2018年版。

［39］洪子诚、孟繁华主编《当代文学关键词》，广西师范大学出版社 2002年版。

［40］洪子诚：《中国当代文学史》，北京大学出版社 1999 年版。

［41］黄发有：《准个体时代的写作——20 世纪 90 年代中国小说研究》，上海三联书店 2002 年版。

［42］黄开发：《文学之用从启蒙到革命》，北京十月文艺出版社 2004 年版。

［43］姜义华：《理性缺位的启蒙》，上海三联书店 2000 年版。

［44］旷新年：《把文学还给文学史》，复旦大学出版社 2012 年版。

［45］李孝悌：《清末的下层启蒙运动：1901—1911》，河北教育出版社 2001年版。

［46］李泽厚：《中国古代思想史论》，生活・读书・新知三联书店 2008年版。

［47］李泽厚：《中国近代思想史论》，生活・读书・新知三联书店 2008年版。

［48］李泽厚：《中国现代思想史论》，生活・读书・新知三联书店 2008年版。

［49］梁启超：《清代学术概论》，岳麓书社 2010 年版。

［50］梁启超：《中国近三百年学术史》，山西古籍出版社 2001 年版。

［51］林毓生：《中国意识的危机》，贵州人民出版社 1986 年版。

［52］［美］阿尔・戈尔：《濒临失衡的地球——生态与人类精神》，陈嘉映等译，中央编译出版社 1997 年版。

［53］［美］爱德华・W.萨义德：《知识分子论》，单德兴译、陆建德校，生活・读书・新知三联书店 2002 年版。

［54］［美］丹尼尔・贝尔：《资本主义文化矛盾》，赵一凡等译，生活・读书・新知三联书店 1989 年版。

［55］［美］柯文：《在中国发现历史——中国中心观在美国的兴起》，林同

奇译,中华书局 2002 年版。

[56][美]勒内·韦勒克、奥斯汀·沃伦:《文学理论》,刘象愚等译,江苏教育出版社 2005 年版。

[57][美]孙隆基:《中国文化的深层结构》,广西师范大学出版社 2004 年版。

[58][美]威廉·詹姆士:《宗教经验之种种》,唐钺译,商务印书馆 2009 年版。

[59][美]微拉·施瓦支:《中国的启蒙运动——知识分子与五四遗产》,李国英等译,山西人民出版社 1989 年版。

[60][美]杨庆堃:《中国社会中的宗教——宗教的现代社会功能与其历史因素之研究》,范丽珠等译,上海人民出版社 2007 年版。

[61][美]詹明信:《晚期资本主义的文化逻辑》,陈清侨等译,生活·读书·新知三联书店 1997 年版。

[62][美]周策纵:《五四运动史》,陈永明等译,岳麓书社 1999 年版。

[63]倪愫襄编《伦理学导论》,武汉大学出版社 2002 年版。

[64]彭文刚:《启蒙之后的"启蒙"——启蒙世界观的内在逻辑与当代反思》,中国社会科学出版社 2015 年版。

[65]丘为君:《启蒙、理性与现代性:近代中国启蒙运动,1895—1925》,台大出版中心 2018 年版。

[66][日]池田大作、[英]B.威尔逊:《社会与宗教》,梁鸿飞等译,四川人民出版社 1991 年版。

[67][日]高桥清吾:《社会制度发展史》,潘念之译,大江书铺 1933 年版。

[68][日]高田珠树:《海德格尔——存在的历史》,刘文柱译,河北教育出版社 2001 年版。

[69][日]细见和之:《阿多诺——非同一性哲学》,谢海静等译,河北教育出版社 2002 年版。

[70][瑞]C·荣格:《现代灵魂的自我救赎》,黄奇铭译,工人出版社 1987 年版。

[71]申丹:《西方叙事学:经典与后经典》,北京大学出版社 2010 年版。

[72]石义彬:《单向度、超真实、内爆——批判视野中的当代西方传播思想研究》,武汉大学出版社 2003 年版。

[73]宋希仁:《社会伦理学》,山西教育出版社 2007 年版。

[74]陶东风:《社会理论视野中的文学与文化》,暨南大学出版社 2002 年版。

[75]陶东风:《文化与美学的视野交融》,福建教育出版社 2000 年版。

[76]汪晖:《现代中国思想的兴起》(全四册),生活·读书·新知三联书店 2015 年版。

[77]汪树东:《生态意识与中国当代文学》,中国社会科学出版社 2008 年版。

[78]王彬彬:《文坛三户:金庸·王朔·余秋雨》(增订版),南京大学出版社 2009 年版。

[79]王浦劬等:《政治学基础》(第二版),北京大学出版社 2006 年版。

[80]吴俊:《文学流年——从八十年代到九十年代》,广州出版社 2000 年版。

[81]吴熙钊:《中国近代道德启蒙》,吉林文史出版社 1990 年版。

[82]许纪霖:《当代中国的启蒙与反启蒙》,社会科学文献出版社 2011 年版。

[83]许纪霖:《另一种启蒙》,花城出版社 2000 年版。

[84]许志英、丁帆主编《中国新时期小说主潮》(上下卷),人民文学出版社 2002 年版。

[85]杨春时:《现代性与中国文学思潮》,生活·读书·新知三联书店 2009 年版。

[86][意]文森佐·费罗内:《启蒙观念史》,马涛等译,商务印书馆2018年版。

[87][英]阿伦·布洛克:《西方人文主义传统》,董乐山译,生活·读书·新知三联书店1997年版。

[88][英]安东尼·吉登斯:《现代性与自我认同——现代晚期的自我与社会》,夏璐译,生活·读书·新知三联书店1998年版。

[89][英]安东尼·柯林斯:《论自由思想》,王爱菊译,武汉大学出版社2010年版。

[90][英]布莱恩·特纳:《身体与社会》,马海良等译,春风文艺出版社2000年版。

[91][英]费瑟斯通:《消费文化与后现代主义》,刘精明译,译林出版社2000年版。

[92][英]劳埃德·斯宾塞:《启蒙运动》,盛韵译,生活·读书·新知三联书店2016年版。

[93][英]罗素:《罗素谈人的理性》,石磊译,天津社会科学院出版社2011年版。

[94][英]斯图亚特·布朗主编《英国哲学和启蒙时代》,高新民等译,中国人民大学出版社2009年版。

[95][英]特里·伊格尔顿:《审美意识形态》,王杰等译,广西师范大学出版社2001年版。

[96][英]伊姆雷·拉卡托斯、艾兰·马斯格雷夫编《批判与知识的增长》,周寄中译,华夏出版社1987年版。

[97]余英时:《中国思想传统的现代诠释》,江苏人民出版社1995年版。

[98]张宝明:《启蒙与革命:五四激进派的两难》,学苑出版社2001年版。

[99]张宝明:《启蒙中国:重思20世纪中国启蒙历史命运的起落》,中国社会科学出版社2015年版。

[100] 张宝明:《自由神话的终结——20世纪启蒙阙失探解》,上海三联书店2002年版。

[101] 张光芒:《道德嬗变与文学转型》,昆仑出版社2013年版。

[102] 张光芒:《启蒙论》,上海三联书店2002年版。

[103] 张光芒:《中国当代启蒙文学思潮论》,上海三联书店2006年版。

[104] 张光芒:《中国近现代启蒙文学思潮论》,山东文艺出版社2002年版。

[105] 张康之:《论伦理精神》,江苏人民出版社2010年版。

[106] 张清华:《火焰或灰烬——20世纪中国文学中的启蒙主义》,中国文联出版社1999年版。

[107] 张学正主编《文学争鸣档案——中国当代文学作品争鸣实录(1949—1999)》,南开大学出版社2002年版。

[108] 赵黎波:《新时期文学批评的启蒙话语研究》,中国社会科学出版社2008年版。

[109] 赵毅衡:《意不尽言——文学的形式—文化论》,南京大学出版社2009年版。

[110] 朱光潜:《西方美学史》,人民文学出版社1963年版。

[111] 资中筠:《启蒙与中国社会转型》,社会科学文献出版社2011年版。

[112] 祖国华等:《社会伦理学研究》,人民出版社2013年版。

二 文本类

[1] 阿来:《尘埃落定》,作家出版社2009年版。

[2] 北村:《施洗的河》,花城出版社1993年版。

[3] 陈继明:《在毛乌素沙漠南缘》,《朔方》1999年第9期。

[4] 陈建功:《前科》,华艺出版社1993年版,第297页。

[5] 陈染:《私人生活》,江苏文艺出版社1996年版。

[6] 陈源斌:《万家公诉》,中国青年出版社 1992 年版。

[7] 陈忠实:《白鹿原》,作家出版社 2017 年版。

[8] 迟子建:《晨钟响彻黄昏》,江苏文艺出版社 1997 年版。

[9] 迟子建:《疯人院的小磨盘》,新世界出版社 2002 年版。

[10] 迟子建:《微风入林——迟子建短篇小说代表作》,春风文艺出版社 2005 年版。

[11] 迟子建:《亲亲土豆》,人民文学出版社 2012 年版。

[12] 格非:《边缘》,上海文艺出版社 2013 年版。

[13] 鬼子:《鬼子小说》,中国社会出版社 2006 年版。

[14] 郭雪波:《大漠魂》,中国文联出版社 2001 年版。

[15] 韩少功:《马桥词典》,中国工人出版社 2009 年版。

[16] 贾平凹:《土门》,人民文学出版社 2008 年版。

[17] 雷达主编《中国当代法制文学精粹·中篇小说Ⅰ——河边的错误》,中国人民公安大学出版社 2010 年版。

[18] 李佩甫:《羊的门》,作家出版社 2009 年版。

[19] 刘斯奋:《白门柳·夕阳芳草》,人民文学出版社 2004 年版。

[20] 刘斯奋:《白门柳·鸡鸣风雨》,人民文学出版社 2005 年版。

[21] 刘斯奋:《白门柳·秋露危城》,人民文学出版社 2014 年版。

[22] 刘醒龙:《合同警察》,《中国作家》1993 年第 3 期。

[23] 刘醒龙:《生命是劳动与仁慈》,人民文学出版社 1996 年版。

[24] 刘玉民:《骚动之秋》,人民文学出版社 1990 年版。

[25] 刘震云:《故乡面和花朵》(卷一),华艺出版社 1998 年版。

[26] 刘震云:《故乡面和花朵》(卷二),华艺出版社 1998 年版。

[27] 刘震云:《故乡面和花朵》(卷三),华艺出版社 1998 年版。

[28] 刘震云:《故乡面和花朵》(卷四),华艺出版社 1998 年版。

[29] 刘震云:《一地鸡毛》,江苏文艺出版社 1996 年版。

［30］柳建伟:《北方城郭》,长江文艺出版社2014年版。

［31］陆天明:《苍天在上》,春风文艺出版社2002年版。

［32］莫言:《酒国》,上海文艺出版社2012年版。

［33］石舒清:《锄草的女人》,《青岛文学》1995年第2期。

［34］石舒清:《清水里的刀子》,见人民文学杂志社:《第二届鲁迅文学奖获奖作品丛书》,华文出版社2002年版。

［35］史铁生:《务虚笔记》,人民文学出版社2007年版。

［36］史铁生:《昼信基督夜信佛》,北京十月文艺出版社2012年版。

［37］史铁生:《老屋小记》,华东师范大学出版社2014年版。

［38］史铁生:《史铁生精选集》,北京燕山出版社2015年版。

［39］苏童:《米》,上海文艺出版社2005年版。

［40］铁凝:《对面》,河北教育出版社1995年版。

［41］铁凝:《孕妇和牛》,《对面》,人民文学出版社2013年版。

［42］王安忆:《纪实与虚构》,人民文学出版社1993年版。

［43］王安忆:《长恨歌》,作家出版社1996年版。

［44］王火:《战争和人》(一),人民文学出版社1993年版。

［45］王火:《战争和人》(二),人民文学出版社1993年版。

［46］王火:《战争和人》(三),人民文学出版社1993年版。

［47］王蒙:《季节》(上册),人民文学出版社2010年版。

［48］王蒙:《季节》(下册),人民文学出版社2010年版。

［49］王新军:《大草滩:王新军短篇小说选》,上海文艺出版社2010年版。

［50］王新军:《王新军的小说》,甘肃文化出版社2014年版。

［51］王跃文:《国画》,人民文学出版社1999年版。

［52］肖克凡:《最后一个工人》,百花文艺出版社2014年版。

［53］徐小斌:《双鱼星座》,百花文艺出版社1999年版。

［54］雪漠:《狼祸——雪漠小说精品选》,中国文联出版社2004年版。

[55] 阎连科:《年月日》,新疆人民出版社 2002 年版。

[56] 叶永烈:《纸醉金迷》,湖北少年儿童出版社 1992 年版。

[57] 余华:《活着》,作家出版社 2008 年版。

[58] 余华:《兄弟》,作家出版社 2008 年版。

[59] 余华:《许三观卖血记》,作家出版社 2008 年版。

[60] 余华:《河边的错误》,见雷达主编《中国当代法制文学精粹·中篇小说Ⅰ——河边的错误》,中国人民公安大学出版社 2010 年版。

[61] 张承志:《张承志文集·心灵史——长篇小说卷》,湖南文艺出版社 1999 年版。

[62] 张宏森:《车间主任》,山东文艺出版社 1997 年版。

[63] 张抗抗:《沙暴》,《中篇小说选刊》1993 年第 4 期。

[64] 张平:《抉择》,人民文学出版社 2004 年版。

[65] 张平:《天网》,人民文学出版社 2009 年版。

[66] 张炜:《家族》,上海文艺出版社 1995 年版。

[67] 张炜:《九月寓言》,作家出版社 2009 年版。

[68] 张炜:《柏慧》,人民文学出版社 2010 年版。

[69] 周梅森:《人间正道》,人民文学出版社 1996 年版。

[70] 宗璞:《东藏记》,人民文学出版社 2001 年版。

三 期刊论文类

[1] 陈朗:《佛陀的归来:史铁生的文学与"宗教"》,《当代作家评论》2018 年第 1 期。

[2] 戴翊:《来自现实的反腐力作——〈苍天在上〉》,《社会科学》1995 年第 12 期。

[3] 邓晓芒:《中国当代启蒙的任务和对象》,《中国文化》2010 年第 1 期。

[4] 丁帆:《八十年代:文学思潮中的启蒙与反启蒙的再思考》,《当代作家

评论》2010年第1期。

[5] 丁帆：《〈白鹿原〉评论的自我批判与修正——当代文学的"史诗性"问题的重释》，《文艺争鸣》2018年第3期。

[6] 丁帆：《九十年代小说走向再认识》，《江苏社会科学》1997年第2期。

[7] 董健：《李慎之逝世十年祭》，《炎黄春秋》2013年第4期。

[8] 董健、王彬彬、张光芒：《略论启蒙及其与文学的关系》，《当代作家评论》2008年第5期。

[9] 段吉方：《中国90年代文学批评的后现代文艺景观》，《社会科学家》2000年第4期。

[10] 冯合国：《从"理性启蒙"到生态启蒙——关于生态文明建构路径的思考》，《前沿》2010年第17期。

[11] 冯宪光：《史和诗的一体化——评王火长篇小说〈战争和人〉》，《当代文坛》1992年第6期。

[12] 傅元峰：《一种被推向极致的反讽叙述——试读〈故乡面和花朵〉》，《小说评论》2000年第4期。

[13] 郭宝亮：《反乌托邦：〈故乡面和花朵〉试解》，《小说评论》2000年第4期。

[14] 洪治纲：《"人场"背后的叩问与思考——论李佩甫的〈羊的门〉》，《名作欣赏》2010年第27期。

[15] 胡德培：《一部难得的佳作——读邓一光的长篇小说〈我是太阳〉》，《当代》1997年第3期。

[16] 纪秀明：《近三十年中国生态文学研究综述（1979—2008）——兼论生态文学与批评在中国的演进》，《辽宁大学学报（哲学社会科学版）》2009年第1期。

[17] 焦会生：《抗争人生的诗艺呈现——读阎连科的中篇小说〈耙耧天歌〉》，《当代文坛》2000年第5期。

[18] 金春平:《论新世纪以来中国文学启蒙话语的嬗变与转型》,《东北大学学报(社会科学版)》2010年第1期。

[19] 兰爱国:《到民间去——九十年代文学的主潮》,《文艺评论》1995年第5期。

[20] 雷达:《宗谱〈东藏记〉》,《小说评论》2001年第6期。

[21] 李德南:《生命的亲证——论史铁生的宗教信仰问题》,《南方文坛》2015年第4期。

[22] 李今:《论余华〈许三观卖血记〉的"重复"结构与隐喻意义》,《中国现代文学研究丛刊》2013年第8期。

[23] 李琳:《论铁凝书写女性的独特方式》,《首都师范大学学报(社会科学版)》2000年第3期。

[24] 李鲁平:《生命的意义源泉及对劳动的审美——评〈生命是劳动与仁慈〉》,《小说评论》1997年第3期。

[25] 李玫:《郭雪波小说中的生态意识》,《内蒙古民族大学学报(社会科学版)》2005年第1期。

[26] 李松岳:《对"走向民间"的再反思——以〈九月寓言〉和〈心灵史〉为例》,《江西社会科学》2009年第2期。

[27] 李永建:《寻找走近张炜的路径——从〈柏慧〉的家族观念看张炜的内心世界》,《当代作家评论》1998年第2期。

[28] 刘定恒:《一部弘扬时代主旋律的力作——评张平的长篇小说〈抉择〉》,《文艺理论与批评》1998年第2期。

[29] 刘俊:《对"启蒙者"的反思和除魅——鲁迅〈伤逝〉新论》,《文艺争鸣》2007年第3期。

[30] 刘勇:《评石舒清〈果院〉》,《文艺理论与批评》2006年第1期。

[31] 马德普:《论启蒙及其在中国现代化中的命运》,《中国社会科学》2014年第2期。

[32] 马梅萍:《西海固精神的负载者——论石舒清笔下的女人》,《民族文学研究》2011年第6期。

[33] 孟繁华:《面对今日中国的关怀与忧患——评贾平凹的长篇小说〈土门〉》,《当代作家评论》1997年第1期。

[34] 南帆:《城市的肖像——读王安忆的〈长恨歌〉》,《小说评论》1998年第1期。

[35] 南帆:《双重的解读——八九十年代中国文学的一种描述》,《文学评论》1998年第5期。

[36] 倪婷婷:《"五四"启蒙主义话语的形态与思维特质》,《江苏社会科学》2004年第1期。

[37] 牛殿庆:《艰难跋涉中的恢弘画卷——评周梅森的〈人间正道〉》,《当代文坛》1997年第4期。

[38] 宋红岭:《本真生存境域中的救赎之歌——评阎连科中篇小说〈耙耧天歌〉》,《当代文坛》2000年第6期。

[39] 孙郁:《陆天明的另一面》,《当代作家评论》2002年第6期。

[40] 唐欣:《精神高地的现实关切与诗性表达——论陆天明的新政治小说》,《文艺争鸣》2014年第9期。

[41] 汪晖:《当代中国的思想状况与现代性问题》,《天涯》1997年第5期。

[42] 王彬彬:《悲悯与慨叹——重读〈古船〉与初读〈九月寓言〉》,《当代作家评论》1993年第1期。

[43] 王彬彬:《"新启蒙运动"与"左翼"思想在中国的传播》,《河北学刊》2009年第4期。

[44] 王春林、贾捷:《神圣家族——从〈家族〉看张炜的道德乌托邦理想》,《山西大学(哲学社会科学版)》1997年第1期。

[45] 王达敏:《民间中国的苦难叙事——〈许三观卖血记〉批评之批评》,《文艺理论研究》2005年第2期。

[46] 王光东:《民间与启蒙——关于九十年代民间争鸣问题的思考》,《当代作家评论》2000 年第 5 期。

[47] 王洪岳:《20 世纪中国文学中的启蒙主义与现代主义》,《济南大学学报(社会科学版)》1999 年第 4 期。

[48] 王世诚:《断裂时代的肯定性写作——九十年代文学精神及其思考》(上),《扬子江评论》2008 年第 5 期。

[49] 王元化:《五四精神和激进主义》,《百年潮》1995 年第 5 期。

[50] 吴俊:《文学批评、公共空间与社会正义》,《文艺研究》2008 年第 2 期。

[51] 吴秀明:《从"启蒙的现代性"到"现代性的启蒙"——精英文学"历史化"的逻辑发展与谱系考察》,《文艺争鸣》2020 年第 9 期。

[52] 吴义勤:《超越与澄明——格非长篇小说〈边缘〉解读》,《小说评论》1996 年第 6 期。

[53] 吴义勤:《拷问灵魂之作——评张炜的长篇新作〈柏慧〉》,《小说评论》1996 年第 1 期。

[54] 夏林:《社会启蒙还是文化启蒙?——从启蒙的自主性看中国的现代化与启蒙》,《天津社会科学》2007 年第 3 期。

[55] 向宝云:《理性批判与典型塑造——〈北方城郭〉简评》,《当代文坛》1998 年第 3 期。

[56] 谢有顺:《我们时代的心灵史——关于北村〈施洗的河〉的阐释》,《小说评论》1994 年第 3 期。

[57] 杨洪承:《中国当代文学的历史研究与"经典化"问题》,《中国文艺评论》2017 年第 8 期。

[58] 叶立文:《言与象的魅惑——论韩少功小说的语言哲学》,《文学评论》2010 年第 3 期。

[59] 余玄:《重复的诗学——评〈许三观卖血记〉》,《当代作家评论》1996

年第 4 期。

[60] 袁文卓:《论王蒙与张承志笔下的新疆叙事——以〈你好,新疆〉〈相约来世,心的新疆〉为考察中心》,《武汉大学学报(人文科学版)》2017 年第 5 期。

[61] 张成岗:《技术、理性与现代性批判》,《自然辩证法研究》2004 年第 8 期。

[62] 张光芒:《论中国当代文学的"第三次转型"》,《当代作家评论》2004 年第 5 期。

[63] 张光芒:《人性解放"三部曲"——论新时期启蒙文学思潮》,《南京大学学报(哲学·人文科学·社会科学版)》2003 年第 1 期。

[64] 张光芒:《中国近现代启蒙文学思潮的哲学建构》,《文学评论》2002 年第 2 期。

[65] 张霖:《回到本土语境:20 世纪 90 年代的文学转型》,《中州学刊》2007 年第 1 期。

[66] 张清华:《从启蒙主义到存在主义——当代中国先锋文学思潮论》,《中国社会科学》1997 年第 6 期。

[67] 张穗华:《作为"事件"的启蒙与作为"文化"的启蒙》,《中国图书评论》2012 年第 7 期。

[68] 张新颖:《坚硬的河岸流动的水——〈纪实与虚构〉与王安忆写作的理想》,《当代作家评论》1993 年第 5 期。

[69] 张志忠:《追忆逝水年华——王蒙"季节"系列长篇小说论》,《文学评论》2001 年第 2 期。

[70] 张治国、张鸿声:《启蒙的变异与坚执——20 世纪 90 年代中国文学的一个侧面》,《江汉论坛》2006 年第 6 期。

[71] 庄桂成:《启蒙主题与中国现代文学的经典化》,《西南民族大学学报(人文社科版)》2003 年第 8 期。

[72] 邹诗鹏:《再论唯物史观与启蒙》,《哲学研究》2011 年第 3 期。

四 学位论文类

[1] 关朋:《试论二十一世纪中国启蒙问题》,西安科技大学硕士论文 2008 年。

[2] 郭萌:《生态美学视阈下的 20 世纪 90 年代中国都市小说研究》,陕西师范大学博士论文 2011 年。

[3] 华晔:《论 1980 年代启蒙文学之沉浮》,苏州大学硕士论文 2005 年。

[4] 姜异新:《艰难的现代化历程——三次启蒙运动与 20 世纪中国文学》,山东师范大学博士论文 2004 年。

[5] 李焕焕:《新时期以来文学批评的启蒙价值观研究》,沈阳师范大学硕士论文 2014 年。

[6] 李晓军:《从李锐小说中的"知识者"形象看其对"启蒙"的反思》,吉林大学硕士论文 2009 年。

[7] 林朝霞:《现代性与中国启蒙主义文学思潮》,厦门大学博士论文 2007 年。

[8] 罗建维:《中国新世纪启蒙文学转型研究——以〈1988:我想和这个世界谈谈为例〉》,西南大学硕士论文 2011 年。

[9] 彭文刚:《启蒙之后的"启蒙"——启蒙世界观的内在逻辑与当代反思》,吉林大学博士论文 2013 年。

[10] 齐琳正:《哈贝马斯的现代性理论——兼论现代性视阈下中国社会的启蒙问题》,华中师范大学硕士论文 2017 年。

[11] 桑盛荣:《20 世纪 80 年代以来中国电影启蒙话语的流变》,西北大学硕士论文 2012 年。

[12] 王海燕:《启蒙视野下的池莉小说研究》,延安大学硕士论文 2012 年。

[13] 王媛媛:《论启蒙与神话之间的同构性——〈启蒙辩证法〉研究》,华

中科技大学硕士论文 2016 年。

[14] 吴景明:《走向和谐:人与自然的双重变奏——中国生态文学发展论纲》,东北师范大学博士论文 2007 年。

[15] 谢辉:《流浪、人性、生命意志、启蒙四重奏——〈南行记〉的主题分析》,东北师范大学硕士论文 2006 年。

[16] 徐文谋:《中国新时期法制小说研究》,山东师范大学博士论文 2014 年。

[17] 许剑铭:《启蒙与文学的变革——新文学拓荒中的表现主义》,内蒙古师范大学硕士论文 2004 年。

[18] 张晓琴:《中国当代生态文学研究》,兰州大学博士论文 2008 年。

[19] 张玉华:《日常生活的启蒙意义——铁凝小说论》,山东大学硕士论文 2012 年。

[20] 赵黎波:《新时期文学批评的启蒙话语研究》,复旦大学博士论文 2007 年。

五 报刊会议类

[1] 白桦:《三读〈废都〉》,《人民政协报》1993 年 8 月 28 日。

[2] 蒋传光:《推动法治的社会启蒙》,《法制日报》2015 年 7 月 25 日。

[4] 杨柳:《〈南渡记〉〈东藏记〉宗璞的心血之作》,《文艺报》2001 年 6 月 19 日。

[3] 俞春玲:《生态批评视阈下的肖克凡工业文学》,天津市社会科学界联合会:《科学发展·生态文明——天津市社会科学界第九届学术年会优秀论文集》2013 年 10 月 29 日。

[5] 张光芒:《"本土化"的根基:当下问题与理论原创》,《文汇报》2018 年 7 月 13 日。

后 记

本书是在我博士论文的基础上修改而成,虽算不上是佳作但敝帚自珍。坦率地说,这个选题具有一定的难度与挑战。一方面,因为学术界目前对九十年代小说中社会启蒙主题的研究尚处于探索阶段,可供借鉴与参考的文献相当有限。另一方面,对九十年代小说与社会启蒙文学思潮的整体探究,不仅需要巨大阅读量,而且客观上还需要从文学、社会学、伦理学等社会启蒙的多维视角进行综合考察。因此在书写的过程中,自己也曾一度遇到过瓶颈期。然而在实际的文本阅读以及对社会启蒙相关命题的持续思考中,论著里相关章节的脉络线索也逐渐清晰起来。当然,这也幸得张老师的鼓励以及各位博导在开题与答辩时的中肯建议,我才能够得以顺利完成并即将付梓出版。记得早在本科一年级时,负责讲授"大学语文"的老师谈到了文学批评。当时对这个概念还十分模糊,更未曾想过今后自己会从事文学批评。现在想来,这应该是冥冥之中注定好了的。我想首先感谢我的父母,这些年一直在外求学,他们的全力支持一直是我前进路上最大的动力。其次,感谢我的导师张光芒教授,从该论题的提出到提纲的罗列,从资料的收集到后来具体的书写,都离不开张老师的悉心指导。再次,我想感谢这套丛书的主编、南京大学中国新文学研究中心主任丁帆教授,丛书副主编、中心常务副主任王彬彬教授,论著能够得以顺利出版,离不开两位老师一直以来的支持和关照。感谢中心刘俊教授、沈卫威教授、吴俊教授、倪婷婷教授、傅元峰教授,以及武汉大学陈国恩教授、兰州大学李丽芳教授等一直以来的关照与抬爱。当然还得感谢博士论文答辩委员、南师大的杨洪承教授,以及江苏省社会科学院的李静研究员,你们宝贵的评阅与修改意见让我受益匪浅。

感谢在我攻读博士学位以及毕业参加工作以来,一直给予我鼓励与帮助的人大报刊复印资料《中国现代、当代文学研究》《当代文坛》《武汉大学学报》《中州学刊》《云南社会科学》《海南大学学报》《学习与实践》《华侨华人历史研究》《广西社会科学》《东吴学术》《戏剧文学》《文艺论坛》《南京艺术学院学报》以及《中国社会科学报》等报刊编辑部老师们。尽管与上述老师都未曾谋面,而是仅仅通过简单的电话、微信或者电子邮件进行联络,但各位不吝赐教一格,特别是提携后进的精神令人感动,这更加坚定了我从事科研的信念。

此外,这篇论著中提到的诸多问题,特别是有关社会启蒙的当代性等问题,仍然是笔者目前正在思考并将不断完善的重要论域。罗兰·巴特曾在《批评与真实》里强调:"批评与作品的关系,就如同内容与形式的关系一样。批评不能企图'翻译'(traduire)作品,尤其是不可能翻译得清晰,因为没有什么比作品本身更清晰了。批评所能做的,是在通过形式——即作品,演绎意义时的'孕育'(engendrer)出某种意义。"[1]笔者深以为然,并始终坚信应该回到文本,文本乃是从事文学批评最不可忽视的一环,这也是能够运用理性思考"孕育"意义的关键一步。康德也曾指出"必须永远有公开运用自己理性的自由,并且唯有它才能带来人类的启蒙"[2]。时至今日,启蒙仍然是进行时。特别是随着社会的发展,社会启蒙出现了新的命题和新的论域,这些都亟待我们去不断地跟进与深挖。

最后,尽管笔者对书稿中的部分内容做了一定程度的修改和打磨,但仍然有一些不尽如人意之处,敬请各位专家读者批评指正。

袁文卓

2020 年 12 月 28 日于南京大学

---

[1] [法]罗兰·巴特:《批评与真实》,温晋仪译,上海人民出版社1997年版,第62页。
[2] [德]伊曼努尔·康德:《历史理性批判文集》,天津人民出版社2014年版,第24页。

图书在版编目(CIP)数据

九十年代小说中的社会启蒙主题研究 / 袁文卓著.
—南京：南京大学出版社，2021.8
(教育部人文社会科学重点研究基地南京大学中国新文学研究中心学术文库 / 丁帆主编)
ISBN 978-7-305-24667-8

Ⅰ.①九… Ⅱ.①袁… Ⅲ.①中国文学－当代文学－文学研究 Ⅳ.①I206.7

中国版本图书馆 CIP 数据核字(2021)第 125029 号

出版发行	南京大学出版社
社　　址	南京市汉口路 22 号　　邮　编 210093
出 版 人	金鑫荣
丛 书 名	教育部人文社会科学重点研究基地南京大学中国新文学研究中心学术文库
书　　名	九十年代小说中的社会启蒙主题研究
著　　者	袁文卓
责任编辑	施　敏
助理编辑	刘慧宁
照　　排	南京紫藤制版印务中心
印　　刷	南京爱德印刷有限公司
开　　本	718×1000　1/16　印张 16　字数 254 千
版　　次	2021 年 8 月第 1 版　2021 年 8 月第 1 次印刷
ISBN	978-7-305-24667-8
定　　价	88.00 元

网　　址　http://www.njupco.com
官方微博　http://weibo.com/njupco
官方微信　njupress
销售热线　025-83594756

* 版权所有，侵权必究
* 凡购买南大版图书，如有印装质量问题，请与所购图书销售部门联系调换